Ideazione e realizzazi... a:
Mel...

Fotogra...

Editing, c... bozze e
impaginazion... Vincenzo Valenti

Playlist su Spotify: Stay 1985

Ogni riferimento a fatti o persone
realmente esistiti è puramente casuale.

Stay 1985

Sommario

Prefazione

Avevo da poco compiuto dodici anni quando, guardando un festival in televisione, mi imbattei per caso nell'esibizione di un gruppo scandinavo.
Erano gli anni Ottanta e fu amore a prima vista. Rimasi incantata davanti allo schermo, rapita dalla voce del cantante e dal suo aspetto, tanto da cominciare a conservare i soldi delle paghette settimanali per comprare ogni rivista su cui apparisse e le cassette della sua band. Più materiale avevo su di lui, più mi sembrava che la distanza tra noi si colmasse.
Lo so che sembra follia, ma è così che funziona con le *celebrity crush*, soprattutto a quell'età. Ricordo che mi chiudevo in camera per ore e inventavo storie. Nella mia preferita ero una diciottenne di nome Victoria che intrecciava una storia d'amore con il giovane cantante del gruppo.
La mia immaginazione era così fervida che spesso dopo ore di gioco mi mettevo il walkman e, con le lacrime agli occhi, ascoltavo la sua voce fino ad addormentarmi. Desideravo un giorno di

poterlo incontrare e che quella storia, frutto della mia fantasia, potesse diventare realtà.
Da allora sono passati trentadue anni. Di passioni ne ho avute molte e crescendo ho conosciuto l'amore vero.
Due anni fa, il mio compagno mi ha regalato un biglietto per il concerto del trio scandinavo.
Nonostante di tempo ne sia passato tanto, appena quel "primo amore" è apparso sul palco e ha iniziato a cantare, sono tornata la dodicenne che sognava di incontrarlo.
Così è nato questo libro: dalle fantasie della bambina che ero e dall'immaginario della donna che sono diventata.

Melania

Dedico questo libro alla dodicenne che sono stata e alla sua meravigliosa nonna che le ha insegnato a vivere senza mai smettere di sognare. Molti anni fa, grazie a lei e ai desideri di quella bambina che vive ancora dentro di me, sono nati i personaggi di questa storia.

Melania

Oh, but how can I sleep with your
Voice in my head
With an ocean between us
And room in my bed

The Swing of Things, a-ha

Don't trust the ones who love you
Cause if you love them back
They'll always disappoint you
It's just a matter of fact
Don't love the ones who trust you
It's just not in your heart
You're a teasing little twister and
They're dancers in the dark

Undercover, Susanne Sundfør

1. Patatine e Patchouli

Giugno 1985

L'aereo prende velocità sulla pista dell'aeroporto di Linate. Quando si stacca dal suolo sento il cuore in gola. Ho già volato prima, ma mai da sola. Una settimana fa a quest'ora mi ero appena alzata dal banco dopo l'esame orale. Fuori ad aspettarmi c'era la mia famiglia. Ero frastornata e lo diventai ancora di più quando vidi mio padre tirare fuori dalla giacca un biglietto per Londra. Non dimenticherò mai le sue parole.
"Dopo la maturità, te lo meriti. La tua prima vacanza da sola. Siamo orgogliosi di te, Kiki."
Il solo fatto di stare seduta qui da sola, a guardare Milano dall'oblò mentre prendiamo quota, mi fa sentire libera. Da quassù la città ha l'aspetto di un plastico. Resto a guardare la Madonnina confondersi tra i tetti delle case. Quando il segnale ci autorizza a slacciare la cintura di sicurezza, mi chino a raccogliere la borsa da sotto il sedile. Tiro fuori il mio

walkman e una copia sgualcita di 'Chiedi alla polvere' di John Fante. Infilo le cuffie e inizio a leggere. È il libro preferito di mio fratello Andrea. Qualche giorno fa stavo curiosando nella libreria in salone.
"Che fai?" mi ha chiesto, interrompendo la lettura del giornale.
"Cercavo un libro da leggere durante il viaggio, ma a parte alcuni classici che ho già letto, i libri di mamma e papà sembrano tutti noiosi."
"Ti fidi di me?"
"Dipende."
È andato di sopra e qualche minuto dopo è tornato con un libro in mano.
"Ti piacerà, ne sono certo."
Ho deciso di fidarmi e ho iniziato a leggerlo subito. Andrea e mia sorella Azzurra sono gemelli e più grandi di me di sei anni. Sono molto uniti tra loro e profondamente diversi da me, al punto che a volte giurerei di essere stata adottata, se non fosse per la somiglianza con mio padre e mia nonna Minnie. Oggi però, mentre i miei occhi emozionati indugiano sulle frasi sottolineate da Andrea, mi commuovo. Non siamo poi così diversi, penso tra me e me, mentre tengo il segno con il dito e

rimango incantata a guardare il cielo fuori dal finestrino. Immagino Samuel che mi aspetta e mi copro il sorriso con il libro. Ci siamo messi insieme meno di un anno fa ma non lo vedo da ben sette mesi e il solo pensiero di riabbracciarlo mi fa diventare matta.

Chissà se alla stazione ad aspettarmi ci sarà anche Sadie.

Sadie Taylor è la sorella di Sam. Ha tre anni più di me ed è la mia migliore amica da sempre, proprio come mia madre Doris e sua madre Susan. Loro si sono conosciute a Brighton quando erano bambine. Susan abitava nella casa a fianco e andava a giocare tutti i giorni con Doris nel giardino della casa dei miei nonni. Da allora, sono cresciute insieme come sorelle e si sono separate solo da adulte quando mia madre si è trasferita a Milano per sposare mio padre Carlo. Così, fin da piccoli, ogni estate, i miei genitori ci portavano a Brighton dai nonni, per farci trascorrere un paio di mesi al mare con loro. La mia amicizia con Sadie, così come quella tra Samuel e Andrea, è nata proprio durante quelle vacanze. Loro però, anche se coetanei, con il tempo hanno iniziato ad avere interessi differenti, mentre noi siamo rimaste unite. I pensieri si susseguono veloci. Mi vengono in mente le giornate trascorse a giocare sugli scogli, i mercatini di vecchi giocattoli che organizzavamo davanti a casa, i pomeriggi trascorsi con Sadie a giocare con le vecchie tazzine da te di mia nonna e le litigate furiose con i miei fratelli che non volevano farmi giocare a modo mio.

Perché non potevo essere una fata mentre giocavamo ai pirati o una principessa mentre giocavamo a indiani e cowboy?

Nonno Malcom prendeva sempre le parti dei miei fratelli mentre nonna Minnie le mie.
"Scoiattolina mia, sei proprio come tua nonna tu, una testona indipendente e sognatrice", mi diceva mentre mi portava a prendere un gelato in attesa che si calmassero le acque. Penso a lei e a quanto mi mancherà in questi giorni. Noi due non abbiamo segreti, per capirci ci basta uno sguardo.

Due anni fa nonno Malcolm è morto e lei si è trasferita da noi a Milano. Da allora, è come se avessi un'altra migliore amica. Lei e Sadie, infatti, sono le uniche a sapere della relazione nata tra me e Samuel. L'anno scorso lui è venuto a Milano a studiare italiano ed è rimasto da noi per qualche mese.

Vivere sotto lo stesso tetto mi fece accorgere di cose a cui non avevo fatto caso: le sue mani affusolate, quell'andatura spedita, la dolcezza dei suoi occhi e i modi gentili.

Una mattina di inizio giugno, mentre mi preparavo per andare a scuola, sentii della musica provenire dal piano di sotto e scesi pensando che mia sorella o mia madre fossero rientrate. Con mia grande sorpresa trovai Samuel, seduto sul divano impegnato a leggere un libro. La radio trasmetteva 'Anna e Marco' di Lucio Dalla, lo ricordo perché da allora ho un debole per quel brano. Lui alzò lo sguardo e mi disse: "Ciao Vicky, ti piacerebbe saltare la scuola e passare la giornata con me?"

"Perché?" dissi senza pensare.

"Così, per passare una giornata insieme. Mi piacerebbe che mi mostrassi la città", rispose lui.
Accettai la sua proposta. Passammo tutta la giornata in giro per Milano, passeggiando e chiacchierando come se ci fossimo appena conosciuti. Restammo mano nella mano per ore, ma non successe nulla di più. Adesso, pensare a quella mattinata mi fa sorridere. Il giorno successivo lo trovai ad aspettarmi fuori dalla scuola con in mano una rosa. Mi baciò senza dire una parola, come se fosse l'unica cosa rimasta da fare.

Mi manca tanto la tenerezza dei suoi gesti.

Concordammo di non dire nulla ai nostri genitori e ai miei fratelli. Sapevamo che tutti si sarebbero sentiti in dovere di esprimere un'opinione a riguardo e solo all'idea ci sentimmo in trappola. Decidemmo così di dirlo solo a Minnie e Sadie perché non avremmo mai potuto tenere un segreto con loro ed entrambi avremmo avuto bisogno di una spalla su cui piangere nel momento in cui Sam fosse tornato a casa.

Devo dire che siamo stati molto bravi a gestire il distacco. In questi mesi abbiamo mantenuto una relazione a distanza, telefonandoci nel cuore della notte come due amanti segreti, immaginando come sarebbe stato poterci riabbracciare. Oggi quel giorno è finalmente arrivato.
Mi accorgo che il signore seduto al mio fianco mi guarda sorridendo.

Devo proprio avere l'aria sognante.

Ricambio il sorriso alzando le spalle. Quando atterriamo mi sembra sia passato un minuto dal decollo. Più tardi scendo dal treno e metto piede nel grande atrio di Victoria Station. Nell'aria, un'essenza esotica si mischia all'odore di cibo fritto. Centinaia di sagome mi scorrono davanti agli occhi.

È arrivato il momento di tirare fuori la mia fedele macchina fotografica.

Mentre le immagini si imprimono sulla pellicola, nella mia mente si definisce indelebile il primo ricordo di Londra, che nei miei pensieri saprà per sempre di patchouli, fretta e patatine fritte, e avrà il calore del sorriso di Sam che mi aspetta paziente sotto al grande orologio vicino al tabellone delle partenze.

"*Vicky, you are here at last*[1]! Come stai?"

"Finalmente!"

Lo abbraccio, con il mio enorme zaino sulle spalle che mi sbilancia. Lui lo afferra, baciandomi di sfuggita.

"*Give it to me*[2], dobbiamo fare in fretta o mi danno la multa."

Mi trascina verso il parcheggio.

"Grazie di essere venuto a prendermi!"

Saliamo sul suo maggiolone azzurro e ci mettiamo in marcia verso Green Park.

Rivedere i suoi occhi verdi, così espressivi, mi sembra un sogno.

Nel tragitto parliamo di musica, fotografia e libri, è come se dal nostro ultimo incontro non fosse passato un giorno.

"E questo nuovo taglio di capelli alla Sophie Marceau? Mi piace su di te", mi

---

[1] Vicky, finalmente sei arrivata!

[2] Dallo a me.

dice sorridente. "Anche se con tutte quelle lentiggini sembri una ragazzina! Dimostri quindici anni al massimo."

Sa benissimo quanto mi dia fastidio che sottolinei la differenza di età tra noi due.

"Mi sono uscite per via dell'abbronzatura. E poi senti chi parla: tu sei passato da Robert Redford a Billy Idol. Che ti è successo?"

Gli scompiglio i capelli biondi, che quasi non si muovono per via del gel.

"*Cool*[33], uh? Che ne pensi?" dice, alzandosi il bavero del chiodo di pelle nera.

Mi tiro indietro per guardarlo meglio, e gli rispondo, scoppiando a ridere: "Non lo so... ci devo pensare. Per il momento diciamo che non sei male..."

"Troppo buona, come sempre", ribatte guardandomi storto mentre guida verso la casa dei suoi genitori. Ferma la macchina davanti a un grande cancello di ferro battuto nero. Al di là di esso, una lussuosa palazzina in stile Regency che si affaccia proprio sul parco che fronteggia Buckingham Palace. Il portiere viene ad

---

[33] Figo.

aprirci e Sam parcheggia in un grande cortile interno ben curato.
Facciamo cinque piani a piedi e, quando Sam apre la porta di casa, rimango senza fiato. Nel salone principale con i pavimenti di marmo bianco, decine di ninnoli e portafotografie ricoprono tavolini e cassettiere e ben tre divani bianchi circondano un tavolino di fronte al quale si innalza una grande libreria. Sam mi conduce nella sua camera. È pulita e accogliente, con poster di gruppi rock ordinatamente incorniciati su tutte le pareti e un mobile giradischi con centinaia di vinili.
"Non vedo l'ora di vedere Sadie e muoio dalla voglia di cambiarmi questi vestiti puzzolenti", dico, facendomi aria con la mano.
"La vediamo più tardi. Ora ti porto nella tua ala del palazzo così ti sistemi e poi usciamo."
"Mi sembra incredibile di poter finalmente essere a Londra e vedere la vostra casa e passare del tempo con voi!" dico elettrizzata mentre arriviamo alla fine del lungo e ampio corridoio. Sam mi indica una scala a chiocciola e io mi accingo a

salire mentre lui mi segue con il mio pesante zaino in spalla. Aprendo la porta in cima alle scale rimango senza parole: non è solo una mansarda, ma un vero e proprio loft con un altro ingresso indipendente. Da un lato, c'è un letto matrimoniale e uno spazioso armadio. Nel centro della stanza, un enorme divano con tanto di televisore e libreria con una raccolta immensa di videocassette. Dalla parte opposta, un angolo cucina e un grande tavolo rotondo di cristallo, e subito dopo, un biliardo e un juke box. La mia bocca rimane spalancata dallo stupore.

"Non posso credere ai miei occhi!"

"Ovviamente, principessa", prosegue con aria compiaciuta, "non poteva mancare il suo bagno con vasca idromassaggio e doccia. Poi le mostro come si usa!" dice ammiccando.

In quel momento suona il telefono.

"Non rispondi?" chiedo a Sam, guardando l'apparecchio rosso a forma di bocca sopra un comodino vicino al divano.

"No, rispondo dal piano di sotto. Tu sistemati che poi usciamo!"

Sparisce giù per la scala a chiocciola chiudendosi la porta alle spalle. Mi avvicino al juke box e faccio scorrere il dito sul vetro per trovare la canzone adatta al momento. Soddisfatta della mia scelta, sorrido, pensando alla reazione che potrà avere Sam e schiaccio il pulsante selezionando 'Rebel Yell' di Billy Idol.

Mi spoglio, e mentre ballo prendo dei vestiti puliti dallo zaino e li porto con me in bagno. Faccio appena in tempo a entrare in doccia quando sento la voce di Sam provenire dalla camera:

"Ahahah, molto divertente!"

Per tutta risposta gli canto dalla doccia: "*...in the midnight hour she cried, more, more, more...*"

Mi lavo velocemente e mi vesto in pochi minuti, poi lo raggiungo in mansarda.

In quel momento lui fa partire la colonna sonora del film 'Il tempo delle mele' e mi viene incontro canticchiando. Mi abbraccia e cominciamo a ballare guardandoci negli occhi. Ci baciamo. Tutto a un tratto ho la sensazione che ci sia qualcosa di sbagliato, ma non capisco cosa. La musica, questa casa sfarzosa... non so cosa sia, ma le farfalle nello stomaco non arrivano. All'improvviso ho

paura che lui intuisca qualcosa e mi allontano.
"Non ti hanno mai detto che come ballerino fai schifo?" dico ridendo.

Per un attimo ho avuto la sensazione che anche lui sembrasse sollevato.

Mi dà un bacio a schiocco sulla guancia, mi prende per mano e mi dice: "*Come on*[4], ti devo presentare il clan di matti e Sadie non starà più nella pelle!"

[4] Avanti.

2. Polaroid

Entriamo nel *Coach and Horses Pub* a Soho e Sadie, con i capelli color miele lunghi fino alla vita e l'esile figura messa in risalto da un succinto abito azzurro, mi accoglie con un gridolino e corre subito ad abbracciarmi.
"Come sei bella!" dice mentre mi spettina la frangia e aggiunge sussurrandomi nell'orecchio: "Sei una favola, mio fratello ha sempre avuto buon gusto in fatto di donne!"
Poi si gira verso la nutrita compagnia intorno al tavolo alle sue spalle e annuncia: "Lei è Victoria e viene da Milano, è uno sballo, non è vero?"
Vengo accolta da un coro di saluti entusiasti.
Solo un ragazzo e una ragazza mi ignorano. Sono seduti in fondo al tavolo, troppo presi dalla loro conversazione per rendersi conto di cosa stia accadendo intorno a loro. Si accorge di loro anche Sam: *"Hey you two, why don't you get a room[5]?"*

Lei si gira e si scusa con un gesto svogliato, mentre lui non si volta accenna un sorriso e continua a parlarle come se nulla fosse.

Che stronzo.

Come se mi avesse appena letto il pensiero, Sadie mi dice nell'orecchio: "Non preoccuparti di lui, fa sempre così, è Sebastian, te l'avevo detto che era uno strano..."
"Sebastian?" gli chiedo. "Il migliore amico di Sam?"
"Sì, proprio lui. Tanto è bello quanto indisponente."
"Samuel mi ha parlato di lui centinaia di volte. Non vedevo l'ora di conoscerlo di persona. Che delusione..." le dico. "Lo immaginavo come un ragazzo simpatico, non mi aspettavo certo Mr. Snob."
Sadie si mette a ridere e si siede a tavola lasciandomi posto al suo fianco.
"I miei genitori andranno via per qualche giorno e avremo la casa tutta per noi",

---

[5] Ehi voi due perche non vi prendete una stanza?

dice, “che ne dite di una festa di benvenuto per Vicky?”
“Bella idea! Noi portiamo le birre”, dice un ragazzo con i capelli biondi e il mullet. Provo a seguire la conversazione, ma non riesco a fare a meno di seguire quello che succede tra i due maleducati seduti in fondo al tavolo. Mr. Snob è seduto di traverso e fissa con occhi attenti la ragazza dai lunghi e ricci capelli rossi, che parla senza prendere fiato. Su entrambi i polsi lui porta un gran numero di bracciali di cuoio legati tutti insieme. Immagino il suo viso immortalato in un primo piano in bianco e nero. Il mento appuntito, gli zigomi pronunciati e quel taglio di occhi quasi da orientale.

Sam me lo aveva descritto come un bel ragazzo, ma non credevo fosse così particolare.

I ragazzi intorno a me mi tempestano di domande, mentre lui sembra ignorare di proposito la mia presenza.
“Vicky, lui è Matthew, il mio ragazzo”, dice Sadie.

"*Nice to meet you*[6], ho sentito tanto parlare di te!"
"Anche io. Sadie non ha fatto altro che parlare del tuo arrivo per settimane. Sono molto felice che possiate finalmente passare del tempo insieme."
"Anche io."
Sorrido a Sadie che annuisce avvinghiata al suo braccio.
"Mi ha detto Sadie che sei un'artista. Che cosa studi?" mi chiede Matthew.
"Mi sono appena diplomata e devo iniziare l'accademia di Brera quest'anno, ma non sono sicura che sia la scelta più giusta per me; la mia vera passione è la fotografia."
Su questa mia ultima affermazione, Mr. Snob si gira. Con la coda dell'occhio lo vedo scrutarmi, i suoi occhi azzurri rimangono fissi su di me per qualche istante, mentre annuisce alla rossa dal fiato inesauribile. Intanto, mi si presenta timidamente una ragazza dai capelli neri cotonati e gli occhi cerchiati di matita scura: "Che bello conoscerti, io sono Camille. Sadie e Sam ci hanno parlato tanto di te, Sadie dice che siete amiche da

[6] Piacere di conoscerti.

una vita e che hai molto talento... non vedevo l'ora di incontrarti!"
Le stringo la mano.
"Piacere mio Camille! Sadie con me è troppo buona, ma ho portato un album di ritratti che ho fatto nell'ultimo anno, quando vieni a casa dei Taylor te lo mostro se vuoi, così mi dici che cosa ne pensi."
"Volentieri! Hai portato una macchina fotografica qui con te a Londra?"
"Ho due macchine fotografiche qui con me. La mia preferita è una Canon professionale, la mia compagna di avventure, e poi una Polaroid che ho qui con me stasera. Mi sembrava più divertente e semplice da usare."
"Bellissima!" risponde lei entusiasta. "Ci fai una foto?"
"Certamente! Tu cosa fai di bello nella vita?" le chiedo mentre tiro fuori dalla borsa la Polaroid.
"Studio architettura, e per mantenermi la commessa part-time in un negozio di vestiti favolosi", risponde, mettendosi in posa insieme alle altre ragazze mentre sto per scattare la foto.

"Bellissimo, quindi dovremo assolutamente venire a trovarti!" le dico e intanto aspetto che l'istantanea esca dalla macchina.
La sventolo un po' per farla asciugare, poi la passo a Camille che annuisce impaziente di vederne il risultato.
Quando Sam esce a fumare con Nataniel, ne approfitto della distrazione generale per scattare una foto all'ignaro ragazzo maleducato e ai suoi bracciali. In quel momento Matthew porta a tavola due piatti di merluzzo fritto e patatine. Mi allungo per versare un po' di ketchup sulle patatine e improvvisamente percepisco una presenza accanto a me. Mi giro, pensando di trovarci Sam e al suo posto trovo Mr. Snob.

Da vicino è ancora più attraente.

Indossa una maglia senza maniche grigia con degli ideogrammi rossi e un paio di jeans aderenti strappati. Porta i capelli castani tirati indietro sulle tempie con un ciuffo che gli cade morbido sulla fronte. Quando i nostri sguardi si incrociano, sorride lasciandomi intravedere un piccolo

spazio tra i denti davanti e due fossette ben definite sulle guance. Si passa una mano fra i capelli e appoggia un gomito sul tavolo indicando la mia macchina fotografica.
"Ti dispiace se le do un occhiata?"
Il suo tono gentile mi sorprende. Ha una voce profonda e vellutata. Annuisco e gli porgo la macchina fotografica. Nel prenderla in mano, le sue dita sfiorano le mie. Quel contatto genera una lieve scossa elettrica. D'istinto ritraggo la mano imbarazzata.

L'avrà sentita anche lui?

Impassibile, Mr. Snob studia la Polaroid con attenzione.
"Posso provare a scattare una foto? Non ne avevo mai vista una così di persona..." mi chiede.
Prima che possa fare qualunque obiezione mi scatta una foto. Non appena è pronta, la tira fuori e mi guarda sorridendo mentre la agita.
"Mi chiamo Sebastian, e tu?"

"Victoria. Ma stare davanti all'obiettivo non è il mio forte, ti avverto..."
"Piacere di conoscerti, Victoria."
Si alza e prima di andare, dà uno sguardo alla foto che ha in mano e aggiunge: "Grazie per questa, Vic. Secondo me comunque ti sbagli..."
"Riguardo a cosa?"
"Stai benissimo davanti all'obiettivo."
Detto questo si allontana tornando a sedersi al suo posto all'altro capo del tavolo. Non riesco a togliergli gli occhi di dosso.

Di solito sono molto brava a leggere le persone, ma questo ragazzo mi confonde.

Nel frattempo, Sam, che era rimasto in piedi dietro di lui ad ascoltare la nostra conversazione, torna a sedersi al mio fianco. La rossa con cui parlava Sebastian prima di sedersi vicino a me, mi fissa corrucciata.
In quella manciata di minuti in cui lui è rimsato con me, sarebbe potuto andare a fuoco il locale e non me ne sarei accorta.

Fingendomi disinvolta ricomincio a mangiare le patatine parlando con Sam.
"Mi fa piacere che tu abbia fatto due chiacchiere con Sebastian mentre ero fuori. Allora che ne pensi? Lo immaginavi così dai miei racconti?"
"Sì, esattamente così", mento, cercando di non rivelare il mio imbarazzo.
In questo momento Sam dovrebbe essere il fulcro della mia attenzione ma non è così. Di tanto in tanto sorprendo Sebastian a guardarmi, e timida ricambio le sue occhiate. Non so perché, ma aver finalmente catturato la sua attenzione, mi lusinga.
Quando usciamo dal locale un'ora più tardi ci raccogliamo in cerchio a chiacchierare. La serata è tiepida e restare all'aperto è piacevole.
"Accidenti, se avessi saputo del tuo arrivo quando ho comprato i biglietti, ne avrei preso uno anche per te", dice Sam parlando di un concerto in un locale non distante dal pub. "Vieni lo stesso, dai! Magari troviamo qualcuno che ce ne vende uno davanti al club."

“Grazie, Sam, ma sono molto stanca, preferisco andare a casa, se non ti dispiace.”
Esita per un attimo e poi dice: “Se vuoi vengo a casa con te?”
“No, davvero, torno con Sadie e mi infilo subito a letto. Mi fa piacere che passi la serata con i tuoi amici.”
Lui mi prende la mano, mi tira verso di sé e mi bacia con passione. Josh fa un fischio di apprezzamento tra le risate degli altri. Quando Samuel lascia la presa gli sussurro: “Esibizionista!” poi mi giro ridendo verso il resto del gruppo con le guance tinte di rosso e mi chiudo nelle spalle timida. Saluto i ragazzi tenendo gli occhi bassi e corro da Sadie che sta avviando il motorino. “Divertitevi!” urlo mentre mi allontano. Prima di salire mi sento osservata e mi volto di nuovo verso il gruppetto. Sono gli occhi di Sebastian che mi sento addosso. Appena incrocia il mio sguardo, accenna un saluto sollevando appena il mento. Gli sorrido furtiva e poi mi giro subito verso Sadie.
“Ma perché tuo fratello deve sempre fare così lo scemo?” le chiedo infastidita.

"Che ci vuoi fare, lo sai com'è fatto!" risponde Sadie sorridendo. Salgo sul motorino e lei parte a tutta velocità.

3. Prospettive

"Ti andrebbe un latte caldo? Mia madre ha fatto i biscotti che ti piacciono tanto."

"Certo che sì, grazie!"

Salgo a struccarmi, mi infilo la canotta bianca e un paio di pantaloncini corti, poi raggiungo Sadie nella sua camera. Mi siedo sul suo letto infilando le gambe sotto il plaid patchwork multicolore. Lei prende un cuscino dal divanetto alle sue spalle e lo butta per terra di fronte a me, poi ci si siede sopra. La sua stanza è accogliente, profuma di agrumi e vaniglia, proprio come lei.

"Ti piacciono?" indica la parete davanti alla scrivania ricoperta di cartamodelli.

"Molto. Sono opera tua?"

"Sì, da quando lavoro con mia madre ho accesso a moltissimo materiale. Ogni tanto mi porto a casa qualche foto e la attacco qui per darmi l'ispirazione. Sono contenta che i miei disegni ti piacciano."

"Da quanto lavori con Susan?"

"Non fare la furba, non è certo il momento di parlare di me, questo. Devi

assolutamente raccontarmi di com'è stato rivedere mio fratello"
"È stato bello, strano..."
"Ed è una cosa seria?" incalza lei senza farmi finire. Sospiro.
"Sì, insomma, credevo che lo fosse."
"Ma c'è un ma?" mi chiede mentre il suo sorriso si spegne.
"Non lo so se c'è un ma, mi sento strana, come se i rapporti fra noi si fossero un po' raffreddati", le dico, mentre gioco con un biscotto.
"Come mai hai questa sensazione? Lui mi è sembrato piuttosto coinvolto."
Fa una pausa e ci pensa un po' su.
"A meno che..."
"A meno che, cosa?"
"Che non fosse un modo per marcare il territorio. Un modo per far passare chiaro il messaggio che tu sei occupata. Specialmente nei confronti di Sebastian."
"Dici? Ma tuo fratello non mi sembra il tipo, poi perché proprio Sebastian?"
Prima che possa rispondere, aggiungo: "Comunque è proprio strano quel ragazzo, vero?"

Lei scoppia in una risata che non riesco a decifrare.
"Benvenuta anche tu nel gruppo! Nessuna di noi comprende Sebastian, ma tutte, prima o poi, abbiamo avuto un debole per lui."
"Tutte, tranne te immagino."
"Ti sbagli amica mia, io non faccio eccezione!"
"Allora anche tu hai dei segreti! Raccontami, dai..."
"L'anno scorso ci siamo dati un bacio una sera in un club, poi lui è dovuto ripartire per la Norvegia, dove abita la sua famiglia. Quando è tornato, non ha fatto altro che evitarmi, fingendo che non fosse mai successo nulla. Comunque, a me era già passata. Infatti, pochi giorni dopo, è entrato in compagnia Matthew, e per me è stato amore a prima vista!" dice con aria sognante.
"Sai, Matthew me lo aspettavo diverso da come lo avevi descritto al telefono, credevo fosse più riservato, più musone, e invece è davvero simpatico e poi si vede da come ti guarda che ti ama molto."
"Credo tu gli piaccia, per questo si è aperto con te. Comunque hai ragione, ci

vogliamo molto bene e siamo felici insieme. Sai con lui mi sembra tutto semplice, senza drammi."
"Non ti ho mai sentita così serena. Mi piacerebbe potermi sentire così con Sam, ma sono volubile e mi ritrovo sempre in situazioni difficili", sospiro.
"Lo so, non preoccuparti, sono certa che andrà tutto bene e che quella che stai attraversando è solo una crisi di passaggio. Ti immagini che bello sarebbe se diventassimo cognate?"
Sorride, e dopo un attimo si incupisce.
"Dobbiamo toglierci Sebastian dai piedi."
"Ancora con questo Sebastian?"
Si batte un palmo sulla fronte.
"Come sei ingenua Vicky, non hai visto come ti guardava oggi?"
Aggrotto le sopracciglia.
"Ma sei seria?"
"Mi stai dicendo che non te ne sei accorta?" prosegue lei. "Conosco mio fratello e ti assicuro che ci ha fatto caso eccome!"
Scoppiamo in una risata.
"Secondo me ti stai fissando un po' troppo su questo Sebastian."

“Se mi sto fissando è perché ho un presentimento.”
“Ma quale presentimento? Io sto con Sam.”
“Non fraintendermi, Bastian è un gran bel ragazzo e non ha niente che non va, ma ha in mente solo la sua carriera e poi, sai quante donne gli girano intorno?”
“Comunque anche se non stessi con tuo fratello non sarebbe proprio il mio tipo.”

Dopo il brivido che mi è venuto quando ci siamo sfiorati, a dire il vero, non ne sono poi così sicura.

“Infatti Vicky, uno così meglio perderlo che trovarlo! Può essere solo una fonte di guai, fidati.” mangia un biscotto, poi mi guarda e mi sorride maliziosa. “Senti invece dimmi: tu e Sam l’avete fatto oggi? Sempre bello?”
“Sei tremenda! Non ho intenzione di rispondere alla tua domanda.”
Sorrido e mi alzo in piedi.
“Lo sapevo, dovresti vedere la tua espressione…”

Non mi volto nemmeno mentre la saluto con un gesto della mano.
"Vado a letto, rompipalle, sono troppo stanca per stare qui a farmi prendere in giro da te!"
Mi soffia un bacio e si infila sotto le coperte.

4. In fuga

Quando torno in camera mia controllo l'ora e decido di chiamare nonna Minnie sperando di trovarla ancora sveglia.
"Pronto?" risponde lei con voce assonnata.
"Nonna! Che bello sentirti, come stai?"
"Bene, scoiattolina, sto guardando la tv. Tu, piuttosto?"
"Io tutto bene, il viaggio è stato veloce e stasera siamo anche usciti."
"Ti sei divertita?"
"Sì, molto. Gli amici di Sadie e Sam sono gentili e quasi tutti simpatici."
"Quasi tutti?"
"Beh... c'è questo ragazzo che si crede chissà chi. È un tipo strano, di poche parole. Mi ha subito fatta innervosire"
"Non che ci voglia molto..."
Sorrido.
"Tu mi conosci, nonna."
"Ah", dice lei, "ho capito... e questo ragazzo, per caso è anche carino?"
La sento ridacchiare dall'altro lato della cornetta.

"Sì, un bel ragazzo, ma questo non conta... Nonna perché ridi?"
"Nulla, tesoro... Ma dimmi, con Sam come va? È stato bello rivedervi?"
"Sì, è stato carino", rispondo.
"Non è che avete litigato per caso?"
"No, ma sai, nonna, non sono mica tanto sicura che... insomma che mi piaccia ancora in quel modo."
La sento sospirare.
"Te l'avevo detto che non era quello giusto, ma tu sei una testona", sospira di nuovo, "innamorata dell'amore, ecco cosa sei tu!"
"Hai ragione, nonna, ma che ci posso fare? Credevo che mi piacesse!"
"Non essere impaziente, scoiattolina. Prova a vedere come va. Non essere precipitosa come al solito tuo. Sarebbe un peccato rovinare tanti anni di amicizia per una cottarella adolescenziale. Non ti pare?"
"Va bene, nonna. Hai ragione. Ma se vedo che non funziona?"
"Se le cose tra voi sono davvero cambiate lo sentirà anche lui e vedrai che avrete modo di parlarne... abbi pazienza, scoiattolina. Adesso vado a dormire, per me si è fatto tardi. E anche per te."

La sento sbadigliare dall'altro lato della cornetta.
"*Have fun, little squirrel, and be careful*[7]!"
"Va bene, nonna, abbi cura di te e ricorda le pastiglie!"
"Sì, e tu chiama ogni tanto. Dirò io a mamma, papà e i tuoi fratelli che va tutto bene."
"Notte. *Love you to the moon and back*[8]."
"*Me too, sweet dreams*[9]."
Metto giù, tolgo gli shorts e mi infilo sotto le coperte. Quando è notte fonda vengo svegliata da un bacio: è Sam. Vuole fare l'amore. Forse lo accolgo un po' più freddamente di quanto vorrei dargli a vedere, ma lui non sembra accorgersene. Sa di tabacco, di quel suo profumo francese che conosco bene e il suo tocco familiare mi ricorda nottate felici trascorse a guardare le stelle. Un bacio dopo l'altro, mi lascio andare e cedo alle sue avances. Alla fine, lui si addormenta, mentre io rimango sveglia per ore a pensare. Mi tornano in mente i momenti trascorsi con

---

[7] Divertiti scoiattolina e stai attenta!
[8] Ti voglio bene fino all luna e ritorno.
[9] Anche io, dolci sogni.

lui, le passeggiate per Milano mano nella mano, gli incontri notturni sul terrazzo di casa mia per fare l'amore di nascosto; quella volta in cui ci siamo riparati da un temporale sotto una tettoia nel Vicolo delle Lavandaie, poi, quando è uscito il sole, abbiamo trascorso ore a chiacchierare con i piedi a mollo nel naviglio. Le risate fino al mal di pancia, le sue idee strampalate, gli spuntini di mezzanotte. Mi viene il groppo in gola e una lacrima solca la mia guancia.

Ma perché ogni volta che una storia è alla fine mi tornano in mente solo i momenti più belli?

Certo non è stato tutto bello: le sue telefonate degli ultimi mesi, per esempio, erano veloci e distaccate, quasi di rito. All'inizio pensavo che andasse di fretta ma ora mi sembra che tutto coincida. Penso alle parole sagge di nonna Minnie: "Siete come fratelli, scoiattolina, vi conoscete troppo bene, non c'è mistero. Come può durare? Ti annoierai presto, vedrai."
Forse aveva ragione lei e, magari è solo una mia sensazione, ma giurerei di non aver sentito smania o desiderio nel suo

tocco. È stato come se entrambi stessimo ripetendo un copione, una scena già vissuta, senza alcun trasporto. Forse mi rendo conto solo ora che fra noi è finita.

Mi scoppia la testa.

E come se tutto questo non bastasse, mentre cerco una spiegazione razionale ai sentimenti che provo, a rendere il tutto ancora più complicato, di tanto in tanto la mia mente viene attraversata da un'immagine che accresce il mio senso di colpa: il viso di Sebastian. Cerco di cancellare il suo sorriso dai miei pensieri, e concentrarmi su come affrontare la situazione.

Forse dovrei parlare con Sam. Magari le mie impressioni sono giuste e anche lui prova le stesse emozioni. Quali parole dovrei usare per non ferirlo? Per non rovinare la nostra l'amicizia? Devo lasciarlo? Non posso stare con lui e sentirmi così.

La mia testa è un gomitolo di pensieri contorti che mi tengono sveglia. Non so come, ma alla fine riesco ad addormentarmi.
Il mattino seguente mi sveglio con Sam che mi abbraccia, sussurrandomi parole dolci e il senso di colpa mi assale.

Forse sono solo io.

"Buongiorno."
Scivolo fuori dalle coperte con un sorriso per evitare qualsiasi ulteriore smanceria.
"Lascia che ti prepari la colazione."
Mi stiracchio.
"Va bene, principessa, allora io mi faccio una doccia. Vuoi venire con me?"
Sorride malizioso.
"No, grazie, la faccio dopo, con calma."
Appena chiude la porta del bagno infilo i jeans di corsa, e scendo a bussare alla porta di Sadie.
"Avanti", grida lei.
"Posso? Scusa il disturbo..."
"Ma che disturbo... come stai? Ho sentito che Sam è salito da te stanotte... dormito bene?" mi chiede maliziosa.

"Piantala..." la guardo in cagnesco, poi senza lasciarla replicare aggiungo: "Devo chiederti un enorme favore..."
"Stai scappando dalla polizia?"
"Quasi: mi devi portare via da tuo fratello oggi, ti prego."
Si batte la fronte con il palmo della mano.
"Oddio no... stai per caso dicendo che siete in crisi?" sospira.
"Non lo so... ho bisogno di tempo per pensare, lo so che non ti dovrei coinvolgere ma sei la mia migliore amica..."
"Va bene", sospira di nuovo mentre esce dalle coperte, "lasciami il tempo di vestirmi e vi raggiungo. In cambio, mi devi preparare la colazione!"
"Ti aspetto, allora. Vieni presto, non so per quanto riuscirò a gestire la situazione."
"Ok, dammi dieci minuti."
Salgo di corsa e preparo le uova strapazzate e qualche fetta di pane tostato, poi apparecchio la tavola. Sam, con indosso solo un asciugamano legato in vita, mi coglie di sorpresa, abbracciandomi da dietro mentre verso del succo d'arancia in un bicchiere.

"Come mai hai apparecchiato per tre?"
"Sadie è dei nostri stamattina, ha promesso di portarmi a fare shopping e poi alla Tate Gallery."
"Credevo saremmo stati solo noi due oggi. Mi ero tenuto la giornata libera," bofonchia masticando un pezzetto di pane tostato.
"Mi dispiace", mi fingo stupita. "Ieri sera mi sembrava di aver capito che fossi occupato con i tuoi amici e mi sono organizzata con lei."
Faccio una pausa.
"Ma possiamo stare insieme stasera, se vuoi."
Dentro di me spero che abbia da fare.

Devo prendere tempo fino a che non decido come affrontare l'argomento.

"Stasera no", interviene Sadie facendo il suo ingresso in mansarda. "Non ricordi il torneo di bowling? Sai come ci tiene Matthew. Se non venite sarò costretta a subire le sue lamentele per giorni. Ti prego fratello non farmi questo."

"*Shit*[10]! Me ne ero completamente dimenticato", esclama Sam con rammarico.
"Stasera, Vic, ti divertirai un mondo, vedrai. Questo gruppo di scellerati sono i peggiori giocatori di bowling mai visti!"
Sorrido.
"Sam, non preoccuparti, staremo soli domani sera."

Ancora una volta Sadie si è dimostrata la grande amica e salvatrice di sempre.

"Veramente, domani sera devo andare a vedere gli Shine Away in sala di registrazione, il locale è di un mio amico, ma se vuoi rimando."
"Shine Away? Chi sono?"
"Il gruppo di Sebastian."
"Sì, certo, il tuo migliore amico. Giusto?" gli chiedo fingendo di ricordarlo solo vagamente mentre l'immagine del suo sorriso riaffiora nuovamente nei miei pensieri.
"Sì, lui, quello di cui al telefono ti ho parlato tanto. Sai quel ragazzo strano che

---

[10] Merda.

ieri ti si è seduto vicino mentre ero fuori a fumare?"
"Ah sì, certo, non mi ricordavo fosse anche il cantante della band con cui esci sempre."

Chissà Sadie cosa penserà di me in questo momento.

Arrossisco e lei scuote la testa sorridendo.
"Sì, esatto. Fanno parte del gruppo anche altri due dei ragazzi che hai conosciuto al pub: Nataniel, che suona le tastiere, e Patrick, che invece è il chitarrista. Perché non vieni con me? Sono sicuro che ti piaceranno."
"Certo!"
"Perfetto, allora restiamo così: stasera ci vediamo addirittura al Bowling e domani passiamo la giornata da soli poi ti porto alle prove. Va bene?"
Guardo Sadie come per cercare il suo aiuto e lei coglie subito il mio segnale.
"Va benissimo."
Lo bacio sulla guancia mentre lui finisce la sua fetta di pane tostato.

"No, caro. Ho già pianificato tutto anche per domani pomeriggio. Dovrai metterti in fila. Sono passati quasi due anni dall'ultima volta che ho trascorso un po' di tempo con la mia amica Vicky. Devo recuperare."
Mi lancia uno sguardo complice e si siede a tavola di fronte a Sam servendosi una cucchiaiata di uova strapazzate.
"Ok, ma non fate tardi."
Sam sbuffa.
"Allora stamattina, dato che me la porti via, vado in negozio a dare una mano a Josh, goditi Vicky questi due pomeriggi che poi non voglio sentire scuse... *don't be a pain as usual, little sister*[11]!"
"Bene! Allora siamo d' accordo", dice Sadie sorridendo mentre Sam si alza. Lui mi stampa un bacio sulla fronte e uno sulle labbra, beve l'ultimo sorso di aranciata: "A dopo, bellezze!"
Lo sento scendere le scale, e quando la porta si chiude e gli occhi mi si riempiono di lacrime, mi volto verso Sadie.

---

[11] Non essere noiosa come al solito, sorellina.

“Tuo fratello è un tesoro, ma stanotte abbiamo fatto l’amore e non… non è più come prima. Mi dispiace tanto.”
Sadie si precipita a stringermi in un abbraccio.
“In realtà c’è una cosa che devo dirti, Vicky. Non faccio altro che pensarci da ieri sera. So che non dovrei immischiarmi ma, dato che ti senti così, penso che possa essere importante.”
“Dimmi, non lasciarmi sulle spine, ti prego.”
Fa un respiro profondo e continua: “Va bene. Prima che tu arrivassi, c’era questa ragazza che girava intorno a Sam. Si chiama Cindy.”
“Cindy?”
“Sai la rossa con i boccoli ieri sera al pub?”
“Sì, dici quella seduta con…”
“… con Sebastian”, continua lei. “Ecco, da quando è entrata in compagnia un paio di mesi fa ho avuto la sensazione le piacesse Sam. Sapendo che però lui stava con te, non ci ho dato molto peso. In un paio di occasioni mi è sembrato di vederli abbastanza vicini.”

"Cosa intendi per vicini?" la interrompo mentre faccio tamburellare le dita sul tavolo.
"Nulla di che sai un abbraccio più lungo del solito al momento di salutarsi, qualche sguardo complice, cose così. Credevo solo che lui flirtasse un po' per gioco. Sai come si fa tra amici."
"Capisco, ma come mai non mi hai detto nulla?"
"Dapprima ho pensato di farlo, non ero entusiasta di mettermi in mezzo, ma mi sembrava giusto tu sapessi. Quando stavo quasi per farlo, da un giorno all'altro hanno smesso di parlarsi."
Sospiro.
"Nelle ultime settimane Samuel mi è sembrato molto preoccupato, quasi contrariato", aggiunge. "Non avevo pensato che potesse avere a che fare con questa storia, con lei. Ieri sera però, prima di dormire, ho pensato a come Cindy civettava con Sebastian, alla reazione nervosa di mio fratello, al bacio plateale che ti ha dato davanti a tutti e mi è venuto un dubbio. Capisci cosa voglio dire?"
"Pensi che lui abbia una storia con lei?"

"Forse non una storia, ma magari qualcosa in sospeso. Potrebbe essere una spiegazione."
"Ecco perché quello sguardo di odio di Cindy nei miei confronti...non era dovuto al fatto che parlavo con Sebastian, era Sam!"
"Esatto e forse cercava di farlo ingelosire..."
"Avrebbe un senso."
Ci rifletto per un istante.
"Sono furiosa e sollevata al tempo stesso. Non era questo che mi aspettavo venendo qui."
"Capisco, Vicky. Mi dispiace."
"Ma perché, a questo punto, non me ne parla lui?"
"Forse perché non vuole ferirti. Sam è un ragazzo che non ama il confronto, preferisce aspettare che le cose accadano. Immagino non sia una decisione facile da prendere nemmeno per lui."
Scuoto la testa.
"Ma che senso ha restare insieme se entrambi non siamo più interessati l'uno all'altra? È una perdita di tempo", penso

ad alta voce e vedo l'espressione di Sadie cambiare.
"È strano che tu l'abbia appena definita una perdita di tempo."
"Perché è strano?"
"Non è che per caso c'è qualcun altro, Vicky?"
"No, ma che dici..."
Mi alzo per sparecchiare e il viso di Sebastian si materializza nuovamente nei miei pensieri.
"Ti conosco da una vita, a me non puoi nascondere nulla. Ti so leggere bene. Molte volte ho capito cosa succedesse in quella testolina, ancora prima che tu te ne rendessi conto."
"Ah, sì? E vediamo allora, chi dovrebbe essere quest'altra persona?"
"Non so tesoro, dimmelo tu. Sei stata qui solo un giorno e non ti ho vista interagire molto. Vediamo..."
Fa una pausa per pensare, poi cambia espressione come se avesse appena avuto un'illuminazione.
"Oh, no..."
"*Oh no...* cosa, Sadie?"
"Ti piace Sebastian!"

"Ma no, che dici, l'ho visto una sola volta, gli avrò parlato per un minuto e poi te l'ho già detto che non è il mio tipo."
"Sì, ti piace e gli hai fatto anche una foto!" mi interrompe e indica la polaroid che spunta dalla mia borsa che ho lasciato sul divano.
"La foto l'ho scattata perché mi piacevano i suoi bracciali."
"Va bene, come no. Ma dai, inventatene un'altra. È un gran bel ragazzo e ti piace: sii onesta con te stessa."
"Le cose non stanno affatto come dici tu."
Comincio a raccogliere nervosamente i piatti.

Possibile che abbia ragione? L'immagine del suo sorriso nei miei pensieri avrebbe un senso se fosse come dice lei. Ma no, non ha ragione per niente!

"Vestiti, ne parliamo per strada. Non hai idea della situazione in cui ti stai mettendo."
"Non c'è nessuna situazione, sei tu che ti sei costruita una storia nella tua mente."

Io non sono come dice lei. Non potrei mai fare questo a Sam.

"Va bene, adesso usciamo ma ricorda: io ho non mi sbaglio mai!" dice, incapace di trattenere un sorriso.
"Smettila subito, testarda rompipalle che non sei altro."
Le tiro dietro lo strofinaccio della cucina mentre si infila giù di corsa per la scala a chiocciola.
Quando sono vestita di tutto punto e pronta per uscire scendo le scale e aspetto Sadie in piedi davanti alla porta della sua stanza.
La guardo mentre finisce di truccarsi e resto in silenzio a pensare.

Vorrei tanto che Sam mi piacesse come prima, vorrei che tutto andasse come lo avevo immaginato in questi mesi, quando fremevo all'idea di rivederlo.

Il telefono in corridoio squilla, interrompendo i miei pensieri.

"Rispondi tu Vicky, *please*?" mi chiede Sadie mentre si raccoglie i capelli in una coda.
Mi avvicino e sollevo la cornetta: "*Hello*?"
"Pronto sono Sebastian, posso parlare con Sam, per favore?"
Il suo accento è inconfondibile. Per un attimo, per un motivo che non so spiegarmi, sento un senso di vuoto nello stomaco.
"Pronto?" ripete lui, in attesa di una risposta.
"Ciao Sebastian, sono Victoria", rispondo finalmente con un filo di voce.
"Oh, ciao Vic, come stai?"

Mi piace che mi chiami Vic, nessun altro lo fa.

"Bene grazie, e tu?"
"Tutto bene grazie. Cercavo Sam, me lo passi per favore?"
"Non c'è, è fuori. In negozio, credo."
"Mi stavo chiedendo se avesse intenzione di venire alle prove domani sera. Ma, se non c'è, lo chiamo in negozio, grazie."

"Sì, cioè no. Voglio dire che non c'è ma che… domani sera viene… veniamo alle prove."
"Bene, sono contento! Ci vediamo, allora."
"Se non disturbo", aggiungo. Mi accorgo che sto mangiucchiando le pellicine intorno alle unghie.
"Nessun disturbo, mi fa piacere."

Vuoi vedere che mi piace davvero?

"Sei la ragazza di Sam, che è come un fratello per me, perciò sei di famiglia!"

Ma no, infatti, sono la ragazza di Sam. Victoria, stai al tuo posto.

"Certo, grazie!"
"Comunque, sai che ho la tua foto nel mio portafoglio e ieri mi è capitata tra le mani un paio di volte. I tuoi occhi sono magnetici, di un tono di verde molto particolare."

Ci stai provando con la ragazza del tuo migliore amico?

Deglutisco.
"Grazie, sei troppo gentile, non so che dire."

Oddio ma perché ogni volta che parlo con lui mi sento un'idiota. Penso una cosa e ne dico un'altra.

"Non dire nulla."
Sembra stia sorridendo.
"Ora vado che ho mille cose da fare, *see you later*[12]!"
Conclude la telefonata senza nemmeno aspettare che lo saluti e rimango con la cornetta in mano, come un'ebete, immaginando ancora una volta quel sorriso.
"Chi era?" dice Sadie raggiungendomi, e mi passa una mano davanti agli occhi. "Ohi, ci sei? Chi era?"
Riaggancio la cornetta.
"Era Sebastian, cercava Sam."
"Dovresti vedere la tua faccia. Fortuna che non ti interessa!"

---

[12] A dopo!

Raccoglie la mia giacca di jeans dal bracciolo della sedia e mi prende per mano e trascinandomi fuori di casa aggiunge: “Che cazzo di casino!”

5. Inquietudine

Avevo dimenticato quanto fosse divertente Sadie e quanto potesse essere speciale trascorrere del tempo da sola con lei. La nostra giornata di shopping, infatti, vola in un lampo e dopo essere tornate a casa per cambiarci, raggiungiamo Sam e gli altri al bowling.

"Vi siete fatte attendere, eh?" ci saluta Matthew mentre aspetta da bere al bancone del bar. Sadie si avvicina a lui, e gli dà un bacio.

"Siete le ultime."

"Lo sai che noi donne adoriamo farci desiderare!" risponde Sadie con fare civettuolo e, prendendomi per mano, mi porta con sé verso la sala da bowling.

Matthew prende la birra che aveva ordinato e ci segue.

"Amore, ci pensi tu a noleggiare le scarpe per Vicky? Porta il 37."

"Va bene, ci vediamo al tavolo. Vicky può giocare in squadra con Sam, Sebastian e Cindy, Nat non è venuto stasera."

"Ma io non so giocare."

“Non ti preoccupare, Vicky”, dice Sadie fermandosi davanti a un piccolo specchio appeso al muro per sistemarsi il rossetto. “Sei pronta ad affrontare Sam e Sebastian insieme?” sussurra.
Mi viene un tuffo al cuore.

Come insieme? Ma Sebastian non dovevamo vederlo domani?

Non faccio in tempo a obbiettare, che mi ha già trascinata via.
“Io credevo che stasera...”
Prima di finire la frase, sono già tra le braccia di Sam.
“Ciao baby! Come stai?”
“Bene, grazie”, rispondo rigida.

Non ero preparata a quell’accoglienza calorosa.

Lui mi leva la giacca di jeans e la posa su una sedia di fronte al tavolo dove sono già seduti Cindy e Sebastian, che stanno chiacchierando.
“Ciao ragazze! Siete pronte?”

Josh, in piedi di fronte al tavolo accanto al nostro, fa un tiro di prova, mentre al suo fianco, Camille sorseggia un milk-shake e ci saluta con la mano.
"Allora, come te la cavi con il bowling?" mi chiede Sebastian appena mi siedo.
"Stasera abbiamo rinunciato a Nat per far venire te. Speriamo ne sia valsa la pena, perché lui è un campione."
Sfoggia un sorriso beffardo e strizza l'occhio a Sam.

Deve avergli detto che non sono molto portata per gli sport di squadra.

"Fai il bravo, Sebastian", lo rimprovera Sam, e mi porge la sua birra sorridendo.
"Non badare a lui", bisbiglia al mio orecchio. "Ogni tanto si diverte a mettere a disagio le persone."
"Non preoccuparti, non sono a disagio", rispondo a voce alta.
"E comunque, non avreste dovuto rinunciare a Nataniel per me. Non sono un buon acquisto."

Non intendo dargli la soddisfazione di prendermi in giro.

"Accidenti, che culo!" dice Matthew al mio terzo strike di fila. "E meno male che non eri capace."
Ogni volta che butto giù i birilli, Sam mi abbraccia sollevandomi da terra. In un'occasione, quando mi rimette a terra, mi accorgo di avere addosso lo sguardo serio di Cindy, ma si volta subito dall'altra parte.

Sarà per via di quello che mi ha detto Sadie su Cindy e Sam? Smettila di farti paranoie, Vic.

In quel momento, i miei occhi incontrano quelli di Sebastian e abbasso lo sguardo.

Mi piacerebbe sapere cosa pensa, ma non riesco a leggerlo. Come faranno lui e Sam ad andare tanto d'accordo, diversi come sono?

...

"Non posso credere che ci abbiate stracciato così!" dice Matthew mentre usciamo dal locale un paio d'ore più tardi.
"Che vuoi farci, amore? Per la fortuna sfacciata non c'è antidoto!"
Sadie lo abbraccia.
"Il fatto è che siamo troppo forti", risponde Sebastian. "So che è difficile accettare la dura realtà, ma è così, fatevene una ragione."
"Ragazzi, stasera al cinema Ritzy fanno 'Breakfast Club', andiamo a vederlo?" propone Cindy accendendosi una sigaretta.
"Io ci sto", risponde Sam facendosi passare l'accendino per accendersene una anche lui.
Sadie gli lancia un'occhiataccia.
"Magari dovresti chiedere prima a Vicky, no?"
"Oh, cazzo, scusa, Vicky. Ti va?"
"Certo che le va", interviene Sebastian. "E va anche a me."
"Posso rispondere da sola", dico stizzita. "E sì, mi va."
Sadie sorride e mi lancia uno sguardo complice.

"Molto interessante", bisbiglia nel mio orecchio, poi si rivolge a Matthew.
"Ti va se noi andiamo a casa? Sono stanca morta", dice ad alta voce.
"Sì, amore. Ti accompagno e magari salgo da te per un po', se ai tuoi non scoccia", risponde lui.
"Perfetto."
"Allora andiamo anche noi. Ciao ragazzi!" ci saluta Camille.
"È stato un piacere perdere con stile", aggiunge Josh mentre si allontanano verso l'entrata della metro.
Arriviamo al cinema poco prima che inizi il film. Cindy si siede alla mia sinistra, Sam alla mia destra e Sebastian di fianco a lui.
Io e lei scambiamo quattro chiacchiere di circostanza, poi, appena le luci in sala si spengono, Sam comincia a baciarmi.

Oddio, perché mi sento così a disagio? Non sto facendo nulla di male, Sam è il mio ragazzo.

"Faccio una corsa in bagno, prima che inizi", dico, ritraendomi di scatto.
"Ok, ma fai in fretta. Ci siamo quasi."

Mi allontano di corsa, fermandomi nell'atrio della sala per riprendere fiato.

Cacchio. Cosa mi prende?

Dopo qualche minuto, torno dentro. Con mia grande sorpresa, Sam si è seduto al mio posto, lasciando libero quello tra lui e Sebastian.
"Abbiamo dovuto scambiarci perché la ragazza dietro di me non ci vedeva. Spero non ti dispiaccia", mi dice Sam.

Oh, no.

"No, nessun problema", rispondo, sistemandomi tra loro. Provo a ignorare Sebastian ma sento il suo sguardo su di me e non riesco a resistere. Per un attimo i suoi occhi trovano i miei ed è come sognare di cadere nel vuoto.
Sono le luci a salvarmi, spegnendosi. Cerco di guardare il film ma non riesco a concentrarmi.
Sam, ignaro della mia agitazione, mi mette un braccio intorno alle spalle. Ogni tanto con la coda dell'occhio mi accorgo che mi

guarda, ma non mi giro, non voglio che lo prenda come un invito a baciarmi. Preferisco fingermi interessata al film, e rimango aggrappata ai braccioli per tutto il tempo.

Sembro seduta su un aereo che sta per decollare. Respira, Vic.

A un certo punto sento Cindy bisbigliare qualcosa a Sam. Lui sfila il braccio dal mio collo e si gira verso di lei per risponderle.

Faccio un respiro profondo e chiudo gli occhi cercando di rilassarmi. In quel momento sento qualcosa di caldo sfiorarmi le dita: la mano di Sebastian.

"Va tutto bene, Vic?"

La sua voce profonda mi accarezza. È così vicino che sento il suo respiro su di me. Sa di menta, di baci.

Apro gli occhi. Non posso fare a meno di immaginare come sarebbe portare le labbra alle sue.

Che cacchio ti sta succedendo? Smettila subito, Victoria.

"Sono solo stanca. È stata una giornata lunga."
Mi rendo conto che non se l'è bevuta, perché fa spallucce, sorride e torna a guardare lo schermo.
Anche quando Sam mi mette di nuovo il braccio intorno alle spalle, Sebastian non si muove e lascia che le nostre mani continuino a sfiorarsi. È una tortura così piacevole che non riesco a muovermi di un millimetro.
Non faccio altro che pensare a lui per tutto il film, con la paura di girarmi a guardarlo.
Quando iniziano i titoli di coda e le luci si alzano, balzo in piedi e cerco rifugio tra le braccia di Sam, che sembra non essersi accorto di niente.
Poco dopo siamo io e Sam nel suo maggiolone, sulla strada verso casa. Lui sembra pensieroso.
"Sebastian non ti sta molto simpatico, vero?", mi chiede a un tratto.
Il sangue mi si gela nelle vene.

Oh, cacchio! Mi sta mettendo alla prova? Ha visto o capito qualcosa?

"Perché me lo chiedi?"

Prendi tempo, Vic.

"Non so. È una sensazione, più che altro. Ho ragione?"
La mia gamba comincia a muoversi nervosamente.
"Non mi sta antipatico, solo che a volte lo trovo indisponente, tutto qui. Non credo di piacergli."
"Ti sbagli. Mi ha detto che lo hai colpito molto. Dice che ti immaginava diversa dai miei racconti. Ma lui è un tipo strano, capisco che possa risultare un po' antipatico di primo acchito, però ti assicuro che è un ragazzo molto interessante."

Eccome se lo è, non riesco a pensare ad altro.

"Se lo dici tu..." rispondo, i miei occhi sulla strada.
"Mi piacerebbe che voi due diventaste amici. Siete entrambi molto importanti per me."

Oddio Sam, ti prego non farmi questo.

Faccio spallucce.
“Se proprio ci tieni...”
Arrivati in mansarda ci infiliamo sotto le coperte.
Sam mi tiene tra le braccia.
“Sei silenzioso stasera. Va tutto bene?”
“Sì. Sono solo molto stanco. Ti dispiace se dormiamo?”
“No, figurati.”
“Buonanotte, piccola”, mi bacia la fronte e spegne la luce.

6. Sull'orlo del precipizio

Il mattino dopo, Sadie e io usciamo presto e trascorriamo un'altra giornata tra musei e negozi.

Il mio pensiero torna spesso a ieri sera: a Sebastian e allo strano silenzio di Sam.

Sadie, a cui non sfugge niente, mi tempesta di domande, prima sul cinema poi su suo fratello, ma io mi comporto come se non fosse successo nulla, non sono ancora pronta ad affrontare l'argomento Sebastian con lei. Arriva sera e, come d'accordo, Sam passa a prendermi a casa.

Quando arriviamo in sala prove, gli Shine Away sono già nella stanza insonorizzata, pronti per iniziare a registrare. Appena vedo Sebastian, il mio cuore perde un battito. Fatico a capire cosa mi stia succedendo e cerco di sembrare impassibile.

Danny, il proprietario dello studio, ci fa accomodare e ci porge delle cuffie e Sam, seduto al mio fianco, mi prende per mano.

Mi aspettavo un gruppo di principianti e invece la band inizia a suonare e mi trovo di fronte a tre professionisti. Tra loro c'è molta sintonia e hanno la presenza scenica di un gruppo che suona insieme da molto tempo. Ma la vera rivelazione è Sebastian. Anche se si stratta soltanto di una prova, si muove tra i ragazzi come se si stesse esibendo davanti ad una folla.

È così sensuale e sicuro di sé.

Bastano poche strofe per rendermi conto che ha un eccezionale estensione vocale e un talento incredibile. La sua voce cristallina risuona nelle mie orecchie e io, stregata, chiudo gli occhi per godermi ogni sfumatura del suo timbro e per lasciarmi accarezzare dalle sue parole.

"I've been looking for you every day, and now that I have found you, every time you look at me, my poise fades away please don't' leave me here, I can't survive if you go[13]."

---

[13] Ti ho cercato ogni giorno e ora ti ho trovato. Ogni volta che mi guardi, il mio equilibrio svanisce, per

Sam si alza per prendere le sigarette dalla giacca e, distratta dal suo movimento, apro gli occhi. Lo sguardo di Sebastian mi coglie impreparata. Mi sorride, e i miei occhi rimangono incatenati ai suoi.

"*Stay, stay with me today. Let my love take the place of your worries for one day. Stay my arms till Monday, this is not just a holiday...*[14]"

Sento le guance scaldarsi e abbasso lo sguardo. Quando Sam torna a sedersi al mio fianco, trovo il coraggio di guardare Sebastian ancora una volta e lo trovo rivolto verso Patrick.
"Ti piacciono?" mi chiede Samuel tenendo il tempo con la gamba.
"Molto!" rispondo, sperando che non abbia notato la mia reazione.

---

favore non lasciarmi, non sopravviverò se te ne andrai.

[14] Resta. Resta con me oggi, lascia che il mio amore prenda il posto delle tue preoccupazioni per un giorno. Resta tra le mie braccia fino a lunedì, questa non è solo una vacanza...

Le prove proseguono per quasi due ore e per tutto il tempo rimango concentrata su di loro, lasciandomi trasportare dalle emozioni. Mi sento come se Sebastian fosse seduto al mio fianco e cantasse ogni strofa soltanto per me. Come se ogni parola pronunciata da quella voce mi trascinasse lentamente nel suo mondo e mi allontanasse da quello che resta della mia relazione con Sam. Improvvisamente la melodia nelle cuffie si interrompe, sostituita dalla voce di Danny.

"Ragazzi, io devo andare, fate una pausa che vi lascio le chiavi?"

Per poco non cado dalla sedia.

"Ti eri appisolata, tesoro?" mi fa Sam.

"Si, sono un po' stanca", sorrido. "Vado a sciacquarmi il viso se non ti dispiace."

"*Sure, hun.*[15]"

Mi indica la porta del bagno mentre i ragazzi mettono giù gli strumenti e io ne approfitto per allontanarmi prima che ci raggiungano.

Il bagno è piccolo ma pulito e fa molto freddo.

---

[15] Certo, dolcezza.

Avrei dovuto portarmi un maglione.

Mi slaccio la salopette per fare la pipì. Quando ho finito mi rivesto e lavandomi le mani mi guardo riflessa nello specchio. La maglietta bianca che indosso è così aderente che lascia intravedere il pizzo del reggiseno.

Per fortuna ho la pettorina di jeans che mi copre. Avrei decisamente dovuto portare un maglione.

Sistemo il caschetto appiattendo la frangia spessa con le mani. Tampono con una salvietta umida le guance ancora rosse e rimango per un attimo imbambolata a pensare a Sebastian. Mi basta visualizzare il suo viso per sentire ancora quel senso di vuoto allo stomaco.

Che cosa mi sta succedendo?

Mi schiaffeggio leggermente per darmi una svegliata, mi ricompongo e torno verso la sala di registrazione tirando le maniche della maglia fino a coprirmi quasi

completamente le mani fredde. La trovo vuota, con l'eccezione di un'unica persona, seduta sul divano di pelle di fronte al mixer: Sebastian.
"Gli altri sono andati prendere qualcosa da mangiare", mi spiega accennando un sorriso.
"E t...tu come mai sei rimasto?" chiedo battendo i denti dal freddo.
"Dovevo fare una telefonata. Ma è stata più breve del previsto. Danny ha detto di salutarti", risponde sbrigativo.
"Grazie."
Mi siedo sul divano il più lontano possibile da lui. Nonostante la distanza tra noi sento salire comunque un senso di inquietudine.
"Siete molto bravi, complimenti!" dico. Mi accorgo che sto agitando una gamba ma non riesco a fermarla.
"Davvero lo pensi?" risponde e allarga il sorriso.
"Sì, sì, davvero!"
"Sei italiana, vero, Victoria?" mi chiede. Il suo accento sembra avvolgere le parole nel velluto.
"Sì, e tu sei Norvegese, vero?"

"Già. Siete tutti così formali in Italia?" sorride lui beffardo.

"Beh, no, non tutti." Ci metto un attimo a cogliere la sua ironia, poi lo vedo ridacchiare e replico: "Piuttosto, Sebastian, toglimi tu una curiosità."

"Certo, spara", mi risponde. La lettera esse sibila a causa del suo diastema. Quel difetto di pronuncia me lo fa sembrare ancora più sexy e questo mi fa scoppiare la testa.

"Sono tutti così impertinenti in Norvegia?"

Per un attimo mi sembra sorpreso come se non avesse capito bene la mia domanda, poi scoppia a ridere e risponde: "No, questa è decisamente una delle mie qualità. Dico sempre quello che penso!"

"Capisco. Interessante."

Mi soffio un po' di aria tra le mani chiuse per scaldarle. Mi rivolge uno sguardo interrogativo, si alza e senza farmi domande si sfila la camicia a quadri di flanella e mi ci avvolge le spalle. Nel vederlo avvicinarsi sento i muscoli bloccarsi ma cerco di apparire indifferente.

"Grazie", sorrido. "Interessante che tu la definisca una qualità."

La sua camicia profuma di pulito, di bucato appena fatto.

È cosi che profuma un suo abbraccio? Sto impazzendo.

Torna a sedersi sul divano, si passa una mano sulla nuca e il suo sguardo si addolcisce.
"Hai ragione. Non sempre lo è, me ne rendo conto. In certe occasioni vorrei saper stare zitto."
A un tratto guarda la mia borsa.
"Hai portato la macchina fotografica?" mi chiede.
Rimango colpita dalla sua impassibilità.
"Sì, ma non vi ho chiesto il permesso di scattare, quindi ho preferito non tirarla fuori" rispondo.
"Non c'era bisogno di chiedere il permesso. Ti fai troppi problemi, Victoria."
Mi sorride con dolcezza.
"Non volevo essere invadente, tutto qui. Se fosse per me io vivrei con la macchina fotografica in mano, è la cosa che amo di più al mondo."

Infilo le braccia nella sua camicia, prendo la Canon dalla borsa e la preparo.
“Anche io sono appassionato di fotografia, per me è come la musica, mi permette di raccontare una realtà attraverso il filtro dei miei occhi. Immagino tu sappia cosa intendo.”
“Sì, assolutamente. La fotografia è diversa da tutte le altre arti. La realtà che racconti con la fotografia non puoi interpretarla liberamente come si fa con un disegno o con una canzone. Devi lavorare con un’immagine reale. Un bravo fotografo, secondo me, deve saper raccontare l’emozione che gli suscita un’immagine, portando nello scatto anche quella del soggetto stesso. In molti casi non coincidono ed è proprio questo a rendere la fotografia speciale. La fusione tra due verità raccontate da un'unica immagine.”
“Esattamente!” dice lui. “Io provo a fare lo stesso con la mia voce. Anche se le parole di una canzone non le ho scritte io, e hanno una loro realtà, cerco di dare loro una mia interpretazione.”
“Non ci avevo mai pensato, ma credo di capire cosa intendi.”

"Mi piace la tua sensibilità, come la esprimi. Perché non provi a raccontare me? Mi piacerebbe vedere come sono attraverso i tuoi occhi."

Passare del tempo insieme è come camminare sull'orlo di un precipizio con davanti un panorama mozzafiato. Sono tentata di buttarmi per vedere se posso volare con lui, ma terrorizzata dalla paura di cadere e farmi male.

Mentre lo osservo dal mirino, mi accorgo per la prima volta della perfetta proporzione dei suoi lineamenti. Ha il naso dritto e il solito ciuffo di capelli lisci che gli cade sulla fronte, gli zigomi alti, le mascelle ben definite. Prende una rivista e la sfoglia senza mettersi in posa. Non riesco a prevedere nessuna delle sue azioni o reazioni e questo mi affascina così come la sua voce e le sue parole. Più lo osservo, più vengo rapita dal suo sguardo e desidero sapere cosa sta pensando. Intanto, come sempre quando fotografo, mi immergo in una dimensione tutta mia, e inizio a muovermi per la stanza alla ricerca della luce perfetta. Mi inginocchio davanti a lui per ritrarlo da un'angolazione diversa, e le sue labbra formano un sorriso mentre tiene gli occhi sul giornale. Soltanto nel momento in cui alza lo sguardo, realizzo quanto i nostri corpi si stiano avvicinando. Ricambio il sorriso ma non mi fermo. Uno scatto dopo l'altro, mi ritrovo a desiderare che la distanza tra noi si azzeri. Al solo pensiero di un contatto, sento il sangue irrorare le mie guance. Come se fosse capace di leggermi dentro, lui depone la rivista sul tavolino.

"Posso?" mi chiede e senza aspettare risposta mi sfila la macchina fotografica dalle mani. La impugna, fa girare l'obbiettivo tra le dita e inizia a scattare.

"Ti ho vista prima, mentre mi ascoltavi con gli occhi chiusi, a cosa stavi pensando?"

Ci metto qualche secondo a reagire, poi mi copro il viso e lui adagia la macchina sul divano. Si sporge verso di me e il mio cuore accelera.

"Pensavo a te", rispondo, mentre sento le gambe diventare molli e deglutisco. "Alla tua voce. Mi ha portato in un mondo che non conoscevo."

Mi guarda negli occhi e accenna un sorriso.

"Lo so che ti sembrerà stupido ma mi sembrava che cantassi per me."

Le parole mi scivolano fuori senza che abbia il tempo di pensarci come se con lui non avessi alcun filtro. Mi sposta una ciocca di capelli dietro un orecchio.
"Infatti è così..." sussurra e mi accarezza una guancia con il dorso della mano. Restiamo in silenzio, vicinissimi.
Noto che ha una piccola cicatrice sotto all'occhio destro e prima che possa pensarci mi ritrovo a sfiorargliela con un dito.
"Come te la sei fatta questa?" gli sussurro.
"Sono caduto dallo skateboard", risponde e mi prende la mano. Il contatto con la sua pelle mi fa girare la testa. Mi sporgo in avanti e sfioro le sue labbra con le mie. Un brivido mi attraversa tutto il corpo. In quel momento un suono metallico ci interrompe. Facciamo appena in tempo ad allontanarci di qualche centimetro prima che Danny entri nella stanza.
"Ho dimenticato le chiavi dell'auto."
Cado all'indietro, sgraziata, sbattendo con il sedere per terra.
"Oh scusate, ho interrotto qualcosa?" dice.
"No, no, Danny non preoccuparti!" risponde sorridendo Sebastian, mentre

riprende in mano la rivista come se niente fosse. Mi alzo immediatamente e raccolgo la macchina fotografica dal divano. Danny prende le chiavi e ci lascia soli uscendo velocemente dalla stanza. “Buona serata ragazzi, e scusate ancora!”

“Peccato...” sospira Sebastian, passandosi le mani tra i capelli mentre si distende sullo schienale del divano. Il ragazzo dolce e affascinante di pochi secondi prima è svanito lasciando nuovamente spazio al suo temperamento arrogante e io sento il bisogno di correre ai ripari.

“Non so cosa mi sia preso, scusa, non avrei dovuto”, dico, gli occhi bassi mentre avvito il tappo sull’obbiettivo della macchina fotografica.

“Non scusarti, non c’è motivo, io...”

Prima che finisca la frase, i ragazzi entrano con le pizze.

“*Hey baby*[16]!”

Sam mi si avvicina per baciarmi e mi passa una cherry cola.

“La tua preferita!”

“Grazie.”

---

[16] Ehi bambina!

Mi siedo sul divano con le ginocchia raccolte sul petto mentre stappo la mia bibita. Lui prende una fetta di pizza dandomi le spalle e io guardo Sebastian che accenna un sorriso.

Sono proprio una stronza…

"Ma questa?" mi chiede Sam indicando la camicia che ho addosso.
"Avevo freddo, Sebastian mi ha prestato la sua camicia."
"Lo sai che io ho sempre caldo!" interviene Sebastian strizzando l'occhio a Samuel.
"Tieni Vicky, prendi il mio maglione, ti terrà più caldo."
Sam mi porge la sua maglia nera di cotone e mi dà un bacio al volo. Sfilo la camicia di Sebastian e a malincuore gliela passo.
"Grazie", gli dico lanciandogli uno sguardo di sfuggita poi infilo il maglione di Sam.
"Di niente", risponde lui sorridente.
"Hai fatto qualche foto?" mi chiede Sam, indicando la macchina al mio fianco.
"Sì", interviene Sebastian. "È stato interessante. Mi ha fatto qualche scatto. Vic ha una sensibilità particolare."

Mi lancia uno sguardo malizioso e io abbasso gli occhi attanagliata dal senso di colpa. Dopo aver mangiato, il gruppo torna nella stanza insonorizzata.

"Non hai toccato cibo", mi dice Sam. "Non stai bene? Sei pallida."

"Ho un po' di mal di testa e vorrei andare a casa se non ti dispiace."

Come ho potuto fargli questo?

"Certo, nessun problema."

Entra nella stanza insonorizzata per avvertire i ragazzi.

Lo vedo gesticolare finché gli altri ragazzi non si girano verso di me e mi salutano. Sebastian alza il mento e mi sorride con i suoi soliti occhi furbi e le fossette scavate.

Più tardi, in macchina, rimango in silenzio.

"È da quando sono tornato con la pizza che sei strana. Non è che per caso Sebastian è stato scortese? Capita che dica spiacevoli perchè è molto schietto ma non ha cattive intenzioni."

Oh, no Sam, perché mi parli di lui adesso? E lo difendi anche, accidenti, sono un mostro.

"No, assolutamente, no. Sebastian non c'entra nulla. Non mi sento molto bene, tutto qui."

Non avresti dovuto lasciarci da soli Sam, come fai ad essere così ingenuo, cazzo!

"Capisco, mi dispiace tanto. A casa ti preparo una tisana e vedrai che dopo una bella dormita ti sentirai meglio."
Arrivati a casa, viene con me in mansarda e sul piattino della tazza con l'infuso di erbe mi fa trovare anche un analgesico, poi si sdraia nel letto al mio fianco.
Quando si addormenta, sono ancora sveglia e riesco soltanto a pensare a Sebastian e a quel desiderio irrefrenabile di sentirlo vicino a me.

7. Bambola di pezza

Sogno Sebastian tutta la notte. Lo sogno accanto a me che mi sussurra le parole delle sue canzoni accarezzandomi i capelli. Ci sogno abbracciati sull'orlo di un precipizio. Mi sento sicura tra le sue braccia. Non ho paura di niente. Poi lui apre le braccia e mi spinge nel vuoto. Urlo e quando apro gli occhi madida di sudore nel grande letto vuoto, infilo la testa sotto al cuscino. Cerco di concentrarmi sulla mia relazione con Sam, di capire, ma qualunque strada la mia mente prenda, torno sempre a Sebastian. Non riesco a gestire quello che mi sta succedendo. Non mi sono mai sentita così egoista, ma quello che provo, mi sembra che ora sia incontenibile.

Non posso, non devo più vederlo. È l'unico modo per mettere fine a questa situazione.

Mi trascino fuori dal letto e mi preparo per passare un'altra giornata con Sadie. Prevedo che sarà faticoso tenere un altro segreto e non raccontarle di ieri sera. Non capirebbe.

Lei e Sam sono molto uniti e, se adesso la coinvolgessi nelle mie scelte sconsiderate, mancherei di rispetto a entrambi.

"Allora, dimmi com'è andata ieri sera?" mi chiede Sadie mentre usciamo di casa.
"All'inizio bene ma poi mi è venuto mal di testa", mento.
"Oh accidenti, mi spiace! Oggi va meglio?"
"Sì, meglio, grazie. Non ancora alla grande ma passerà."

Se sapesse cosa mi passa per la testa.

"Cosa ne pensi del gruppo? Ti sono piaciuti?"
"Sì. Sono molto originali", rispondo distratta.
"Sebastian ti ha mangiato con gli occhi anche stavolta?"

Ecco, appunto.

"Sadie, ti prego, non ricominciare; stava lavorando, era concentrato su quello che faceva! Si può sapere perché quando ti fissi su una cosa devi essere così rompipalle?" sbuffo.
"Mamma mia, come sei nervosa! La mia era solo una domanda", risponde.
"Scusa. Oggi sono in crisi. Per favore, possiamo non parlare di uomini?" le chiedo.
"Va bene", sospira lei. "Come vuoi."
Mi trascina per tutto il giorno dentro e fuori dai negozi di Regent Street mentre io mi torturo di sensi di colpa.

...

"Abbiamo letteralmente comprato una valigia di accessori!" racconta Sadie più tardi a sua madre mentre sorseggiamo un tè tutte insieme in cucina.
"Voi due siete tremende", risponde lei. "Da sempre, fin da piccole, ti ricordi, Owen?" dice a suo marito che bagna le piante sul balcone.
"È vero, lo siete sempre state. Ho ancora paura quando vi vedo confabulare. Non

dimenticherò mai quando avete quasi dato fuoco alla cucina di Minnie. Ti ricordi, Susan?" risponde lui con un sorriso rientrando dal terrazzo, mentre Sadie mi prende per mano e mi porta con sé su in mansarda.
Proviamo vestiti per più di un'ora, spettegolando su tutti i membri della compagnia e Sadie riesce a distrarmi per un po' dal mio dramma interiore.
"I jeans che ti ho fatto comprare sono favolosi, ti fanno un sedere pazzesco, poi con quella felpa che ti lascia una spalla scoperta, sei super sexy!"
"Va bene, mi hai convinta. Tanto andiamo solo a bere una birra stasera, giusto?"
"Sì, infatti", conferma, passandomi le scarpe da ginnastica. Mi trucca un po' e poi mi trascina davanti allo specchio sulla porta del bagno ed esclama soddisfatta: "Sei uno sballo! Guardati."
"Wow. Non sembro nemmeno io", osservo mentre mi sistemo il rossetto rosso carminio poi mi giro per vedermi di spalle.
"Hai ragione sui pantaloni, mi fanno proprio un bel culo", le dico ridendo.
"Concordo."

Riconosco la sua voce di velluto ancora prima ancora di voltarmi e sento subito le farfalle nello stomaco. Mi giro, e sulla porta trovo Sebastian con il suo sorriso disarmante.

"Andiamo ragazze, vi stiamo aspettando di sotto per la cena. Susan mi ha mandato a chiamarvi!"

"Arriviamo", sbuffa Sadie mentre spinge Sebastian fuori dalla stanza, "e comunque si bussa!"

Chiude la porta, poi ci si appoggia con la schiena, aspetta di sentire i suoi passi allontanarsi giù per la scala e alla fine esclama: "*Oh shit. I knew it*[17]!"

Ridacchia, poi aggiunge: "Ma come si permette!" fingendosi indispettita.

Mi siedo sul letto con la faccia tra le mani.

"Che vergogna..."

"Non hai nulla di cui vergognarti. Al massimo è lui che non si smentisce mai: flirtare con la ragazza del suo migliore amico! È lui che deve vergognarsi!"

"Smettila, ti prego, sono troppo in imbarazzo. Non posso scendere, non mi

---

[17] Oh merda. Lo sapevo!

sentirei a mio agio. Ti prego, vai tu e di' a tutti che non mi sento bene."

"Non fare la bambina, non è successo nulla. Sebastian ha fatto lo spiritoso. Forza, andiamo!"

Mi prende per mano e mi porta giù. A tavola mi siedo tra Sam e Sadie. Sebastian tra Patrick e Nataniel, di fronte a me.

"Come volevasi dimostrare, non perde occasione", mi sussurra Sadie nelle orecchie.

"Tu ignoralo."

Cerco di non incrociare lo sguardo con il suo e di rado intervengo nelle conversazioni. Ma ogni volta che alzo gli occhi trovo i suoi ad aspettarmi mentre Sam, distratto in una conversazione con Nataniel, non si rende conto del mio disagio, tanto meno del flirtare silenzioso del suo amico. Mi fingo indifferente ai calcetti che Sadie mi tira sotto al tavolo.

"Venite in camera da me che vi faccio vedere quel disco di cui vi parlavo in negozio l'altro giorno", dice Sam agli altri quando finiamo di cenare.

"*Apple crumble, anyone*[18]?" chiede Owen mentre Susan sparecchia. I ragazzi dicono tutti di sì.

“Non per me, grazie, vado su in camera a chiamare i miei”, dico sorridendo e mi alzo da tavola.
“Vuoi che salga con te?” mi sussurra Sadie.
“Vieni ad aiutami con la panna?” le chiede in quel momento suo padre affacciandosi dalla cucina.
“Lascia stare, Sadie, stai pure qui con gli altri ad aspettare Matthew. Io vado su che ho ancora un po’ di mal di testa. Chiamo i miei e poi mi sdraio un attimo.”
Nell’andare in camera passo davanti a quella di Sam e Sebastian si gira a guardarmi. Non riesco a leggere la sua espressione ma salgo senza indugiare. Quando entro in camera mia senza nemmeno accendere la luce, mi butto sul letto per qualche minuto, sfinita. Ho lo stomaco sottosopra e la testa leggera. Mi alzo e cammino fino al bagno. Faccio scorrere l’acqua fredda, ci passo sotto i polsi e mi tampono le guance.
Mentre mi asciugo mi sento afferrare per il braccio. Sobbalzo e lascio cadere la salvietta sul lavandino. Una voce di velluto

---

[18] Qualcuno vuole della torta di mele?

mi sussurra: “Anche tu mi rendi nervoso, Victoria.”
Chiudo gli occhi, stringendomi nelle spalle.

Se non lo guardo forse riuscirò a resistere...

Mi tira verso di sé e, quando sento il suo respiro sul mio viso, apro gli occhi.
“Quello che stavo per dirti ieri è che se non mi avessi baciato tu, l’avrei fatto io.”
Mi solleva il mento con un dito e poi sfiora le mie labbra con le sue. Sento le gambe cedere. Nello stomaco un nodo. Riprende fiato, il mio viso tra le sue mani e, mentre i nostri occhi si incontrano nel buio, accenna un sorriso. Le sue labbra socchiuse si avvicinano di nuovo alle mie sfiorandole con dolcezza.
“Non riesco a smettere di pensare a te”, mi sussurra, facendo scivolare le mani sui miei fianchi. Io, in punta di piedi, intreccio le dita dietro al suo collo e lo bacio di nuovo. Ha un sapore dolce e profuma di muschio e bucato appena fatto.

Ecco come ci si sente a stare tra le sue braccia. È come se non esistesse altro.

Mi lascio trasportare e lo stringo più forte a me. I nostri corpi sono calamite. Senza smettere di baciarmi mi spinge indietro e chiude con un calcio la porta del bagno alle sue spalle. Mi preme contro il muro con un gesto deciso. Come se volesse esaudire la preghiera silenziosa dei miei occhi, posa di nuovo le labbra sulle mie; Il suo corpo contro il mio, mi fa scivolare le mani sulle natiche e mi solleva da terra. Sento cambiare il suo respiro. Gli infilo le mani nei capelli. Mi morde appena il labbro inferiore.

Stiamo per farlo qui, nel bagno di casa di Sam, e non importa nient'altro.

A un tratto si blocca. Apro gli occhi. Ha un'espressione quasi triste. Mi dà un altro bacio, questa volta innocente, poi indietreggia lentamente. Apre la porta del bagno. Per un momento mi sembra di perdere l'equilibrio, mentre nella penombra vedo la sua sagoma slanciata allontanarsi da me, le braccia lungo i

fianchi, le spalle muscolose e i capelli spettinati. Si gira verso di me.
"Lo so, non avrei dovuto", dice serio, poi stringe i denti. "Ma non potevo aspettare, dovevo capire. Perdonami, se puoi."
Sospiro. Mi gira la testa.
"Capire cosa? Ti prego, non scusarti, lo fai sembrare ancora più sbagliato. Non andare via così."
La mia voce trema. Non mi risponde, non si volta nemmeno a guardarmi ma si chiude la porta alle spalle e scende le scale mentre io barcollo in camera e mi abbandono sul letto come una bambola di pezza.

...

"Vicky, stai bene?"
Mi sveglia dolcemente Sam accarezzandomi la schiena.
"Non molto", rispondo ancora confusa. "Ti dispiace se non esco stasera?"
"Non esci?" sembra sorpreso. "Siamo già andati e tornati, tesoro. Sono arrivato ora. Sebastian ha detto che è salito a chiamarti ma non stavi ancora bene. Io sono venuto

a controllarti, ma ti eri addormentata e non volevo disturbarti. Così siamo usciti senza di te.”
“Ah, sì”, rispondo confusa. “L’avevo dimenticato! In effetti Sebastian... sì, mi ricordo. Scusa, non mi sento molto bene nemmeno adesso.”

Farei qualunque cosa per evitare di parlare.

“Sadie?” chiedo.
“Sadie è andata a dormire da Matthew, torna domani”, risponde lui sdraiandosi al mio fianco.
“Mi dispiace Sam. Tu sei un tesoro e io un disastro.”
“Non preoccuparti per favore, quando starai meglio, avremo tempo per recuperare.”

Troppo tardi per recuperare. Mi dispiace tanto. Non sono più quella che ero e non ho intenzione di rinunciare a quello che sto diventando.

Il braccio di Sam mi circonda le spalle e di nuovo riesco solo a pensare alle mani di Sebastian e alle sue labbra sulle mie.

Perché si è liberato di me in quel modo?

Chiudo gli occhi lentamente e mi abbandono a un sonno profondo.

8. Questione di pelle

Uno squillo prolungato mi sveglia di soprassalto. Mi butto fuori dal letto e corro verso il telefono. Alzo il ricevitore "*Hello*?" Non sento niente, la linea è libera. Un altro squillo.

Accidenti è il citofono!

Mi precipito nell'ingresso e rispondo.
"*Hello*?"
"Victoria, sei tu?"
"Sì, chi è?"
"Sono Sebastian, posso salire?"
"Adesso?"
"Sì, adesso. Sei sola?"
"Credo di sì, ma..."
"Ti devo vedere. Ti prego, fammi salire."
Schiaccio tutti i pulsanti sul ricevitore, poi corro verso il bagno per rendermi presentabile, ma prima che io riesca a varcarne la soglia, sento bussare alla porta.

Come può aver fatto cinque piani in un attimo?

Faccio dietro-front e apro. Lo trovo lì, ansimante, una mano sullo stipite. Ha i capelli arruffati e la faccia stanca, mi sorride e poi guarda le mie gambe. Solo in quel momento realizzo di essere ancora seminuda. Mi tiro giù la canotta e ricambio il sorriso. Ho il cuore in gola.

"Che dici, mi fai entrare?"

"Oddio, sì, sc...scusa sono ancora mezza addormentata."

Faccio un passo indietro per lasciarlo entrare e chiudo la porta alle sue spalle.

"Aspetta un attimo, ok?" gli dico mentre mi allontano. Lui annuisce.

"Sei buffa."

Corro in bagno. Mi lavo faccia e denti più in fretta che posso, poi mi tuffo letteralmente nell'asciugamano. Quando tiro su la testa, lo vedo riflesso nello specchio, dietro di me, e arrossisco.

"Scusa", mi dice.

"Per come ti sei comportato ieri sera, delle scuse mi sembrano il minimo!"

Infilo dei pantaloncini corti poi torno in sala e mi fermo al tavolo. Lui è sempre dietro di me. Mi giro e lo guardo seria.
"È chiaro che consideri quello che è successo tra noi un errore, ma bastava essere chiaro invece di lasciarmi qui così. Non capisco che bisogno c'era di escludermi."
"Un errore?" Sul suo sguardo un sorriso canzonatorio. "Se davvero credi che le cose stiano così, forse ho fatto male a venire."
Si volta e cammina verso la porta. Deglutisco, mi avvampano le guance. Gli corro dietro e lo afferro per un braccio obbligandolo a voltarsi.
"Si può sapere che cosa vuoi da me? Vieni e vai quando vuoi, pensi sempre di poter fare il cazzo che ti pare e che io sia disponibile per stare al tuo gioco?"
Non riesco ad interpretare la sua espressione, il suo sguardo mi mette in soggezione, la voce mi trema per il nervoso.
"Hai capito male, io non sono certo…"
Mi interrompe con un bacio. Afferrandomi per i fianchi, mi solleva e mi depone sul tavolo da biliardo. Lancio un gemito. Schiudo le labbra, dando spazio alla sua

lingua. La sua bocca è morbida, la sua presa salda.
"Tu non sei certo cosa?" mi chiede alla fine, a bassa voce, come se volesse che gli svelassi un segreto.
"Non sono quel tipo di ragazza", dico, la voce incerta.
"E che tipo di ragazza saresti?"
Mi accarezza una guancia. I suoi occhi, così intensi, mi scavano dentro.
"Non lo so nemmeno io."
Si avvicina. Gli stringo le gambe intorno ai fianchi. Mi bacia di nuovo, afferra le mie cosce tirandomi verso di sé.

Troppo veloce, devo fermarlo.

"Mi gira la testa", gli dico, appoggiando la fronte sulla sua.
"Anche a me. Non ho chiuso occhio tutta la notte pensando a te. Voglio conoscere il tuo mondo."
Solleva una mano e mi sposta i capelli dietro all'orecchio.
"È una cosa seria quella con Sam?"
Sospiro.
"È complicato."

La mia mano sul suo petto.
"Possiamo parlare un secondo? Ci conosciamo appena. Parliamo un attimo, ti prego", sussurro.
Fa scorrere lo sguardo su di me.
"Secondo me ci stiamo conoscendo abbastanza."
Sorrido e abbasso gli occhi.
"Scemo."
"Quando fai la timida, poi..." sussurra, avvicinandosi. "Sembri fatta di porcellana."

Non si arrende. Vuole un altro bacio.

Gli passo le mani tra i capelli. Il suo odore mi fa venire le vertigini. Sento le sue mani salire sotto la mia canottiera. Senza che io me ne accorga, le mie sono sotto la sua maglia. Gliela sfilo quasi rabbiosamente e la butto per terra, lui fa lo stesso con la mia mentre mi bacia il collo io scendo fino alla sua spalla.

Ha una pelle così morbida e profumata.

Chiudo gli occhi e quando li riapro il mio sguardo si sposta su una polaroid di Sam appesa alla bacheca sopra il telefono.

Quella foto l'ho scattata io l'estate scorsa.

I baci di Sebastian, intanto, arrivano fino alla mia guancia.
"Proviamo a parlare un secondo?" gli dico, prima che le sue labbra tornino a reclamare le mie.
"Sei tremenda", dice guardandomi la bocca. "Prima mi spogli, poi mi chiedi se possiamo parlare? Come devo fare con te, me lo spieghi?"
Appoggio la testa sulla sua spalla e sospiro. Lui ride.
"Faticoso eh?"
Annuisco.
Tira un respiro profondo, lascia la presa sulle mie gambe e baciandomi la fronte, mi fa scivolare giù dal tavolo.
"Va bene. Dai, usciamo o qui finisce male. Mettiti addosso qualcosa, ti porto a fare colazione."
Mi dà un buffetto sul sedere mentre apro un cassetto e tiro fuori un reggiseno e una

maglietta, poi vado in bagno a rendermi presentabile. Prendo la spazzola e quando alzo gli occhi mi accorgo di un biglietto attaccato al bordo superiore dello specchio che prima non avevo notato.

“Morning baby, spero tu stia meglio.
Sono dovuto correre in negozio perché Matt e Josh oggi non possono andare. Il numero è sulla bacheca sopra al telefono. Dovrei tornare per le 18.30. Oggi rilassati, fai come se fossi a casa tua. C’è della zuppa nel frigorifero e una montagna di VHS nel mobile sotto la tv. Chiamami quando ti alzi, ok?
xxx Sam”

Il senso di colpa mi sorprende come una pugnalata nel buio.

Ora vado di là e gli chiedo di andare via. Quello che stiamo facendo è sbagliato.

Esco dal bagno con passo deciso. Sebastian è in piedi davanti alla televisione accesa. Non si è ancora rivestito. Dimentico immediatamente quello che volevo dire. Stanno trasmettendo il video di 'Small town boy' e lui canticchia a labbra chiuse. Mentre mi sfilo i pantaloncini e infilo una minigonna di jeans, non riesco a togliere gli occhi dalla sua schiena, così liscia e abbronzata. Improvvisamente si volta verso di me, spegne la televisione e inizia ad avvicinarsi lentamente.

"Se continui a guardarmi così non posso lasciare che tu finisca di vestirti", sussurra e mi ruba un bacio. "Niente jeans oggi?"

Con la mano mi stuzzica l'orlo della gonna.

"Forse hai ragione, meglio i jeans, più casti."

Gli lancio uno sguardo malizioso e faccio per sfilarla. Lui ferma la mia mano.

"Se te la levi sarò costretto a toglierti anche tutto il resto... andiamo."

...

Mano nella mano, camminiamo in silenzio costeggiando il parco. Di tanto in tanto i nostri sguardi si incrociano e mi sento

come se fossi sospesa a un metro da terra. Arriviamo davanti a un piccolo caffè non lontano da casa. *The Bear & The Honeypot* c'è scritto sull'insegna.
"Che carino questo posto."
"Dai, entriamo", dice Sebastian, trascinandomi dentro.
Il locale è grazioso: i tavolini sono tutti uno diverso dall'altro e le pareti sono dipinte di un giallo pastello con quadretti raffiguranti api e orsi. Sebastian va a sedersi in un angolo appartato, su un piccolo divano di velluto verde, e mi fa cenno con la mano di raggiungerlo.
"Non credo che sederci troppo vicini sia una buona idea", dico sistemandomi su una poltrona di fronte a lui.
"Hai ragione."
Dà un'occhiata distratta al menu, poi alza gli occhi su di me.
"Come stanno le cose con Sam?" mi chiede. Sospiro.
"Stiamo insieme da poco meno di un anno, ma in realtà ci siamo frequentati solo per qualche mese l'anno scorso mentre era in vacanza da me. È stato molto bello."

"Immagino che però le cose non stiano più come allora. Giusto?"
Ci penso su un momento. Il profumo del caffè impregna l'aria del locale che si sta riempiendo di persone mentre la luce del sole inizia a illuminare la sala. Sebastian resta in attesa della mia risposta guardandomi come se fossimo soli. Finalmente trovo le parole e rompo il silenzio: "Fino a poco tempo fa avrei giurato che tutto andasse bene fra noi."
Mentre parlo mi sento come se stessi facendo un torto a Sam. Per me Sebastian in fondo è quasi uno sconosciuto, ma più gli sto vicina, più avverto il bisogno di coinvolgerlo.
"Quando sono arrivata qui, non so... mi sento come se fossimo tornati gli amici di un tempo, come se la passione si fosse spenta."
Le parole mi scivolano fuori dalla bocca senza che mi preoccupi delle conseguenze e a un tratto metto a fuoco tutta la situazione. Distolgo lo sguardo: la barista sta pulendo il bancone. Era solo un pensiero, ma averlo condiviso con Sebastian l'ha reso reale.

Torno a guardarlo e gli dico senza esitazione: “Sai, ho capito solo adesso che non è complicato: con Sam è finita. Devo parlare con lui, il prima possibile.” Sebastian mi segue in silenzio.

“Finora ho avuto paura di perdere la sua amicizia.”

Lo vedo annuire.

“Ha un cuore grande ed è un ragazzo speciale, ma sento che non è l’uomo per me. Io ho bisogno di...”

Faccio una pausa e abbasso gli occhi.

“Di cosa hai bisogno, Vic?”

“Di una storia che mi faccia sentire viva, che mi travolga.”

Vorrei dirgli ‘di quel trasporto che provo quando sono con te’, ma mi trattengo.

“Nella mia vita, finora ho sempre fatto scelte ovvie, comode. L’amico di famiglia, il compagno di classe. Voglio guardare fuori. Conoscere realtà diverse.”

Lui sorride e mi accarezza una guancia.

“Capisco”, dice, poi si allontana e si incupisce di nuovo.

“E tu? Sam è tuo amico. Che ne pensi di lui?”

“Hai ragione riguardo a Sam, è speciale. Quando mi sono trasferito qui a Londra con la band, non avevamo nulla: soldi, amici, contatti di lavoro. Avevamo solo tanti sogni, tante ambizioni.”

Lo ascolto con attenzione. È la prima volta che parliamo davvero.

“Senza Sam saremmo ancora in un buco di casa senza prospettive. Quando ci siamo conosciuti aveva appena aperto il negozio, e un pomeriggio di quasi un anno e mezzo fa sono entrato a cercare un regalo per il compleanno di Nataniel. Abbiamo iniziato a parlare di musica e abbiamo tirato fino a sera. Ha una cultura musicale pazzesca e un cuore enorme. Quando gli ho raccontato del gruppo, mi ha subito presentato Danny che ci ha fatto usare la sala prove gratis tutte le notti. Grazie a lui abbiamo messo insieme un primo gruzzoletto e abbiamo potuto incidere la nostra prima cassetta. Abbiamo vissuto per qualche mese nella mansarda dove stai tu adesso, e Sam ci ha presentato un sacco di gente influente. È diventato il mio più caro amico, mi è stato vicino in momenti terribili e offerto la cena quando in tre potevamo permetterci solo una scatola di cereali e un litro di latte al giorno. È un ragazzo incredibile con una famiglia straordinaria. Se non fosse stato per lui, le cose sarebbero andate in modo diverso. Non mi sento di fargli una carognata soffiandogli la donna.”

“Un po’ tardi per questo, non credi? Direi che la carognata glie l’abbiamo già fatta in due.”

Entrambi abbassiamo gli occhi.

“Già”, sospira, e io scuoto la testa. Quando alzo gli occhi lo vedo angosciato e immagino come sarebbe vederci dal di fuori.

“Comunque siamo proprio un cliché: la ragazza e il migliore amico...”

“Già, due stronzi. Poi, dai...” sta per dire qualcosa, poi si ferma come se ci avesse ripensato.

“Poi cosa?”

“Insomma, dai, non so nemmeno se sia una buona idea”, aggiunge. Alzo la testa. La sua espressione è cambiata: è come se fosse lontano, come se di fronte a me ci fosse ancora il ragazzo snob della prima sera al pub.

“Non sia una buona idea, cosa?”

Improvvisamente capisco dove sta andando a parare e mi sento a disagio, stupida.

“Che tu rompa con lui per me.”

“Forse prima non mi hai sentita.”

Sbatto il menù sul tavolo.

“Se lo faccio, di certo non lo faccio per te.”

Raddrizzo la schiena e accavallo le gambe. Trascorro un interminabile attimo a guardare fuori dalla vetrina, poi mi giro di scatto e lo fulmino.

“Le cose tra me e lui non vanno bene, questo lo sai già. E poi di cosa hai paura? Di me? Non avevi detto tu di voler far parte del mio mondo?”

Rimane perplesso per un secondo.

“È quello che penso. Non ti arrabbiare.”

“Ti rendi conto che se siamo qui è perché tu sei venuto a cercarmi, vero?”

“Sì”, dice lui sorridendo, poi scuote la testa. “È colpa tua. Sei arrivata con quei tuoi occhioni grandi a incasinarmi tutto.”

Deglutisco.

“Che cavolo hai da ridere adesso?”

“Sei troppo carina quando ti arrabbi.”

“Se non la pianti di prendermi per il culo, me ne vado. Sono seria.”

Mentre lo dico mi rendo conto di aver esagerato e scappa da ridere anche a me.

“Lo vedi quanto sei carina. Ti inalberi e poi ti passa in un secondo. Scusa se ti ho fatta incazzare, ma mi confondi. Quando penso di averti inquadrata mi spiazzi. Non è facile che qualcuno mi disorienti.”

Annuisco e sorrido.

“Penso lo stesso di te.”

Ci guardiamo negli occhi e mi sembra che il tempo si fermi.

“Vedi, Vic, penserai che sia strano, ma io non so parlare di queste cose, di quello che provo.”

“Che sei strano, lo penso dal primo secondo in cui ti ho visto.”

“Lo prendo come un complimento. Quello che sto cercando di dirti è che mi piaci”

Mi bacia la mano. Mi sento come se avessi le vertigini. Vorrei sedermi sulle sue ginocchia, abbandonarmi fra le sue braccia, così che la testa smetta di girarmi. Sorprenderlo con un bacio e vedere come va a finire. Invece resto immobile dove sono.

"Forse dovremmo solo vedere come va, passare del tempo insieme. Che ne pensi?" mi chiede.
"Penso che prima di trascorrere un altro secondo da sola con te devo parlare con Sam."
Sorride malizioso poi abbassa lo sguardo e si passa una mano sulla nuca.
"Credo che sia un'idea saggia."
Si alza e mi dà un bacio sulla spalla nuda.
"La vuoi una spremuta? Qualcosa da mangiare?"
"Sì, prendo una spremuta ma non ho fame, grazie."
"Nemmeno io."
Mi fa l'occhiolino e si avvicina al bancone per ordinare. Rimango imbambolata a guardarlo. Dopo pochi minuti, torna con le spremute, poi mi tira verso di sé prendendomi per mano e mi fa sedere al suo fianco. Mi passa la spremuta e mi accarezza la gamba, che comincio a muovere nervosamente.
"Mi piace sentire che ti faccio questo effetto", dice mentre la fa scorrere appena sotto l'orlo della gonna.

"Hai intenzione di torturarmi?" mi mordo il labbro.
Lui si gira e mi bacia. Un bacio lungo che mi lascia senza fiato. "Quindi stasera parli con Sam?" mi chiede. Il suo respiro ha il sapore dei suoi baci. Poso le labbra sulle sue senza rispondere alla domanda e cerco la sua lingua con la mia. Ricambia il bacio, facendo salire la mano sulla mia coscia. Io gemo, lui apre gli occhi e mi allontana. Sbuffa e mi porge il bicchiere.
"Bevi la tua aranciata, Victoria."
Torna a sedersi sulla poltrona.
"Parla con Sam, ti prego."
"Sì", sospiro.
"Facciamo una passeggiata nel parco, così prendiamo un po' di aria fresca?"
"Va bene", rispondo.
Paga la colazione, mi prende per mano e usciamo.
"Avrei dovuto mettermi una giacca", dico e mi strofino le braccia con le mani.
"Prendi la mia."
Mi copre le spalle con il suo giubbotto di jeans.
"Ma tu non hai mai freddo?"

"Questa temperatura per me è favolosa. Da dove vengo io un tempo così è da estate inoltrata."
Si stiracchia e inspira profondamente a occhi chiusi. Quando li riapre, mi guarda e mi mette un braccio intorno alle spalle.
"Di dove sei esattamente?"
"Sono di Tromsø. Una città nel nord della Norvegia, tra i fiordi."
"Wow! Quindi farà un freddo tremendo."
"Sì, pensa che viene considerata la porta d'accesso al Polo Nord. Siamo famosi per una lunga lista di cose che sono le più a nord del mondo."
"Davvero? Dimmene qualcuna, ti prego."
"Vediamo..."
Ci pensa su.
"Il conservatorio, per esempio, dove ho studiato musica, il planetario e la cattedrale. Ma sono solo alcune..."
"Interessante, mi piacerebbe molto visitarla."
"È un posto semplice ma di grande impatto visivo. Le case sono tutte di legno, ed essendo su una piccola isola è circondata da lunghi ponti che la congiungono alla terra ferma. È unica."

“Come te”, gli dico sorridendo.
“Molto più di me, mi piacerebbe fartela vedere. Chissà che belle foto faresti. Poi, sai, per tre mesi tra primavera ed estate il sole non tramonta mai, mentre in inverno per tre mesi non sorge mai al di sopra dell’orizzonte. Nonostante non sia mai completamente buio, rimane crepuscolo per tutto il giorno.”
“Incredibile, non riesco a immaginare giorni senza luce e notti senza buio. Deve essere così strano.”
“Non per me che ci sono nato. Ma per chi non è abituato può essere un bel colpo.”
“Se dovessi venirci con te, dove mi porteresti?”
Risponde senza pensarci: “Ti farei passare una notte in tenda sul mare per mostrarti l’aurora boreale dalla costa e poi ti porterei in barca a vedere le balene e le orche. Ti piacerebbe?”
“Moltissimo. Il mare è la mia seconda passione dopo la fotografia.”
“La terza vuoi dire?”
“La terza?”
“Non sono io la seconda?”

Lo spingo via con la mano, e lui fa la linguaccia.

"Abbiamo molte cose in comune, anche io adoro il mare: per me è casa."

Passeggiamo tra i sentieri di Green Park per mano e dimentico tutto. È come se fossimo soli.

"Tu dove sei cresciuta?" mi chiede.

"A Milano, che non sarà particolare come Tromsø, però per me è molto bella. Conosco tutti i suoi angoli più suggestivi."

"Magari un giorno me li mostri."

Si ferma, mi si mette davanti e mi bacia. Mi basta sentirlo avvicinarsi per farmi salire di nuovo il desiderio di stargli addosso. Lo spingo via.

"Sebastian", lo ammonisco a mezza voce.

"Sì?" risponde lui, e continua a baciarmi.

"Portami a casa, per favore."

Mi guarda come per capire il senso della mia preghiera, mentre io faccio un passo indietro.

"Non possiamo fare questo a Sam. Andiamo ti prego."

"Qualsiasi cosa, basta che smetti di guardarmi con quegli occhioni tristi."

Mi prende per mano e a passo spedito mi accompagna a casa.

9. Confronto

Arriviamo davanti alla porta della mansarda. Lui resta alle mie spalle, mentre cerco le chiavi nella borsa. Mi si avvicina e mi sfila il giubbotto di jeans lasciandolo cadere per terra. Sento un brivido percorrermi la schiena quando mi sposta i capelli e comincia a baciarmi il collo. Scende fino alla spalla, poi mi prende per i fianchi. Appena percepisco il contatto con il suo corpo mi giro. Lui si ferma e mi guarda "Non dovevi aprire la porta?"

"Non posso se tu fai così."

Ricomincia a baciarmi la spalla mentre io riesco finalmente a inserire la chiave nella serratura ma non appena sento la sua mano scendere tra le mie gambe mi volto. Quando arriva dentro i miei slip soffoca il mio gemito con un bacio. Sento il suo corpo premere sul mio e i nostri respiri diventano irregolari. Siamo di nuovo sull'orlo del precipizio.

"Non so se sia una buona idea", ansimo.

Lui si ferma per un attimo e riesco finalmente ad aprire la porta. Non appena

la serratura della porta scatta ricominciamo a baciarci. Il mio corpo sembra attraversato da scariche elettriche, mi gira la testa.
"Oh, shit!" ci sorprende una voce. Sebastian sfila la mano da sotto la mia gonna e fa un passo indietro. Seduta sul tavolo davanti a noi c'è Sadie. Per un attimo mi sembra di cadere. Lei si copre gli occhi con la mano.
"*Vicky, what the fuck*[19]!"
Mi volto e gli sussurro: "Meglio se vai, ci penso io."
Deglutisco.
"Sei sicura?"

No. Vorrei non andassi via mai più.

"Mai stata più sicura in vita mia."
"Ti chiamo dopo."
Mi bacia la spalla e imbocca le scale di corsa lanciandomi un ultimo sguardo.
"È andato via?" dice Sadie prima di spostare le mani dagli occhi.

---

[19] Vicky, e che cazzo!

"Sì, ma non sono sicura di voler vedere la tua espressione", rispondo con un filo di voce.
Abbassa le mani e apre gli occhi.
"Sei impazzita?"
"Mi dispiace tanto... lascia che ti spieghi, ti prego..."
"Cosa vuoi spiegare, Vicky? Mi sembra sia tutto abbastanza chiaro! In questo momento l'ultima cosa che voglio sentire sono le tue scuse. Sam è mio fratello, cazzo! E ti ricordo che tu sei ospite a casa nostra. Non so davvero cosa dire, sono così incazzata, così delusa."
Le sue parole sono come proiettili.
"Non ti riconosco più. Tu non sei questa persona. Dov'è finita la mia amica? Da quanto tempo va avanti questa storia?"
"Non c'è nessuna storia, Sadie."
Gli occhi mi si riempiono di lacrime senza che possa controllarle. Mi avvicino e mi inginocchio prendendole la mano.
Si libera dalla mia presa, scatta in piedi e sbatte i pugni sul tavolo "Non mi prendere per il culo o me ne vado!"

"Dalla sera della sala prove. Ma non è successo nulla di più di quello che hai visto."

"Mi sembra già abbastanza per definirti una stronza. Tu che dici?"

"Sì, hai ragione."

Abbasso gli occhi.

"Ma vedi, quando sono con Sebastian io non riesco a controllarmi. Non è razionale, anche io stento a riconoscermi. Mi dispiace tanto."

Sbuffa e si lascia cadere sulla sedia. La sua voce è più calma.

"Ti stai infilando in un casino."

"Mi dispiace davvero, ma vedrai che…"

"Cosa? Cosa dovrei vedere?" mi interrompe. "Ti dico io come stanno le cose. Primo: Sebastian non è come credi. Stai facendo una grandissima cazzata. È un egoista, una prima donna e si comporta sempre come se il mondo girasse tutto intorno a lui. Secondo: prima di arrivare a questo punto, avresti dovuto sistemare le cose con Sam. Terzo: guarda lasciamo stare, se inizio con il terzo non smetto più."

Si alza e mi volta le spalle incrociando le braccia.
"Ora scendo e ti lascio da sola, così puoi pensare a come gestire questa cazzo di situazione. Per adesso farò finta di non aver visto nulla. Voglio restarne fuori."
Si gira di nuovo verso di me.
"Ma tu devi parlare con Sam oggi stesso o lo farò io."
Poi esce sbattendo la porta. Vado in bagno, mi sciacquo il viso e mi guardo allo specchio, le gocce d'acqua che mi scivolano sulle guance, miste alle lacrime.

Che cacchio sto facendo?

Torno in sala, mi siedo sul divano raccogliendo le gambe al petto, appoggio la testa sulle ginocchia e scoppio in singhiozzi.

Ho bisogno di parlare con Minnie.

Prendo il telefono e chiamo a casa.
"*Hello*?"
"Nonna, grazie a Dio sei tu!"

"Tutto a posto, scoiattolina? Hai una voce terribile", risponde preoccupata.
"Sì, scusa, nonna. Ne ho solo combinata una delle mie e ho bisogno di parlare con te."
"Sentiamo, tesoro. Riguarda Samuel?"
"Sì ma c'è di mezzo anche un altro ragazzo."
"Immagino che si tratti di quel ragazzo antipatico. Giusto?"
"Ma tu come fai a sapere sempre tutto?"
"Sono tua nonna, tesoro. Raccontami che succede."
"Ci siamo baciati."
"Oh accidenti! Ma hai parlato con Sam prima?"
"È proprio questo il problema: Sam non sa nulla, nonna. Lascia che ti spieghi: Sebastian, 'il ragazzo antipatico', non è come credevo, è proprio l'opposto di quello che pensavo. So che avrei voluto fare le cose per bene, ma mi sono fatta prendere la mano e ho combinato un casino."
"Scoiattolina, se non ti calmi non riesco a capirci nulla."
"Sadie ci ha visti baciarci, nonna. Si è arrabbiata così tanto! Lo so che ha

ragione, che sto ancora con Sam e non avrei dovuto. Non voglio ferire nessuno, ma Sebastian..." sospiro. "Sebastian mi fa sentire tutta sottosopra, basta che mi guardi e mi sento come se mi leggesse dentro. Sto diventando matta! Non riesco a pensare ad altro che a lui."

"Oh, santo cielo, scoiattolina, ti sei innamorata!"

"Ma dici davvero? In soli due giorni?"

"Credo proprio di sì, non ti ho mai sentita così. Adesso respira profondamente e raccogli le idee. Devi parlare subito con Samuel, che è un bravo ragazzo, e dirgli come ti senti riguardo a voi due. Non sarà facile, ma vi volete bene e sono sicura che troverete un modo per restare amici. Ma fai le cose per bene e con calma. Mi raccomando, non dimenticare mai chi sei e quali sono i tuoi valori, va bene, *little squirrel*?"

"Va bene, nonna" le dico asciugandomi le lacrime.

"Non preoccuparti, andrà tutto bene. Mi ricordi tanto come ero io alla tua età. Goditele queste emozioni, tesoro, sono preziose."

"Grazie nonna. Mi sento già più tranquilla. Non so cosa farei senza di te!"
"Io sono qui per questo, tesoro. Chiamami se hai bisogno."
"Tu come stai? Sono così frastornata che non te l'ho nemmeno chiesto."
"Non preoccuparti per me scoiattolina. Io sono una vecchia roccia."
La sento ridacchiare.
"È vero, sei favolosa! *I love you to the moon and back*!"
"*Mee too my little squirrel, take care*[20]."
Metto giù, prendo fiato e trovo il coraggio di comporre il numero del negozio di Sam.
"*JMS Records good morning, what can I do for you today*[21]?"
"Ciao Sam, sono Vicky, come va?"
"Bene, *baby*, tu? Non mi piace per niente la tua voce. Stai ancora male?"
"Veramente forse un po', non mi sento ancora al meglio e ho bisogno di vederti, subito se possibile."
"Mi dispiace che tu non stia bene, accidenti. Te la senti di venire qui? Puoi

---

[20] Anche io scoiattolina, abbi cura di te.
[21] JMS dischi buongiorno, cosa posso fare per lei oggi?

farti prestare il motorino da Sadie se ti va. Il negozio è a dieci minuti da lì. Io purtroppo non posso muovermi, ma se è urgente chiudo e arrivo."

"No, no vengo io. Ci vediamo là."

Scambio la gonna con i miei nuovi jeans, infilo gli occhiali da sole e scendo. Mi fermo davanti alla porta di Sadie e senza aprirla le dico a voce alta: "Sto andando a parlare con Sam."

Lei non risponde ma la sento muoversi nella stanza e aggiungo: "Avevi ragione, non sono mai stata così stronza ed è arrivato il momento di fare le cose per bene. Scusa se ti ho delusa."

La porta si spalanca, lei mi si butta addosso per abbracciarmi.

"Sono stata molto dura, lo so, ma ci sono rimasta male, cerca di capire, io ti adoro ma è di mio fratello che stiamo parlando. Ti chiedo scusa."

"Non preoccuparti, hai perfettamente ragione."

"Sei certa di quello che fai?"

"Sì, ne sono sicura. Con tuo fratello è finita. Quello che provo per Sebastian mi ha solo aperto gli occhi. Lasciamo stare

per adesso, ne parleremo dopo. Mi presti il motorino?"
"Sì."
Prende le chiavi e me le posa sul palmo.
"Vicky, mi fai un favore?"
"Certo."
"Non dirgli di Sebastian. Gli spezzeresti il cuore due volte. Sono molto amici."
"Certo che no."
Restiamo abbracciate per un lungo istante.

10. Una fine, un inizio

Arrivo davanti al JMS Records. L'insegna è coloratissima e la vetrina ordinata. I dischi sono esposti sopra delle luci al neon a forma di strumenti musicali. Quando apro la porta, una campanella annuncia il mio ingresso e Sam si affaccia dal retro, fa il giro del bancone per venire a salutarmi. Mi si avvicina sorridente per darmi un bacio e io faccio un passo indietro. Lui mi guarda. Lo vedo rabbuiarsi.

"Ho capito", mi dice, voltandosi ad aprire la porta di una grande cabina per l'ascolto in vetro e legno. Mi invita a entrare e a sedermi su una delle due poltrone al suo interno. Mi accomodo e lui si siede davanti a me; è serio come non l'ho mai visto prima.

"Sam, mi dispiace tanto ma..."

Prima che io possa finire dice: "È finita, vero?"

Gli occhi mi si riempiono di lacrime, sospiro. Dopo un interminabile minuto trovo finalmente il coraggio.

"Vorrei spiegarti."

Non credevo mi avrebbe fatto sentire tanto male.

Ora che lo guardo in faccia riesco a capire la delusione di Sadie e la gravità delle mie azioni.
"Non c'è bisogno di spiegazioni, Vicky, lo so e da molto tempo anche, forse da prima di te. Lo sentivo come probabilmente lo sentivi tu. Era solo una questione di tempo e coraggio ma, come sempre, tu sei stata la più coraggiosa e leale tra noi."

Mi piacerebbe tanto che fosse così Sam. Invece ti ho tradito e ho sporcato la cosa pulita che avevamo.

Vorrei dirglielo ma resto in silenzio, fingendomi la bella persona che crede.

Sei una codarda.

"Mi dispiace", dico mentre una lacrima mi scende sulla guancia.

Non ho mai voluto ferirti.

“Dispiace anche a me, Vicky.”
Mi asciuga la guancia con il dorso della mano.
“Stai tranquilla, non devi sentirti in colpa.”
“Vedi Sam, io credevo di poter mettere tutto a posto, ma non c’è nulla da mettere a posto.”
“Lo so”, mi interrompe lui. “Negli ultimi due mesi sono stato assente. Forse è più colpa mia che tua. Credevo anche io che potessimo sistemare tutto in nome della nostra lunga amicizia, ma non ha senso. Hai fatto bene a venire oggi ad affrontare la situazione. Vedi, io...” sembra voglia aggiungere qualcos’altro ma lascia la frase in sospeso e aggiunge solo: “Hai fatto bene.”
“Quando sono arrivata a Londra ero emozionata all’idea di poter stare insieme. Se mi fossi aspettata questo non sarei venuta e lo sai. Poi, a un tratto, mi sono sentita diversa, e più passava il tempo, più la sensazione che ci fosse qualcosa di sbagliato tra noi aumentava. Non so come sia potuto accadere, ma siamo tornati a essere gli amici che eravamo.”

La sua bocca sorride, mentre i suoi occhi rimangono tristi.

Abbasso lo sguardo, giocherellando con un portachiavi attaccato alla mia borsa. Una lacrima scivola dalla mia guancia, infrangendosi sul cuoio marrone e lui mi prende la mano.

“Solo che non volevo deluderti e rovinare tutto, abbiamo pianificato questi giorni insieme per così tanto tempo.”

Sposta la mano e ne passa il dorso sulla mia guancia per asciugarla.

“Lo so è stato lo stesso per me, ma non ho trovato il coraggio”, sospira, poi cerca di darsi un tono e continua. “Comunque non preoccuparti, siamo sempre stati buoni amici, sono certo che troveremo un equilibrio. Ci vorrà solo un po’ di tempo.”

Mi abbraccia e, per la prima volta da quando sono arrivata, mi sento davvero vicina a lui.

“Non voglio perderti.”

“Non succederà”, risponde.

Il campanello della porta ci interrompe. “Scusami, Vicky.”

Lui si alza ed esce dalla cabina per ricevere il gruppo di ragazzi appena entrati. Mentre è occupato, esco a prendere una boccata d'aria e faccio una passeggiata per Carnaby Street. A ogni passo sento la tristezza lasciare posto a un senso di sollievo. Cammino distratta davanti alle vetrine colorate. Ad un tratto un abito attira la mia attenzione: esposto tra paillettes colorate e lamé, un semplice tubino nero attira la mia attenzione. Non è il mio stile. È aderente e molto sexy. Penso subito a Sebastian e riflesso nella vetrina vedo apparire un sorriso sulle mie labbra. Abbasso la testa scuotendola, poi passo oltre. Passato mezzogiorno, rientro in negozio.

"Sam, ti andrebbe di mangiare qualcosa insieme? Non voglio andarmene via così."

"Certo, ma dov'eri finita?" mi dice, affacciandosi per un attimo dal retro. Anche lui sembra più sollevato.

"Arrivo subito!"

"Fai con calma, non c'è fretta."

Gironzolo per gli scaffali facendo passare le dita tra i vinili.

"Ho fatto un giro: c'è un'aria così fresca fuori, si sta benissimo! Che dici se ci sediamo all'aperto?"

"Perfetto, ti va se vengono anche loro?"

Esce dal retro e indica Josh e Sebastian seduti nella cabina insonorizzata, che mi salutano con un cenno della mano. Il mio cuore salta un battito. Non li avevo notati.
"Sì, certo, nessun problema."
Sam raccoglie le chiavi del negozio e ci accompagna tutti verso l'uscita, per poi chiudere la porta alle sue spalle. Sebastian mi strizza l'occhio e raggiunge Josh che è qualche passo più avanti. Io resto di fianco a Sam.
"Non ti spiace, vero, che li abbia invitati? Non mi sembrava carino."
"No, no. Per me va benissimo."

So che la mia faccia dice il contrario, ma non sono più una sua priorità, e non mi aspetto che investighi oltre.

Ci sistemiamo all'esterno di un pub, intorno a un tavolino rotondo. La fame, che prima mi faceva gorgogliare lo stomaco, sembra essere svanita, e al suo posto ho un nodo stretto che non mi lascia respirare. Sebastian mi si siede di fronte, nascosto da un paio di occhiali a specchio.

Riesco comunque a sentire il suo sguardo su di me.

Ha un aria così tranquilla, mentre io con le gambe tremanti muovo il tavolino.

"Va tutto bene Vicky? Sembri nervosa."

La mia inquietudine sembra infastidire Josh che mi ferma il ginocchio con un dito.

"Tutto benissimo, grazie", sfoggio un sorriso di circostanza.

Sam mi guarda annuendo come per assicurarsi che sia vero. Sebastian intanto ne approfitta della distrazione degli altri due, si abbassa gli occhiali sul naso e mi strizza l'occhio mimando un respiro profondo.

Messaggio ricevuto: mi devo rilassare.

Ordiniamo da mangiare, poi Josh mi chiede della mia giornata, distraendomi. È un ragazzo simpatico e goffo, e riesce a calmarmi. Ogni tanto il mio sguardo cade su Samuel e Sebastian che parlano di musica.

Spero di non dover essere mai un ostacolo tra loro. Sono così diversi…

Sospiro.

"Camille non vede l'ora di rivederti. Le stai molto simpatica."

Josh richiama la mia attenzione posandomi una mano sul braccio.

"Ieri abbiamo visto una ragazza per strada con i capelli rosa e la tua stessa pettinatura, e ha subito detto che dovresti farteli anche tu così."

"Rosa?"

Scoppio a ridere.

"Cacchio, credo che i miei genitori non sarebbero molto entusiasti."

"Ma sei maggiorenne, no? Ormai puoi fare quello che ti pare. Pensaci…"

"Già", dico, mentre ci alziamo dalla tavola per tornare tutti e tre al negozio. Mentre Sam e Josh si portano qualche metro più avanti, Sebastian si infila in una viuzza trasversale e mi prende per mano, tirandomi verso di sé.

Mi infila la mano dietro alla nuca e chinandosi su di me, mi bacia furtivamente.

"Sei pazzo! Sono qui dietro, non possiamo!"
"È stato un attimo. Visto? Ho già fatto. Non ne potevo più di averti vicina senza poterti toccare", dice pizzicandomi il sedere. Gli do una pacca leggera sulla mano.
"Com'è andata con Sadie?" mi chiede.
"Male, per questo sono venuta subito a parlare con Sam."
Si incupisce per un momento.
"Mi spiace, sarei dovuto rimanere ad aiutarti."
"No, è stato molto meglio che fossimo sole, credimi."
"Ma come mai tu sei venuto qui da Sam?"
"Ho incontrato Josh in metro e mi ha chiesto di accompagnarlo. Avevo bisogno di distrarmi e ho accettato."
"Capisco. Quando ti ho visto mi è venuto un colpo."
"Anche io non mi aspettavo di vederti. Raccontami di Sadie."
"Mi ha dato un ultimatum, dicendomi che se non avessi rotto subito con Sam, lei gli avrebbe detto tutto. Non potevo lasciare

che le cose andassero così, e ho deciso di venire e farlo subito."
"Accidenti! E immagino che noi, arrivando in negozio senza chiamare, abbiamo scombinato i tuoi piani."
"No, niente affatto. Avevamo già parlato prima."
"Come? Vi eravate già parlati?" mi chiede incredulo.
"Sì. Ci siamo lasciati."
"Ma, non capisco, eravate così tranquilli a tavola poco fa."
"Sì, lo so. Lui se lo aspettava. Immaginavo fosse reciproco Ce lo sentivamo entrambi."
Il suo viso si illumina.
"Quindi l'ha presa bene? E immagino non sappia di noi, vero?"

Mi piace tanto quando dici "noi." Fallo ancora, ti prego.

"Assolutamente no. Non credo sarebbe stato così tranquillo se avesse saputo. Penso sia meglio così per adesso."

"Certo, sono d'accordo. Se e quando sarà il caso di parlargli, lo faremo insieme. Va bene?"
Annuisco, mentre vedo la sua espressione cambiare e sul suo viso apparire quello sguardo che ormai inizio a riconoscere.
"Sei ufficialmente libera, quindi?"
Mi pizzica di nuovo il sedere e io gli sfuggo.
"La smetti?"
Mi allontano ridendo.
"Andiamo, ti prego, se vengono a cercarci finisce male", gli dico.

Ha la capacità di eccitarmi e innervosirmi allo stesso tempo.

"Va bene, andiamo, ma ho un piano. Ascolta..." mi dice, come se fossimo due bambini che si scambiano un segreto.
"Un piano?"
"Sì, senti qui: oggi è venerdì. Stasera escono tutti. Noi abbiamo le prove alle sei e poi dovremmo raggiungere gli altri al pub verso le nove. Tu stai a casa con una scusa e io fingo un impegno all'ultimo

minuto. Ti raggiungo e poi sono certo che troveremo qualcosa da fare…"
Si china e mi bacia sul collo, mentre nei miei pensieri appare l'immagine del tubino nero che ho visto in vetrina. Scuoto la testa e lo spingo via.
"Qualcosa, cosa? Ci conosciamo da un giorno, Sebastian!"
Mi infila due dita nei passanti dei jeans e mi tira verso di sé.
"Mamma mia, quando fai la santarellina… ma se stamattina quasi lo facevamo sulla porta di casa?"
Mi bacia, mi accarezza i capelli e la sua espressione si addolcisce.
"Comunque, a parte gli scherzi, io vengo per stare insieme. Mi importa solo questo."
Mi prende la mano e la bacia.
"Ok, va bene, ma adesso andiamo, si staranno chiedendo dove siamo finiti", dico, e mi volto per andare via.
"Non mi hai risposto."
Mi si mette davanti sbarrandomi la strada.
"Allora?"
"Sì, sì, ma adesso andiamo!"
Rido nel vederlo così eccitato.
"Adesso sei tu quello buffo."

Mi solleva stringendomi le ginocchia tra le braccia.
"Mettimi giù Sebastian, dai mettimi giù!"
Lascia che mi dimeni per un po' prima di rimettermi per terra.
"Vai prima tu", bisbiglia, il dito indice sulle labbra.

...

Quando entro in negozio, lo trovo vuoto. Immagino che Sam e Josh siano seduti nel retro.
"Ciao!" dico ad alta voce.
"Dove eravate finiti?" mi chiede Joshua affacciandosi dalla porta dell'ufficio.
"Io mi sono fermata a comprare questo."
Tiro fuori un vecchio fermaglio dalla borsa, immaginando il loro disinteresse.
"Chi altro manca?"
"Sebastian, credevamo fosse con te."
"No, io ero sola."
Josh sparisce di nuovo in ufficio e qualche secondo più tardi Sebastian entra con in mano un cono gelato.
Mi passa di fianco dicendo sottovoce: "Vuoi?" e me lo porge.

"No, grazie."
Mi avvio verso la porta.
"Ragazzi io vado, ci si vede dopo?"
Lui fa il broncio con in mano il suo gelato gocciolante.
"Sembri un bambino", gli dico.
"*Stay*, Vic", sussurra. "*Stay with me today*" canticchia sottovoce le parole della sua canzone.
"Sssh! Devo andare, ti prego, ci vediamo dopo", sussurro.
"Va bene, a dopo allora."
Mi apre la porta del negozio.
"Ciao a tutti!" dico a voce alta.
Il campanello annuncia la mia uscita.
Metto la borsa a tracolla, impugno il manubrio del motorino e Sebastian mi raggiunge con passo deciso. Mi infila qualcosa in tasca dei jeans e mi bacia sulla spalla, per poi tornare verso il negozio.
Sfilo il biglietto dai pantaloni e lo leggo. Sotto al suo numero di telefono ha scritto:
Hai rivoluzionato tutto in un giorno, con qualche bacio. Ma che cosa succederà quando faremo l'amore? S.

Immagino la sua espressione maliziosa. Lascio il motorino parcheggiato e torno a comprare il vestito nero della vetrina in fondo a Carnaby Street.

Dopotutto, forse non è vero che non è adatto a me.

11. Sebastian

Tornata a casa, mi butto sul letto. Ripenso al sorriso triste di Sam e le sue parole, la sensazione che volesse dirmi di più, poi penso a Sebastian, a quel suo modo di guardarmi, al suono della sua voce e alla fine, non so come, mi addormento. Mi sveglio che sono quasi le sei e faccio una doccia bollente. L'acqua sembra rimuovere i residui di tutte le paure e le tensioni degli ultimi giorni. Chiudo gli occhi mentre il getto mi scorre sul viso ed è come se Sebastian fosse lì con me. Faccio scivolare le mani sul mio corpo, sono le sue. Sospiro, mi mordo il labbro inferiore. Il vapore mi avvolge, quando all'improvviso qualcuno bussa alla porta della mansarda.
"Arrivo!" grido, uscendo dalla doccia. Mi infilo l'accappatoio e vado ad aprire la porta.
"Chi è?"
"Sono io", risponde Sadie.
Le apro e lei si affaccia chiedendo "Disturbo?"
"No, affatto, Sarei scesa io tra poco."

“Ti va di parlare?” mi chiede, sedendosi sul bordo del letto. Ha un’espressione triste. Annuisco e mi siedo sul letto accanto a lei.
“Ho parlato con Sam.”
“Come l’ha presa?”
“Bene, credo. Se lo sentiva anche lui.”
“Immaginavo.”
“So che mi sono comportata male e mi dispiace molto.”
Abbasso gli occhi e rigiro tra le mani la cintura dell’accappatoio.
“Mi sono resa conto di quanto sono stata stronza con lui solo mentre gli parlavo.”
Mi si spezza la voce.
“Cazzo, mi dispiace”, sbuffa e mi abbraccia. “Per voi, e per come ti ho aggredita oggi: non avrei dovuto.”
“Invece hai fatto bene, avevi ragione. Mi hai fatto riflettere e prendere la decisione giusta. Sai Sadie, ora che è tutto chiarito, mi sento meglio. Sapere che anche per lui è finita è stato un sollievo.”
“Sono certa che adesso lui si senta esattamente come te. Credo che abbiate fatto la cosa migliore.”

Mi sorride e mi bacia sulla guancia poi si alza.
"Devo scappare, stasera sono a cena da Matthew. Ci vediamo dopo al pub?"
"Ecco io, veramente… stasera resto a casa, sono stanca."
Fa due passi verso la porta, si ferma a guardarmi. Cerco di restare impassibile mentre inclina appena la testa e sul suo volto appare un mezzo sorriso.
"Cosa c'è?" le chiedo.
"Non mi dire che stasera ti vedi con Sebastian?"
"No. Non so, non credo…"
Mi scappa da ridere.

Non sono mai stata una buona bugiarda.

"Ma che fai, non mi dici nulla?"
"Sadie non insistere, è vero che non lo so", le dico titubante.
"Ti prego, non fare così, mi fai sentire ancora più stronza. Sei sempre la mia migliore amica, e voglio sapere cosa ti succede."
"Mi succede che sono tutta sotto sopra, ed è un casino da spiegare, ci vuole tempo.

Facciamo che ti aggiorno più tardi, quando torni."
"Non torno, dormo da Matthew, parliamo domani?"
"Mi sembra una buona idea."
"Stasera divertiti e non fare cazzate. Sam tornerà tardi e i miei sono partiti."
So che ha capito tutto del nostro piano ma non aggiungo altro.
"Mi raccomando..." aggiunge ferma sulla porta prima di scendere. "Quello che penso di Sebastian non è cambiato. Mi fido di te ma non di lui."
"Dai non dire così, ti prego."
"È quello che penso. Io non dico mai bugie e lo sai."
Mi strizza l'occhio e mi soffia un bacio poi esce chiudendosi la porta alle spalle.
Dopo aver ricambiato il saluto mi alzo in piedi. Sono le sette: ho ancora un paio d'ore prima che arrivi Sebastian. Mi asciugo i capelli, faccio un po' di ordine in camera e infilo il vestito nuovo. Mi guardo allo specchio: il raso nero mi lascia le spalle e le gambe nude, evidenziando le mie curve. La giovane donna riflessa nello specchio con le labbra scarlatte, fasciata

in un abito nero corto e scollato, sembra diversa dalla Victoria che conosco.

Forse ho esagerato.

Infilo le scarpe. I tacchi alti mi slanciano. Faccio due passi avanti per guardami più da vicino. Perfino il mio modo di camminare sembra diverso.

Ho fatto bene a portarmi queste scarpe, non credevo le avrei mai usate.

Lancio un'occhiata all'orologio: le nove meno dieci.

Cacchio, sta per arrivare!

Mi siedo sul divano sfoglio una rivista, poi mi alzo e mi guardo allo specchio un'ultima volta. Tiro un po' giù il vestito, mi sistemo i capelli e mi risiedo sul divano. Ho le mani ghiacciate e il cuore in gola. Respiro profondamente.

Devi stare calma, devi rilassarti.

Al suono del campanello balzo in piedi e corro ad aprire. Sebastian tiene tra le mani un piccolo vaso di margherite bianche con un fiocco rosso. Indossa i suoi soliti Jeans strappati, una t-shirt bianca e una camicia a quadri blu.
È ancora più bello di come me lo ricordavo.
"*Hey*", mi dice sfoggiando un sorriso sicuro.
"Ciao", rispondo e come sempre, rimango imbambolata.
"Che dici, posso entrare?"
"Scusa, cacchio!"
Mi sposto i capelli dietro alle orecchie e lui mi porge il vaso.
"Se avessi saputo che ti vestivi come ad un primo appuntamento ufficiale, l'avrei fatto anche io."

Ecco, è troppo, lo sapevo! Respira Victoria, respira.

"Io veramente…"
Indietreggio per lasciarlo entrare, ma finisco per inciampare. Lui mi afferra al volo. Scoppio a ridere e mi libero dalla sua

presa per chiudere la porta, poi mi volto a guardarlo. È rimasto in piedi alle mie spalle e si china su di me per baciarmi. Mi sfila il vaso dalle mani e lo mette sul tavolo.
"A queste ci pensiamo dopo", dice e mi stringe i fianchi facendo scorrere lo sguardo su di me.
"Togli il fiato."
Sento le guance scaldarsi e mi avvicino. Gli stringo le mani dietro al collo, inspiro profondamente, il suo profumo mi riempie le narici. Mentre espiro lentamente ho la sensazione che le gambe non reggano.
"Vic, *elskling*, sei nervosa? Tremi tutta e hai le mani gelate."
"Un po'."
Abbasso gli occhi e lui mi solleva il mento con un dito.
"Lo sento, sai? È come se ti conoscessi da sempre."
Annuisco.
"Cosa significa 'lesking'?"
"Vuoi dire '*elskling*'? È norvegese. Significa 'tesoro, dolcezza'."
Fa scivolare la sue le dita lunghe tra i miei capelli tenendomi stretta a sé.

“Voglio che tu stia tranquilla, che sia una cosa bella tra di noi. Senza paura, senza fretta.”
“Va bene, ci provo”, dico con un filo di voce.
“Sai che facciamo? Hai portato qualcuna delle tue foto con te?”
“Sì, certo”, rispondo.
“Hai voglia di farmele vedere?”
“Mi piacerebbe molto.”
Mi sfilo dal suo abbraccio e mi allontano per prendere il raccoglitore dal mio zaino. Intanto lui spegne la luce centrale, accende la abat-jour sul tavolino e la televisione. Quando mi giro è già seduto sul divano che mi guarda.
“MTV?” gli chiedo, andando a sedermi accanto a lui.
“Sì, ti va?”
Annuisco e gli porgo il raccoglitore.
Lui se lo mette sulle gambe e comincia a sfogliarne le pagine con attenzione. Si sofferma su alcune immagini.
“Che bella questa”, mi dice, mostrandomi l’immagine di una bambina vestita da principessa che cammina da sola lungo un

viale, di spalle, la testa bassa. “Dove l’hai fatta?”
“A Milano, nei pressi dell’accademia delle belle arti. La cosa più bella è che l’ho scattata in una domenica mattina qualunque. Non c’era un motivo apparente per indossare quell’abito. Stava seguendo i suoi genitori, che a un tratto si sono fermati davanti a una vetrina, così lei ha proseguito da sola per qualche passo. Mi ha ricordato me da piccola. Adoravo travestirmi.”
“È così malinconica. Sembra quasi che sia finita la sua festa e sia triste…”
Lo guardo incredula, scuoto la testa e alzo le spalle.
“È proprio questo che mi ha colpita. Hai colto esattamente quello che volevo comunicare. La foto, infatti, l’ho intitolata ‘L’ultimo ballo’.”
Sfilo le scarpe e allungo le gambe sul divano.
“Hai molto talento”, dice, mentre continua a sfogliare le pagine del raccoglitore. Lo guardo cercando di indovinare i suoi pensieri. A un tratto qualcosa deve averlo sorpreso. Gira il raccoglitore verso di me e mi mostra un’altra immagine. Stavolta si

tratta di me. Sono di spalle, nuda, in punta di piedi su uno scoglio davanti alla piccola cascata di una radura.
"Sei tu?"
Sembra sorpreso. Mi copro gli occhi con le mani.
"Sì, se avessi saputo che andava a finire così, l'avrei tolta. Che vergogna! Ti prego, vai avanti."
"Ma chi te l'ha fatta?"
"Io, ero sola. È un autoscatto. Ti prego, Sebastian."
Gli do un calcetto con il piede.
"Passa oltre."
"Io passo oltre, ma tu devi levarti quella mano dagli occhi."
Quando la tolgo, lui chiude il raccoglitore e lo posa per terra. Mi tira le gambe verso di sé, mi prende i piedi tra le mani.
"Come sono freddi."
MTV trasmette il video di 'Walking in my shoes' dei Depeche Mode. Dave Gahan canta illuminato di rosso tra inquietanti immagini in bianco e nero. All'improvviso, Sebastian si gira e mi guarda.
"Quella fotografia è meravigliosa e tu sei scema a vergognarti."

Sorrido. È come se il calore delle sue mani, piano piano, fosse in grado di rilassare ogni muscolo del mio corpo.
"Adesso sei più tranquilla?"
"Sì, grazie."
Non riesco a staccargli gli occhi di dosso.
Si gira. È serio.
"Cosa stai pensando, Victoria?"
Le sue parole nel buio sono una carezza.
"Che vorrei avere una foto di questo momento insieme."
Lui non dice nulla. Sposta con garbo le mie gambe e si alza. Prende la macchina fotografica dal mio comodino, controlla esposizione e fuoco, sistema il flash e mi scatta un paio di foto. Poi programma l'autoscatto, lascia la macchina sul letto e viene a sedersi accanto a me.
"Stasera, ogni tuo desiderio è un ordine."
Qualche secondo dopo, la macchina scatta una prima foto, poi lui si allunga verso di me e mi bacia mentre la macchina scatta di nuovo.
"Quest'ultima sarà senza dubbio una fotografia favolosa."
"Che fai, ragazzina, mi prendi in giro?" mi fa il solletico. Io mi divincolo e scoppio a

ridere, poi alzo lo sguardo su di lui e capisco che il momento di scherzare è finito. Mi è subito sopra e mi bacia. Il suo corpo preme contro di me e la sua lingua cerca la mia. Chiudo gli occhi. Sento le sue mani scorrermi sui fianchi fino al seno. Lo scopre, abbassandomi l'abito fino alla vita. I nostri corpi si muovono allo stesso ritmo, i respiri si fanno profondi. In quel momento i miei occhi si schiudono alla ricerca dei suoi. Mi basta un suo sguardo per prendere fuoco. Gli sfilo camicia e maglietta. Lui si solleva appena e mi spinge su il vestito che ora è soltanto stoffa arrotolata intorno alla mia vita. La sua mano scende fino a farsi largo tra le mie gambe, sposta gli slip e inizia a toccarmi. Fremo. Sotto al suo tocco la pelle brucia. Mi bacia il collo, scende piano fino al seno. Chiudo gli occhi e sospiro quando lo sento sul mio ventre. La sua testa giunge tra le mie gambe e in preda alle vertigini, mi lascio sfuggire un gemito.

Quasi al culmine del piacere, inarco la schiena e tutto a un tratto lui si ferma. Apro gli occhi confusa e lo trovo seduto poco lontano sul divano. Si sta togliendo le scarpe. Vede le mie mani correre ai seni per coprirli e scuote la testa, sorridendo. Senza spostare lo sguardo da me, si toglie il resto dei vestiti e li lascia cadere sul pavimento.

Mio Dio, è così bello!

In un baleno mi è di nuovo addosso, pronto a farsi strada tra le mie gambe.
"Adesso fammi sentire quanto ti piace", mi sussurra.
Uno sciame di farfalle mi esplode nello stomaco. Lui mi sfila gli slip e mi scivola dentro. Lancio un gemito e piego la testa all'indietro. Le nostre bocche si sfiorano, il suo respiro caldo accarezza la mia pelle. Quando le sue spinte aumentano lo afferro per le spalle, stringendo le gambe intorno ai suoi fianchi. Il mio corpo inizia a vibrare tra le sue braccia, e lui rallenta per baciarmi. Mi fa girare e ricomincia più lento. Fremo.
"Che c'è, non ti piace?"
"Non fermarti, ti prego", sospiro.
Mi bacia la schiena.
"Ti prego", gli ripeto.

"Mi piace quando mi preghi" dice, e aumenta il ritmo fino a raggiungere il piacere, insieme a me.

...

Un rumore mi sveglia e, per un istante, rimango disorientata. Lascio che i miei occhi si abituino all'oscurità.

Nel buio metto a fuoco la sagoma di Sebastian, la stanza illuminata solo delle luci della città. Lui è in piedi, a torso nudo, appoggiato al tavolo con indosso solo i jeans. Beve da una bottiglia.

"Hai sete?"

"Sì, grazie."

Mi si avvicina e mi passa la birra sedendosi ai miei piedi. Solo in quel momento, mentre il suo sguardo scorre su di me, mi rendo conto di essere ancora nuda. Mi rannicchio imbarazzata.

"Hai freddo?"

"No, sì... veramente."

"Non mi dire che ti vergogni?" sorride mentre mi passa la sua camicia.

"Un po'."

Sospira.

"Come devo fare con te, me lo spieghi?"
"Perché?"
Si china a baciarmi la fronte.
"Hai fame? Perché io sto morendo."
"Ti va un piatto di spaghetti?" gli domando.
"Non dirmi che sai anche cucinare?"
Mi alzo e mi chino a raccogliere gli slip. Sento il suo sguardo addosso.
"Certo, e cucino anche bene. Sono italiana, te lo sei dimenticato?"
"Niente male, *elskling.* Sei la donna perfetta."
Riempio la pentola d'acqua.
"Magari fossi perfetta", dico a mezza voce. "Guarda qui."
Mi do una sberla sul sedere rotondo. Lui mi si avvicina e me lo pizzica.
"Ma se questa è una delle cose di te che preferisco. Dopo averlo visto in quella foto poi, non vedevo l'ora di averlo tra le mani."
Mi bacia il collo.
"Perché voi donne non capite niente di queste cose? Pensate che un culo magro sia più attraente per un uomo. Ma se tu ti vedessi con i miei occhi, capiresti."
"Se potessi vederti tu con i miei..." sospiro.

"Sì? Sono curioso, cosa vedrei?"
"No, no, mi vergogno troppo!"
"Quando fai la timida poi, lo sai..."
Questa volta è lui a sospirare. Mi volto per vedere la sua espressione.
"Per non parlare di queste mutandine da scolaretta."
Si morde il labbro inferiore. Mi si avvicina di più e infila le mani sotto la camicia accarezzandomi la pancia.
"Credevi avrebbero smorzato l'effetto del vestitino che ti sei messa?"
"Sapevo esattamente che cosa avresti pensato."
Si sporge per vedere la mia espressione.

L'ho sorpreso, lo sapevo.

"Dimmi, Victoria, sono curioso. Che effetto mi hanno fatto?"
"Se vuoi mangiare, non posso certo dirtelo adesso."
Ride e mi molla una pacca decisa sul sedere.
"Ahi! Questa me la paghi!"
Mi strofino il gluteo dolorante.

"Va bene per ora sei salva, furbetta. Adesso mangiamo... ma ne riparliamo."
Mi fa l'occhiolino, mentre comincia ad apparecchiare la tavola. In pochi minuti preparo dei semplici spaghetti al pomodoro. Metto i piatti in tavola e ci sediamo uno di fronte all'altro, i nostri piedi si sfiorano.
"Oddio", dice lui al primo boccone. "è favolosa! La cosa più buona che abbia mai assaggiato!"
"Addirittura? Non esagerare dai, è solo un piatto di pasta al pomodoro."
"Guarda che io non sono uno da molti complimenti. Soprattutto per il cibo. Quindi, fossi in te, questo lo accetterei senza protestare", mi dice tra un boccone e l'altro.
"Grazie. Se la metti così, mi tocca accettare il complimento. Sono felice che ti piaccia."
Finisco di masticare e aggiungo: "In effetti ho riscosso più successo per il cibo che per il sesso, stasera. Devo preoccuparmi?"
Mi dà un calcetto sotto il tavolo.
"Mettiamola così: se ogni serata fosse come questa, non mi servirebbe

nient'altro. Ti sembra abbastanza come complimento?"

"Come primo appuntamento, posso accontentarmi."

"Io non mi accontento mai", sorride malizioso.

Finito di mangiare, sparecchiamo e lui si offre di lavare i piatti. Sono da poco passate le undici e mezza e siamo ancora soli in casa. Mi avvicino al juke box e scelgo 'Please, please, please' degli Smiths. Poi mi siedo sul divano rivolta verso di lui e con le gambe raccolte canticchiando mentre lo osservo. "*Good times for a change... See, the luck I've had can make a good man turn bad...*"

"Ti piace?" mi chiede.

"Ti riferisci alla canzone o alla vista?"

"Entrambe."

"Eccome. Mi sto godendo lo spettacolo, con tanto di sottofondo musicale. Adoro questa canzone."

"Questo pezzo è uno dei miei preferiti. Sei intonata, sai?"

"Grazie. Detto da te è decisamente un complimento."

Inizia a cantare con me e, come sempre, la sua voce mi rapisce.
Prendo la macchina fotografica. Lo metto a fuoco.
“Hai dei piedi bellissimi, lo sai?”
Scatto una foto.
“Piedi?”
Mi guarda stupito.
“Sì, piedi.”
“Non me l’aveva mai detto nessuno.”
Abbasso la macchina.
“Non ci credo.”
“Davvero, anzi la trovo una cosa strana.”
“Sei tu che sei strano.”
Scatto di nuovo, questa volta inquadrando i suoi bracciali.
“Mi piace anche il tuo stile.”
Scatto una foto dietro l’altra, mentre lui rimane naturale davanti alla macchina.
“Grazie. Questi non li levo mai.”
Si tocca i bracciali con la mano gocciolante.
“Lo so.”
Poso la Canon e mi sporgo dal divano per raccogliere la mia borsa che sta sul pavimento. Prendo l’istantanea che gli ho scattato la prima sera e vado dietro di lui,

circondandogli i fianchi con le braccia, gliela mostro.
"Ah sì? Allora avevi anche tu una mia foto."
"La guardo ogni volta che ti penso."
Si asciuga le mani e si volta verso di me.
"Ormai sono in grado di riconoscere quell'espressione quando la vedo", aggiungo, mentre indietreggio verso il divano.
"Quanto mi hai pensato, Victoria?"
"Come posso darti un'idea, Sebastian? Ecco, diciamo che quella foto ha passato molto più tempo nelle mie mani che in borsa."
"Mi piace come pronunci il mio nome."
Mi prende per i polsi e si porta le mie mani intorno al suo collo, tirandomi su dal divano per farmi ballare.

Mi perdo nel blu dei suoi occhi.

Quando la canzone finisce, mi prende in braccio e mi bacia. Le mie gambe intorno ai suoi fianchi. Si siede sul letto.
"Cercavo di ricordare tua voce di velluto."
Gli faccio scorrere un dito sulle labbra.

"E poi?"
"E poi le fossette che si formano sulle tue guance quando sorridi… "
Le bacio entrambe.
"Il collo lungo, le mani grandi…" intreccio le mie dita alle sue mentre mi bacia.
"Mi hai guardato proprio bene, eh?" sussurra.
Annuisco, e in un attimo lui torna di nuovo serio. Mi sbottona la camicia piano, in silenzio, senza smettere di guardarmi negli occhi. Inizia col baciarmi una spalla, poi mi fa stendere sul letto e si sdraia su di me. In un attimo perdiamo di nuovo il controllo. Facciamo l'amore per tutta la notte: ci assopiamo, poi ci svegliamo, lo rifacciamo. Così, fino all'alba.
Alla fine, quando la luce comincia a illuminare la stanza, ci addormentiamo distrutti.

12. Sogni e lenzuola

Apro gli occhi. La radiosveglia segna mezzogiorno e dieci. Lui dorme al mio fianco. Il viso sul cuscino, i capelli spettinati. Sfilo lentamente la mano da sotto la sua e mi alzo. Una luce fioca penetra dal lucernario illuminandogli il viso addormentato. La giornata è calda, nonostante il cielo grigio. Prendo la macchina e mi chino per immortalarlo in un primo piano. Lui si scopre e si gira dall'altro lato. Qualche scatto più tardi depongo delicatamente la macchina sul comodino e vado in bagno. Mi sento tutta indolenzita, ho i capelli scompigliati e le labbra arrossate. Sorrido al riflesso di me stessa nello specchio mentre mi lavo i denti. Impossibile domare la mia frangia ribelle. Quando rientro in camera infilo la camicia di Sebastian, che sobbalza al trillo del telefono.

"Tranquillo, lo prenderà qualcuno al piano di sotto", gli dico.

Come per darmi ragione, gli squilli si interrompono dopo il secondo.

"Perché ti sei alzata?" farfuglia, ancora mezzo addormentato. "Vieni qui da me, *sexy pants*[22]."

Senza farmelo ripetere due volte mi intrufolo sotto le lenzuola e mi sdraio, appoggiando la testa sulla sua spalla.

"*Sexy pants*?"

"Non lo sai? Questo è il tuo nuovo soprannome."

"Ah sì?"

Annuisce.

"Dormito poco, eh?"

"Sì, ma benissimo."

"Anche io, come un bambino."

"Cosa vuoi fare oggi?" mi chiede.

"Una corsa nel parco? Un giro in centro? A me va bene tutto, anche stare qui."

Lo guardo di sottecchi e lui mi dà un bacio.

"Mi piace l'idea di uscire, ma la mia opzione preferita è l'ultima."

Si infila sotto le coperte a baciarmi la pancia. Io scoppio a ridere.

"Dai, soffro il solletico! Non possiamo fare rumore, Sam è di sotto..."

---

[22] Mutandine sexy

Lui solleva il lenzuolo sopra le nostre teste, come una tenda, e si sistema tra le mie gambe.

“Come sei bella quando ridi, Vic.”

“Sto tanto bene con te”, dico.

I suoi occhi mi scrutano.

“Parlami dei tuoi sogni.”

Ci penso su.

“Vediamo, cosa sogno... tante cose: voglio diventare una fotografa famosa, esporre i miei ritratti alle mostre più importanti del mondo. Poi voglio sposarmi, avere una figlia e chiamarla Juniper.”

“E se è un maschio?”

“Spero di no, i maschi non li capisco molto.”

“Questo lo dici tu.”

Mi strizza l’occhio.

“Per prima cosa, però, mi piacerebbe vincere una borsa di studio al New York Photography Institute, ma è impossibile.”

“Perché impossibile?”

“Ho inviato centinaia di lettere e non ho mai ricevuto risposta. Senza borsa di studio non posso permettermi la retta.”

“Quindi che fai? Molli?”

"No, io non mollo mai. Diventerò famosa in un altro modo. Tu, invece, cosa sogni?"
"Io voglio vivere di quello che amo, cioè facendo musica. So che accadrà, in un modo o nell'altro: non ho dubbi. Sai, Vic, siamo più simili di quanto credessi."
Rimane in silenzio per qualche istante a guardarmi e mi bacia. In un attimo sono di nuovo nuda tra le sue braccia.
"Non credo che riusciremo a uscire da questa stanza molto presto", mi sussurra.
In quel momento bussano alla porta.
"Vic, sei sveglia?"
É la voce di Sam.
Io e Sebastian ci guardiamo negli occhi. Lui balza fuori dal letto. Lo seguo. Più velocemente che posso, raccolgo i suoi vestiti in un fagotto, glielo passo e spingendolo in bagno, gli faccio segno di fare silenzio. Prendo l'accappatoio, me lo infilo e chiudo la porta.
"Arrivo!"
Corro ad aprire, lasciando solo uno spiraglio per guardare fuori.
"Ciao, Sam. Ero in doccia, hai bisogno di qualcosa?"

"Oh, scusami! Tutto ok?" dice lui grattandosi la testa.
"Oggi meglio, grazie. Ho dormito tanto, mi ha fatto bene. Tu come stai?"
"Sto bene, però ho una rogna da risolvere."
"Cioè?"
"Sebastian è sparito. Patrick ha chiamato, deve parlargli di un problema con il contratto ma non sa più dove cercarlo. Ieri sera non si è fatto vivo e stamattina non era a casa. Adesso provo a richiamarlo per vedere se è tornato. Quando lo trovo gli faccio barba e capelli."
"Cacchio... succede spesso che sparisca così?"
"No, infatti è molto strano. Comunque, non preoccuparti, lo troveremo. Ti andrebbe di pranzare insieme?"
"No!" rispondo secca, poi aggiungo con calma: "Grazie, ma non ho molta fame, scusa. Pensavo di bermi una spremuta e andare a correre. Se vuoi ci vediamo più tardi, così ti aiuto per la festa di stasera."
"Ok, come vuoi tu. Allora a dopo."
Appena chiudo la porta, Sebastian si affaccia dal bagno con aria interrogativa.
"Per un pelo, eh?"

Esce già vestito, mi si avvicina e mi solleva il mento con un dito.

Deve aver notato la mia faccia delusa.

"Non fare quella faccia, *sexy pants*, ci vediamo dopo se ti va. Adesso devo correre a chiamare i ragazzi da una cabina telefonica. Se lo faccio da qui e per caso Sam solleva la cornetta, sai il casino che scoppia."
Mi dà un bacio a stampo e si allontana.
"Già..." sospiro. "Speriamo che Sam non abbia fatto due più due."
"Non credo proprio."
Gli infilo un dito in un passante dei jeans e lo tiro verso di me e lui mi bacia di nuovo.
"Non potremo certo tenere il segreto per sempre", gli dico.
"Per sempre?"
Si siede sul divano per mettersi le scarpe.
"Cioè, voglio dire, per il tempo che sarò qui."
Mi sistemo i capelli dietro l'orecchio.
"Accidenti, quanto sei carina! Ma ti rendi conto che, con quegli occhi da cucciolo

abbandonato, mi rendi impossibile uscire di casa?"
"Non sto facendo gli occhi da cucciolo."
Si alza e mi fa voltare verso lo specchio, restando dietro di me.
"Guardati Vic, dimmi cosa vedi?"
"Una povera ragazza innocente in accappatoio e un bellissimo uomo crudele che ha molta fretta", gli dico ridendo, poi mi volto e lo tiro verso di me per baciarlo.
"Se fai così, non esco."
"Va bene", mi interrompo io a malincuore, e gli do una spintarella. "Vai..."
Poco prima di arrivare alla porta si gira e mi dice: "Aspetta, devo fare una cosa prima di andare."
Scioglie il nodo del mio accappatoio e lo apre.
"Chissà quante ore dovrò stare senza poterti guardare."
"Scemo!" dico richiudendolo. "Stai attento a non farti vedere da Sam."
"Certo, *sexy pants*. Ti chiamo dopo."
Ci scambiamo un ultimo bacio prima che esca.

13. Il dubbio

Sono le cinque.

“Sono pronta per iniziare con i preparativi”, urlo a Sam mentre scendo le scale.

Lo trovo in cucina che si prepara un sandwich.

“I programmi sono cambiati”, mi dice. “Sebastian ci ha invitati tutti a un party a Covent Garden.”

“Come mai?” chiedo, sedendomi a tavola. Inizio a muovere la gamba nervosamente.

Sarebbe stato carino se avesse fatto sapere anche a me del cambiamento di programma.

“Credo che abbia una tresca con una certa Crystal. È una giornalista musicale, ex modella, che li fa imbucare spesso a queste feste, ma Sebastian non è mai riuscito a far entrare nessuno a parte la band. Questa volta chissà che ripassata deve averle dato per poterci portare tutti!”

Ride e scuote la testa.

"Ah, sì? Siamo proprio fortunati."

Io lo uccido.

Lo stomaco mi si annoda, la gamba aumenta il ritmo poi Sam si gira e sorrido.

Dio, ti prego, fa' che si sbagli.

"Sai com'è, trentadue anni lei, venticinque lui... alla signora deve piacere la carne fresca."

Smettila, Sam. Se è un modo per vendicarti, sei crudele.

"Furbetta."
Ho le labbra paralizzate in un sorriso ma so che i miei occhi non mentono.
"Sebastian ha venticinque anni? Lo facevo più giovane."

Ragiono come una fidanzata gelosa e non so nemmeno la sua età.

"A quanto pare ha un certo ascendente sulle donne."

Ci pensa un attimo.
"Sarà l'accento", sussurra poi, alzando le spalle.

Cacchio Sam, come sei ingenuo. Ti prego, cambia argomento, mi stai uccidendo. Te lo meriti Victoria, sei una stronza.

Sadie entra in casa e ci raggiunge fermandosi sulla porta della cucina.
"I'm back guys, it's time to party[23]!"
Sam accende il bollitore. Io, seduta a tavola dietro di lui, alzo gli occhi al cielo e sospiro.
"Che succede? Niente preparativi?" chiede Sadie.
"Sei pronta sorellina? Stasera party a Covent Garden. Finalmente Sebastian è riuscito a farci imbucare!" le risponde Sam.
"*Totally tubular*[24]!"
Sadie si gira a cercare la mia approvazione. Io scuoto lentamente la testa.

---

[23] Sono tornata ragazzi, è tempo di festeggiare!
[24] Figo!

"Ma come ha fatto? Tutte le volte che gli abbiamo chiesto di procurarci un invito è sempre stato evasivo come se avessimo chiesto la luna."

"Beh, io un'idea me la sono fatta. Secondo me, dato che è coinvolta Crystal, la risposta è certamente relativa a un'attività che si svolge in orizzontale..." le dice strizzando l'occhio.

"Dici?" gli risponde seria guardando verso di me.

"Credo proprio di sì", dice Sam alzando un sopracciglio.

Io, i gomiti sul tavolo, la testa tra le mani.

"Vicky, vieni con me", mi dice Sadie e mi fa cenno di seguirla mentre si dirige verso la sua camera.

"Sam, noi non prendiamo il tè. Se hai bisogno siamo in camera mia!" gli urla mentre la raggiungo.

Entriamo e chiude la porta alle nostre spalle. Mi butto sul suo letto e affondo la testa nel cuscino.

"Che cazzo succede adesso?" mi chiede sottovoce.

"Un casino!"

"Non era con Crystal ieri sera, vero?"

Scuoto la testa.
“Non era nemmeno al pub. Sam pensa che fosse con lei per questo motivo. Era qui con te?”
Non rispondo, ma mordo il cuscino.
“Dai, raccontami, ti prego. Prometto che non ti giudicherò, ma basta con i segreti. Sarai anche stata con mio fratello per qualche mese, ma sei la mia migliore amica da sempre. Cosa conta di più?”
Sospiro e mi siedo di fronte a lei.
“Sì, era con me. Abbiamo passato la notte insieme ed è stato qui fino a stamattina. E… prima che tu me lo chieda, sì, l’abbiamo fatto.”
Abbasso gli occhi.
Lei rimane a bocca aperta e mi si avvicina.
“Dai, voglio sapere tutto.”
Scuoto la testa.
“Non adesso, ti prego.”
Le scappa da ridere.
“Non hai perso tempo, eh?”
“Cretina!”
Le do un buffetto sulla spalla, poi torno seria.
“Ok, avete fatto sesso, ma adesso qual è il problema?”

“Come qual è il problema? Sam ha detto che Sebastian va a letto con quella tipa, Crystal o come si chiama...”
Sbuffo.
“Aspetta un attimo Vicky, ma quindi tu e Sebastian vi siete proprio messi insieme?”
“Credo di sì, non so. Adesso che me lo chiedi, mi viene il dubbio.”
Sadie sospira.
“Ecco, ha fatto il furbo come sempre. Lo sapevo. Ascolta, Vicky: lui è uno che ha un sacco di donne. Gli girano intorno come mosche e sa molto bene come gestirle. Capisci cosa intendo?”
“Ma... a me è sembrato che tra noi fosse diverso”, dico con un groppo in gola. “Insomma, mi ha fatto sentire... speciale.”
Scuote la testa.
“Sono un’ingenua, ho capito.”
Mi scende una lacrima.
“Oddio Vicky no, non volevo farti piangere.”
Mi abbraccia, poi mi mette una mano sulla gamba.
“Potrei sbagliarmi. Forse questa volta è diverso. Magari è coinvolto, come lo sei tu.”

Annuisco e mi asciugo le lacrime con il dorso della mano.
"Comunque", continua, "non siamo sicuri che con questa Crystal abbia davvero una tresca. Non dare peso alle cose che dice Sam, lui tante volte dà solo aria ai denti."
"Infatti."
Tiro su col naso.
"Noi due ora ci prepariamo e ti facciamo così figa che stasera lui non crederà ai suoi occhi. Va bene?"
"Sì."
"Adesso, però, via quel muso lungo, non voglio più vederlo. Va a lavarti la faccia e torna di corsa. Se ti sento piagnucolare vengo lì, sfondo la porta e le prendi."
Seguo il suo consiglio. Salgo le scale di corsa e vado subito in bagno. Mentre mi sciacquo distrattamente il viso, mi viene in mente di avere il numero di Sebastian. Ancora gocciolante, vado a cercare il biglietto nella tasca dei jeans appesi alla sedia e lo chiamo. Il telefono suona a lungo, nessuna risposta. Riattacco. Torno da Sadie con l'aria sconfitta.
"Che c'è?"

"Ho provato a chiamarlo ma non mi ha risposto nessuno", dico sbuffando. "So cosa pensi, Sadie, ma io una cosa così potente non l'avevo mai provata. Non è solo sesso: mi piace ascoltarlo, mi piace come si muove, come mi guarda. È come se fossimo due magneti. Non riusciamo a stare lontani."
Sadie alza gli occhi al cielo.
"Amica mia, sei già cotta persa."
"Ma tu, lei l'hai mai vista?"
"Chi, Crystal?"
"Cacchio, ha pure il nome da stronza."
Sorride.
"Sì, l'ho incontrata qualche volta. Lo tratta come il suo giocattolino. Comunque, secondo me, Sebastian sta al gioco solo per tenersela buona. Sai, lei ha un sacco di agganci nell'ambiente. E poi, dai, che senso avrebbe invitare anche te se davvero avesse una storia con lei?"
"Hai ragione, ma la verità è che non abbiamo definito quello che c'è tra noi."
Mi torna il nodo alla gola.
"Però non riuscirei a vederlo con un'altra, anche se fosse solo una messa in scena."

“Vicky, non pensarci adesso. Noi due stasera abbiamo un solo obbiettivo: dobbiamo attrarre l’attenzione su di te.”

Si alza e comincia a rovistare nell’armadio. Tira fuori un vesito rosso senza maniche con la gonna in tulle.

“Questo è perfetto.”

Me lo porge. Lo infilo e Sadie mi strizza nel corsetto dell’abito.

“Cacchio, quasi non respiro”, le dico. La gonna è cortissima e gonfia come una carta di caramella.

“Vado a prendere le scarpe di vernice nere, quelle con il tacco alto”, mi dice, correndo fuori dalla stanza. “Tu non fare nulla e non guardati allo specchio.”

Annuisco e in men che non si dica è di nuovo qui. Mi trucca e si infila una tuta di lycra dorata con la schiena scoperta e la scollatura profonda quasi fino all’ombelico.

“Stai da dio”, le dico, mentre si raccoglie i capelli lunghissimi in una coda alta.

“Vicky, non hai idea di come stai tu!”

“Fammi specchiare, ti prego.”

“Assolutamente no. Ti guarderai alla festa.”

Sam ci chiama e usciamo dalla stanza. Solo quando vedo la sua espressione, mi rendo conto della completa riuscita del piano di Sadie.
"Ragazze, però così rendete la serata complicata", dice lui in imbarazzo.
"Troppo?" gli chiedo preoccupata. "Sadie non mi ha fatta guardare allo specchio."
Lei interviene e lo zittisce.
"Non è mai troppo, fidati. E tu non fare il guastafeste! Non è che adesso deve restare single per sempre solo perché non sta più con te!"
Lui fa spallucce.
"No beh, non dico questo, però..." farfuglia.
"*Stop it*!" lo interrompe lei. "*You look hot too, brother! Let's have some fun! Ok*[25]?"
Usciamo di casa. Bastano pochi passi per arrivare alla macchina di Sam ma è abbastanza perché l'aria frizzante mi raffreddi le gambe nude sotto al cappotto di lana oversize. Ci infiliamo nell'abitacolo del maggiolone e lui guida fino a Leicester Square dove trova un parcheggio.

---

[25] Smettila! Anche tu sei figo fratellino! Andiamo a divertici! Ok?

14. Crystal

Quando varchiamo la soglia del palazzo dove si tiene la festa, l'uomo alla concierge ci indica la direzione da prendere. Attaccati al soffitto, giganteschi lampadari di cristallo e, nell'atrio, tra i divani di velluto si scorgono alcune piante esotiche dai fiori profumati. La musica elettronica arriva fino all'ingresso del palazzo e stride con lo sfarzo antico degli arredi. La mia mano fredda e tremante si intreccia a quella di Sadie che mi incoraggia con un sorriso sincero mentre saliamo in ascensore. Raggiunto l'attico, si aprono le porte di un ingresso privato che dà in un enorme loft. L'intero appartamento è circondato da vetrate che si affacciano su un terrazzo. Prendiamo un calice di champagne a testa da un vassoio sorretto da un cameriere impettito e attraversiamo la stanza.

Gli invitati si intrattengono sorseggiando da bicchieri di cristallo, mentre delle modelle vestite solo di minuscoli costumi da bagno in glitter ballano intorno alla

piscina il cui fondale illuminato, di tanto in tanto, cambia colore.
All'ingresso del terrazzo il resto della nostra cricca è riunito in un semicerchio. Le ragazze vestite di pizzi e paillettes colorate ci accolgono con un urletto appena ci vedono arrivare.
"Finalmente siete qui", dice Camille, saltellando dalla gioia.
"Wow, che sventole!" apprezza Matthew e bacia Sadie con passione.
"Ma questa festa è pazzesca!"
Mi guardo intorno incredula e l'entusiasmo per un momento prende il posto della preoccupazione.
"Andiamo a incipriarci il naso?" dice Cindy rivolgendosi a me e Sadie. Lei annuisce, mi prende per mano e mi porta con sé.
Le mie gambe ricominciano a tremare mentre studio con attenzione le sagome delle coppie che pomiciano agli angoli della sala, degli ospiti che chiacchierano al bar, o seduti sulle poltrone. Di Sebastian nemmeno l'ombra e non so se questo mi rassicura o aumenta la mia apprensione.
Sadie prende il bicchiere vuoto dalle mie mani e me ne porge uno pieno. 'Let the

music play' di Shannon si diffonde nel salone, mentre il mio cuore batte all'impazzata. Una volta raggiunto il bagno, mi guardo allo specchio per la prima volta.
"Ah, però", esclamo sorpresa. "Sadie il tuo vestito è davvero notevole."
"Tesoro, sei tu che sei favolosa. Hai tutte le curve al punto giusto. Devi solo imparare a valorizzarle è per questo che ci sono io."
Mi dà un buffetto sulla spalla e torna a sistemarsi il trucco.

Ma come fa a essere sempre così sicura di sé?

Vorrei essere come lei e invece eccomi qui: un insicuro e goffo fascio di nervi.
Cindy mi si avvicina e mi dice sottovoce: "Mi sa che stasera dovremo toglierti i maschi di dosso."
"Spero di no, sarei terribilmente in imbarazzo", le rispondo con un sorriso di circostanza.

Adesso che non sto più con Sam, si mette a fare l'amica. Chissà come mai?

Sadie mi strizza l'occhio passandomi il suo rossetto rosso. Me ne metto un po'.
"*You look like Snow White*[26]", commenta una ragazza mentre aspetta le sue amiche.
Le sorrido e seguendo Camille e Sadie esco dal bagno.
"Ora che ti sei vista, devi solo rilassarti e divertirti. Sarà lui a venire da te", mi sussurra Sadie quando arriviamo davanti al tavolo adibito ad angolo bar.
Prendiamo un altro calice di bollicine e brindiamo.
"A noi due: amiche per sempre."
"Amiche per sempre!"
Svuotiamo i bicchieri tutto d'un fiato. Il vino è dolce e dissetante. Di solito non amo bere, ma stasera mi sento più rilassata.
"Sadie ti adoro!"
La abbraccio.
"Oddio, questa la dobbiamo assolutamente ballare!" le dico appena sento le prime

[26] Somigli a Biancaneve.

note di 'Hungry like the wolf' dei Duran Duran.
Senza farselo ripetere due volte intreccia le dita alle mie e mi porta con sé. Passiamo correndo davanti ai nostri amici e corriamo in terrazza. Mi lascio trasportare dalla musica e chiudo gli occhi. Mi sembra di volare. L'ansia ha lasciato il posto a un'euforia alcolica. Quando li riapro, vedo Sam camminare verso di noi. Con un gesto della mano gli faccio segno di raggiungerci. Lui mi indica gli altri e il mio sguardo trova quello di Sebastian: è in piedi insieme al resto del gruppo. Appena i nostri occhi si incontrano, per me non esiste altro. Non riesco a smettere di sorridere.

Non mi abituerò mai all'effetto che mi fa.

Indossa una giacca nera, una camicia bianca e un paio di jeans, e ricambia il sorriso. A giudicare dalla sua espressione, credo proprio di aver sortito l'effetto desiderato. Con le mani gelate, il cuore che batte forte, muovo un passo verso di lui... e in quel momento vedo affiancarglisi una donna bionda. Lei indossa un vestito

di lamé argentato che lascia ben poco all'immaginazione: le gambe lunghe e abbronzate, al polso un vistoso bracciale di diamanti, la schiena nuda. Appena i loro corpi si sfiorano, lo sguardo di Sebastian si sposta su di lei. La bacia sulle guance e lei si stringe al braccio, accarezzandogli il collo con un dito e gli sussurra qualcosa nell'orecchio. Sebastian scoppia a ridere, la sua mano le sfiora la schiena. È come se fossero soli. Il mio sorriso si spegne. A un tratto mi sento stupida e inadeguata nel mio vestito aderente e vistoso. Il ragazzo con cui ho trascorso la notte si è smaterializzato.
Mi volto, non riesco a guardarli. Le gambe rigide, la testa che gira.

Dopo tutto, forse bere non è stata una buona idea.

Vorrei mollare tutto e scappare via. Invece resto e continuo a ballare. La rabbia sale adagio, come un fuoco che inizia ad ardere lentamente.

Se vuole che io lo raggiunga e faccia finta di niente, si sbaglia di grosso.

A un tratto, un ragazzo biondo in smoking mi si avvicina.
"Come ti chiami?"

Non ho voglia di parlare. Invece devi, Vic.

"Victoria. Tu?" gli rispondo distratta.

Lasciami in pace.

"Adam. Sei bellissima, Victoria, lo sai?"

Originale come approccio.

Non gli rispondo.
"Ti va di ballare?"

Piuttosto mi butto giù dal palazzo.

Sto per andare via, quando sento lo sguardo di Sebastian su di me. Adam, approfittando della mia esitazione, mi si avvicina e mi canticchia in un orecchio: "*Love, love will tear us apart, again.*"

Fanculo Sebastian, beccati questo spettacolino.

Poso il capo sul petto di Adam, muovendomi con lui a ritmo della musica.
"Posso offrirti un drink?" mi chiede lui a un tratto.
Prima di rispondere lancio uno sguardo a Sebastian. Lui, girato verso di me, accarezza la schiena nuda di Crystal, impassibile. Dovrei accettare l'invito di Adam, ma non ce la faccio.

Mi viene da vomitare.

"No, grazie, scusa, non mi sento molto bene."
Corro verso l'interno dell'appartamento. Quando passo vicino a Crystal, la urto di proposito. Sebastian mi fulmina con lo sguardo e lei si gira stizzita.
"Che modi! Ma che razza di gente invitano a queste feste!"

Stronza.

Mi passa accanto un cameriere, ha in mano un vassoio pieno di calici di champagne. Ne prendo uno proseguo verso il bagno. Mi manca il fiato, mi sembra di perdere l'equilibrio, quando sento una mano afferrarmi il polso.
"Finito lo spettacolino?"
Mi giro e alle mie spalle c'è Sebastian.
"Che cosa vuoi?" gli ringhio, scrollando il braccio per liberarmi dalla sua presa. "Lasciami stare!"
"Vieni con me."
Mi lascio trascinare in bagno opponendo resistenza come una bambina che ha commesso una marachella. Quando chiude la porta a chiave, mi dice: "Calmati, ok? Si può sapere che ti prende?"
Mi volto verso di lui, le braccia conserte, lo fulmino con lo sguardo.
"Che mi prende? Davvero me lo chiedi? Cosa dovrei fare, stare lì a guardare che fai il cretino con quella? Fammi uscire subito da questo bagno del cazzo!"
Lui accenna un sorriso.
"Non fare la gelosa, ti prego. Io queste scenate non le sopporto."

Gli do uno spintone e mi dirigo verso porta, ignorandolo.
“Dai, Vic, con Crystal è una cosa di lavoro. Come fai a non capire? E poi è la perfetta copertura per noi due. Anche tu stavi facendo la scema con quel manichino, e come vedi io non sto facendo il matto.”
“Ah, sì, vuoi dire una scopata di lavoro? E magari vuoi anche spiegarmi come funziona con questa Crystal?”
“Adesso ti stai comportando come una ragazzina.”
“Non provarci nemmeno!” lo interrompo.
Nei suoi occhi un’espressione severa.
“Ho detto che non è come credi, lasciami parlare.”
Non alza la voce ma ho l’impressione che stia per perdere la pazienza.
“Senti, Sebastian, sono giovane e ingenua magari, ma non sono scema. Non mi prendere per il culo!”
Prima di ribattere, contrae la mascella.
“Ascoltami bene, Vic, perché non ho intenzione di passare tutta la serata in questo bagno a farti ragionare. Abbiamo passato una notte favolosa insieme e, se vorrai, ne potremo trascorrere altre, ma

non mi sembra di averti promesso nulla. O sbaglio?”
Trattengo le lacrime.

Perché ti comporti così adesso? Dov’è il ragazzo speciale per cui ho perso la testa?

Immagino che lui si accorga del mio sguardo sconfitto, perché mi si avvicina e prende per il braccio.
“Sei qui in vacanza, Victoria, non può essere una cosa definitiva, lo sai anche tu.”
Fa una pausa e mi guarda come se si aspettasse una reazione. Il suo aspetto è lo stesso di questa mattina, ma un atteggaimento completamente diverso.
“Stiamo bene”, aggiunge, “ma non puoi farmi sentire in gabbia dopo una sola notte insieme. Io non sono come Sam.”
La freddezza nel tono della sua voce mi ferisce.
“Ma chi sei tu?” gli dico, mentre una lacrima mi scivola sul viso.
Il suo sguardo si addolcisce. Mi si avvicina, allungando le braccia verso di me come per abbracciarmi.

"Sono lo stesso ragazzo che si è svegliato con te questa mattina. Quello con cui ha trascorso la notte."

Per un attimo mi faccio ingannare e quasi cedo alla sua tenerezza, poi sento salire una vampata di rabbia.

"Metti giù le mani!"

Gli mollo uno schiaffo.

"Ho sbagliato tutto. Pensavo fossi speciale ma avevo torto. Sei solo uno stronzo! Tu non vali nemmeno la metà di Sam."

Rimane immobile, gli occhi sbarrati.

"Tu sei completamente pazza", mi dice, scuotendo la testa.

Il nodo nella mia gola diventa insopportabile. Gli do le spalle.

"Meglio pazza che stupida. Buona serata. Divertiti."

Prima di uscire dal bagno, lo guardo un'ultima volta.

"Spero davvero di non vederti mai più!"

Esco sbattendo la porta. Appena mi trovo da sola, ho la netta sensazione di aver commesso un errore.

Ti prego, seguimi. Dimmi che non è così. Dimmi che ho frainteso. Dimmi che siamo speciali. Torna il ragazzo che stamattina non poteva stare senza di me.

I miei occhi colmi di lacrime cercano Sadie invano. Prendo un altro cocktail e torno a bordo piscina. Appena mi vede, Adam mi viene incontro. Mentre mi parla, i miei occhi restano fissi sulla porta della terrazza. Pochi minuti dopo ne esce Sebastian: la guancia ancora rossa per via della mia sberla, nella sua mano tiene stretta quella di Crystal. Parla con Sam e Nataniel per un momento, poi si avvia con lei verso l'uscita. Lo seguo con lo sguardo ma lui guarda avanti.

Forse non mi ha vista.

Soltanto prima di sparire tra la gente all'interno del loft si gira e mi lancia un'occhiata fulminea. La sua freddezza mi fa rabbrividire. Quando lo perdo di vista, mi sembra di sentire il rumore dei mille frammenti di me che si infrangono sulla pista da ballo.

15. Rabbia

Mi sveglio nel mio letto, sola, triste e con un mal di testa martellante. La radiosveglia segna le sedici. Il ticchettio della pioggia sui lucernari e il cielo plumbeo si addicono perfettamente al mio umore.

Cosa è successo ieri sera?

Ricordo lo sguardo severo di Sebastian, la sua mano sulla schiena nuda di Crystal. Sadie che dice: "Io lo ammazzo" e mi tiene la testa mentre vomito lungo il marciapiede. L'aria fresca che entra dal finestrino della macchina, il mondo che gira veloce intorno a me e Sam che, con lo sguardo preoccupato, mi porta in braccio fino alla porta di casa. Affondo la testa nel cuscino accanto al mio, stringendolo tra le braccia. Il profumo di Sebastian mi sorprende e scoppio a piangere abbracciata al ricordo di lui nel mio letto. Dopo qualche minuto, riesco a calmarmi lasciando la stanza immersa in un silenzio surreale.

Dal piano di sotto proviene il mormorio della televisione e nient'altro. Mi alzo dolorante, un ginocchio sbucciato, strisce di sangue sulle lenzuola bianche.

Non ricordo di essere caduta.

Vado in bagno. La ragazza nello specchio, un casco di capelli scuri spettinati e gli occhi cerchiati di nero, non ricorda neanche lontanamente la donna che ha varcato la soglia del loft ieri sera.

Non voglio sentire, vedere o provare niente.

Mi trascino fino alla cucina, bevo un bicchiere d'acqua e mi butto di nuovo sul letto. Scaccio ogni pensiero e inizio a fare una delle mie liste mentali. Fin da bambina, quando non riuscivo a dormire, l'unico modo per rilassarmi era quello di creare degli elenchi con la mente. Me lo ha insegnato mia nonna Minnie e ha sempre funzionato. Devono essere elenchi noiosi, del tipo: cosa metto in valigia, cosa indosso domani, cosa devo comprare la prossima volta che vado in colorificio.

Cose di questo genere, forse banali ma importanti per me.

Salopette, maglione azzurro, pantaloni neri, felpa della Naj Oleari, fuseaux neri…

Mentre sono a buon punto nel considerare tutti i vestiti che ho ancora puliti in valigia, sento un frastuono provenire dalla scala a chiocciola. La porta si apre e Sadie si precipita in camera mia.
"Cacchio, ma sei matta! Per poco non mi viene un infarto!"
"Scusa, Vicky. Grazie a Dio sei sveglia!"
I suoi occhi si inteneriscono.
"Tesoro, ma stai ancora piangendo?"
"No, ho smesso poco fa, stavo cercando di dormire."
"Ma che male ti sta facendo questa merda. Adesso gli dico di andarsene subito!"
Mi alzo di scatto.
"Perché? È qui?"
Le scuoto il braccio e lei mi guarda come se si fosse appena morsa la lingua.
"Sebastian è qui?" le chiedo, sempre più agitata. Sospira.

"E va bene: è di sotto. Vorrebbe vederti, ma non penso sia una buona idea."
"Non voglio vederlo da sola. Non deve sapere che sto male. Voglio che mi veda con te, come se non fosse successo nulla. Come se stessi benissimo."
"Sei sicura? Non mi sembra tu sia in grado. Meglio lasciar passare qualche giorno."
"No. Voglio scendere adesso. Mi sistemo e arrivo."
"Va bene, se insisti. L'importante è che tu ti senta tranquilla. Prenditi il tempo che ti serve."
Sulla porta si ferma a guardarmi.
"C'è un'altra cosa che devi sapere."
"Oddio, cosa? Cosa c'è ancora?"
"Si tratta di Sam. Credo che stanotte abbia dormito insieme a Cindy."
"Favoloso! La punizione perfetta. Tutti felici e contenti, tranne me."

Non potrebbe andare peggio.

"Tesoro, non dire così, non è detto che sia un male. Vediamo come vanno i prossimi giorni."

Annuisco. Quando esce faccio una doccia, mi lavo i capelli e infilo una camicia bianca e un paio di jeans. Lascio i capelli umidi, truccandomi solo il minimo indispensabile per nascondere i segni della sbornia.

Apro la porta e faccio un respiro profondo. Dopo qualche gradino, scorgo Sebastian ai piedi della scala che mi aspetta. È vestito come la sera precedente. Quando mi vede, accenna un sorriso e allunga la mano verso di me.

"Non ci provare, Sebastian."

Lo scosto e passo oltre. Mi blocca a metà del corridoio afferrandomi per un polso. Ho le mani gelate e la nausea.

"Lasciami spiegare. Ci vorrà solo un secondo", sussurra.

"No", gli rispondo senza prestare attenzione al tono della mia voce. Immagino che in sala a guardare la tv ci siano solo Matthew e Sadie.

Non mi importa che loro sentano, ho bisogno di lasciar uscire tutta questa rabbia.

“Hai fatto la tua scelta, ora ne paghi le conseguenze.”
Prova e portarmi con sè sotto la scala, ma oppongo resistenza.
“Sii ragionevole, Vic, solo un momento. Perché sei così ostinata. Non posso...”
“Non puoi cosa?” gli urlo. “Che cosa cazzo vuoi ancora da me?”
Non gli do il tempo di rispondere.
“Ti rendi conto di come ti sei comportato? Hai fatto il diavolo a quattro per avere la ragazza del tuo migliore amico e dopo aver ottenuto quello che volevi, mi hai scaricata come una qualunque. Sei stato freddo e crudele, e mi hai ferita. Ma che razza di persona sei?”
“Vic, io ho non volevo farti del male. Non sono bravo con queste cose. Te l’avevo detto.”
“Ma smettila. Avresti fatto più bella figura se ti fossi evitato tutte quelle cazzate romantiche e mi avessi detto subito che quello a cui eri interessato era solo sesso. Se Sam sapesse che merda sei...”
Non faccio in tempo a finire la frase che Sam esce dal salone camminando lentamente verso di noi.

Rimango immobile, la bocca aperta. Sadie cerca di fermarlo, ma Matt le fa segno di aspettare. Deglutisco e mi volto verso Sebastian. Leggo la delusione nei suoi occhi.

Oddio, cosa ho fatto.

Sam non mi degna nemmeno di uno sguardo e va spedito verso di lui.
"È vero?" gli chiede, guardandolo dritto negli occhi.
Matthew si volta verso Sebastian scuotendo la testa, ma lui abbassa lo sguardo e risponde: "È vero. Le cose, però, non stanno proprio come pensa Vic..."
Matt allora si avvicina a Sam e gli cinge le spalle con un braccio.
"Perché non vi sedete in cucina e ne parlate con calma?" dice con tono pacato.
"Non mi interessano le tue spiegazioni. Non nominarla nemmeno. Sei solo un pezzo di merda!" continua Sam, furioso, ignorando l'invito di Matthew.
"Abbi almeno il coraggio di guardarmi in faccia mentre mi parli."

Sebastian alza lo sguardo, la mascella serrata.
"Ti guardo, Sam, ma Victoria..." Sam gli si butta addosso e lo colpisce ripetutamente.
"Sebastian!" grido, e balzo in avanti.
Sadie mi ferma. Sebastian lo spinge via, barcolla e si abbandona sulle ginocchia, ansimante. Matthew afferra le braccia di Samuel per trattenerlo.
"Ti ho detto che non devi neanche nominarla, hai capito adesso, stronzo?" ringhia Sam. "Sono stato a tua disposizione per tutto. Il tuo unico punto di riferimento per molto tempo. Credevo fossimo amici, amici veri. Invece tu, non solo ci provi con lei, ma la tratti come una delle tue ragazzette usa e getta? Sei solo un parassita."

Non ho mai visto Sam così furioso.

Cindy esce dal salone e si avvicina a me e Sadie rimanendo in silenzio. Guarda Sam incredula.

Come ho fatto a non pensare che fossero ancora tutti qui.

Lui continua a fissare Sebastian, una vena gonfia gli attraversa la fronte.
“Che cazzo fai? Non dici nulla, adesso? Tu che non sei capace di stare zitto, che hai sempre un’opinione su tutto, proprio questa volta, resti in silenzio?”
Sebastian resta piegato, la testa bassa, qualche goccia di sangue gli cade sui jeans ma Sam non gli lascia tregua.
“Ti va bene che ci sono loro, altrimenti ti spaccavo la faccia per davvero. Adesso levati dalle palle, pezzo di merda!”
Solo allora Sebastian alza lo sguardo verso Sam e si pulisce la bocca dal sangue.
“Hai ragione”, risponde calmo. “Sono stato uno stronzo e chiedo scusa a tutti e due. Me ne vado subito.”
I suoi occhi cercano i miei.
“Vic”, dice, come se recitasse una preghiera. “Se potessi tornare a ieri sera non ti lascerei mai andare via così.”
Si gira verso Sam.
“Lei mi piace. Non la volevo per un capriccio. Non era mia intenzione mancarti di rispetto, ma è successo. Ho

fatto un casino. Non volevo ferire nessuno. Perdonatemi entrambi, se potete."
Si avvia verso la porta, passandomi davanti con la testa bassa ed esce, seguito da Nataniel e Patrick. Vorrei scivolare sulle ginocchia. Sciogliermi dalla presa di Sadie e cadere a terra per piangere disperata fino a che ho fiato, vorrei seguirlo e dirgli che lo perdono, ma rimango immobile, vuota e sento qualcosa incrinarsi dentro di me. Sam resta in silenzio. Il suo sguardo non cambia.

Ora tocca a me.

Faccio un passo verso di lui che, ignorandomi, torna in sala. Lo seguo fino alla porta del salone. Cindy si siede sul divano al suo fianco e gli accarezza la schiena. Lui affonda la testa fra le mani. Con l'esclusione del brusio della televisione, non parla nessuno. Faccio due passi, ma mi blocco subito.
"Sam", dico con un filo di voce.
"Che ne dite ragazzi se andiamo a prendere una pizza così Sam e Vicky possono parlare?" dice Sadie, prima che lui possa rispondere.

Cindy si alza a malincuore e i ragazzi si muovono lentamente in silenzio, dirigendosi verso la cucina. L'aria è densa di tensione. Io entro in sala e mi siedo su una poltrona alla destra di Sam.
"Spiegami, Victoria", mi guarda severo. "Credevi davvero di poter mantenere il segreto? È il mio migliore amico cazzo, Ma che ti è preso?"
"Mi dispiace. Ma devi sapere che non è lui la ragione per cui tra noi è finita."
"Beh, difficile da credere adesso. E pensare che ci tenevo così tanto che andaste d'accordo...me l'avete fatta sotto al naso."
Fa una pausa e aggiunge: "Era qui ieri mattina, quando sono venuto a bussare da te?"
Tentenno.
"Niente più cazzate, ti prego."
"Sì."
Guardo per terra.
"Siete stati due stronzi. Come devo sentirmi, secondo te?"
L'espressione nei suoi occhi mi ricorda un pomeriggio di quando eravamo piccoli. Era una domenica d'estate e, dopo una delle

solite baruffe tra bambini, Sam aveva buttato Betty, la mia bambola, in mare e sua nonna lo aveva messo in castigo perché si era rifiutato di chiedermi scusa. Fu confinato in camera sua e ricordo che trascorse ore alla finestra a osservare me e Sadie giocare sul marciapiede davanti a casa, con gli stessi occhi tristi con cui ora sta guardando me.

"Ti chiedo scusa, non so cos'altro dire."

"Ma perché? Perché proprio lui?"

"La mia non è stata una scelta razionale. Per lui ho provato, credo di provare ancora, qualcosa di speciale."

"Smettila, non me ne frega un cazzo di cosa provi per lui. Ci sei andata a letto mentre stavamo ancora insieme?"

"No."

Lui scuote la testa.

"Non ti credo."

"Ma è vero. Ti giuro. Cosa posso fare per convincerti?"

"Sai cosa potresti fare adesso per me? Sparire dalla mia vista per un po'. Che dici, ce la puoi fare o è una scelta troppo razionale per te?"

Senza replicare, mi alzo e me ne vado. Passando davanti alla cucina vedo Sadie che mi fa cenno di salire e mi segue sulla scala fino alla mia stanza.

"Ti rendi conto del casino che hai combinato? Sei completamente impazzita?"

Mi tormento le mani gelate.

"Non so cosa mi sia preso. Ho perso il controllo. Non era mia intenzione fare una scenata del genere e poi credevo che in casa ci foste solo tu e Matthew. C'era silenzio e ho dato per scontato che Sam fosse da Cindy. Quando ho visto che Sebastian era vestito ancora come ieri sera ho pensato che avesse passato la notte con Crystal e mi è salito il sangue al cervello e ho gli ho vomitato addosso tutto il mio risentimento."

"Avete ferito Sam e lui non c'entrava nulla. Era esattamente l'unica cosa che volevo evitare."

"Lo so, anche io."

"Sono contenta che mio fratello le abbia suonate a quello là."

"Mi sento una stronza anche per questo."

"Vicky, per favore, adesso stai buona. Ti conosco, lo so che ora sarai tentata di perdonarlo, tu e la tua solita sindrome da crocerossina, ma non farlo, ti prego. Non ora. Se ha detto la verità, se gli interessi davvero, tornerà. Ma quando torna, perché torna, deve farlo perché è sicuro di voler stare con te. La stessa ragazza matta che lo ha appena messo davanti a una scomoda realtà con il suo migliore amico. Capisci cosa intendo?"
Annuisco.
"Devi piacergli per il casino totale che sei."
Mi bacia una guancia e mi solleva il mento, prendendolo tra le dita.
"Adesso cerca di distrarti. Vai su, riposati e comincia a pensare un po' a te."
"Va bene. Credo tu abbia ragione."
"Come sempre, d'altronde", dice lei ridendo.
"Già, come sempre", sbuffo.
"Vuoi mangiare una pizza con noi?"
"Meglio di no. Sam è molto arrabbiato. Come posso dargli torto? Poi ho fatto una figura pessima con tutti. Meglio che io stia per un po' per i cavoli miei."

“Non preoccuparti per gli altri. Sono ragazzi a posto e abbiamo passato drammi peggiori di questo, perciò stai tranquilla.”
“Se lo dici tu. Piuttosto, è per Sam che sono preoccupata.”
“Vedrai che a Sam passerà presto. Ci sarò io a fargli presente un paio di cosette. In fondo anche lui ha qualcosa da farsi perdonare, dato che ti ha rimpiazzata in men che non si dica, forse qualche segreto lo aveva anche lui, no?”
Mi accarezza la guancia.
“Vuoi che stia un po’ qui con te?”
“No, grazie, Sadie. Hai fatto fin troppo.”
La abbraccio.
“Ma che troppo, siamo sorelle, ricordi?”
Mi spettina un po’ i capelli.
“Se hai bisogno chiamami, matta. Io sono qui sotto”, dice, poi apre la porta e aggiunge: “Te ne porto una fetta?”
“No, grazie, mi scaldo un po’ di latte e mi infilo sotto alle coperte.”
“A domani allora.”
Mi lascia sola. Mi siedo sul divano con il telefono sulle gambe e compongo il numero di casa.
“Pronto”, risponde mia sorella.

"Ciao Zuzu, come va?"
"Ciao, straniera, qui tutto noioso come sempre. Tu piuttosto cosa combini in quel di Londra? Ti sei già trovata un bell'inglesino?"
"Macché, Zuzu, sai che io non sono facile da accontentare."
"Eh, se lo so. Hai una testa matta tu."
Sento la sigla del telegiornale in sottofondo e la voce di mia madre che chiede chi vuole altro arrosto.
"Stavate cenando?"
"Sì, ma se vuoi parlare con Minnie te la passo."
"No, lasciala cenare tranquilla, grazie. State tutti bene?"
"Tutti meravigliosamente, soprattutto da quando, senza di te, si può godere di un po' di pace e silenzio in questa casa."
"Sei sempre simpaticissima, sorellina."
"Buonanotte, Kiki."
"Notte Azzurra, salutami tutti."
Stacco la presa del telefono e scollego il citofono, lasciandone penzolare la cornetta, poi mi butto a letto.

Adesso voglio solo lasciare il mondo fuori.

16. Blue

Dormo per ore. A ogni risveglio, per una frazione di secondo mi sembra di aver sognato, poi metto a fuoco la realtà e mi giro dall'altra parte, per sprofondare nuovamente in un confortevole torpore. Mi alzo solo per andare in bagno e mangiare. Mastico cereali senza sapore nel silenzio della mansarda, guardando le lancette dell'orologio scandire il tempo che non passa mai.

Ogni tanto Sadie bussa alla porta, rigorosamente chiusa a chiave, pregandomi di aprire. La mando via, ogni volta con una scusa diversa. Accendo la televisione e mentre le immagini del notiziario scorrono sullo schermo, penso alla rabbia di Sam e alle parole di Sebastian, taglienti come pugnali: "Tu sei completamente pazza."

Penso al suo viso, segnato dalla tensione e dal sangue. Trascorro le giornate tra sonno e veglia, non mi sono mai sentita così, eppure non riesco a liberarmi di questa strana apatia. Non mi lavo e non mi vesto. La macchina fotografica rimane

sul comodino come un pezzo di arredamento.
Seduta sul divano, le gambe raccolte dentro a una vecchia maglietta rovinata, la mia copia di 'Chiedi alla polvere' aperta tra le mani, leggo e rileggo le frasi senza coglierne il senso. Cerco di evadere con le mie solite liste infinite ma la mente torna sempre a lui. Mi sento come se fossi vittima di un incantesimo che mi imprigiona tra queste quattro mura. Come se restare sola e muta fosse il solo modo di soffocare le voci che mi gridano dentro.
Perdo il conto dei giorni. So solo che la radiosveglia segna le quattordici e ventitré quando Sadie, usando un'altra chiave, apre la porta e piomba nella mia camera senza bussare, trascinandomi dal divano fino alla doccia.
“Basta! Non ti permetto di buttare via le giornate così Vicky, devi reagire!”
“Lasciami in pace, sto bene così.”
Cerco di scrollarmi dalla sua presa.
“Sai che giorno è oggi?”
“No e non mi interessa.”
“È giovedì, matta, giovedì. Hai passato qui dentro quattro lunghi giorni ridotta così.”

Mi spoglia e mi butta sotto la doccia.
“Che palle!” protesto, mentre mi lavo. Esco dal bagno e malvolentieri infilo un paio di jeans strappati e un vecchio maglione pervinca e la raggiungo in cucina.
Lei prepara due bistecche, le mette in tavola e si siede facendomi segno di imitarla.
Mi siedo, ma allontano il piatto.
“Grazie, ma non avresti dovuto. Sono stanca e non ho fame”, le dico con un fil di voce.
“Tesoro, mi spieghi come fa una a ridursi così per un uomo?”
“Non lo so.”
I capelli umidi scivolano fuori dall’asciugamano.
“Non sto male solo per lui. Sto così per come mi sono comportata. Sam non mi perdonerà mai. Ma che persona sono diventata? Non mi riconosco più.”
Proprio in quel momento bussano alla porta. Guardo Sadie e scuoto la testa. “Non voglio vedere nessuno.”
Senza dire nulla, lei si alza, va alla porta e apre.
“Non vuole vedere nessuno”, dice.

"Ma io ho bisogno di parlarle..."
È la voce di Sam.
"Aspetta qui."
Sadie si volta verso di me.
"Posso farlo entrare?" mi chiede.
Faccio di sì con la testa. Mi tremano le mani. Sadie viene a sparecchiare la tavola.
"Andrà tutto bene, Vicky. Non preoccuparti."
Sam entra con un sorriso incerto sul viso. Si siede di fronte a me, mentre Sadie comincia a lavare i piatti e mi prende le mani tra le sue.
"Mi spiace per domenica sera."
"No, dispiace a me, ho esagerato. Ho ferito te e mancato di rispetto ai vostri amici. Sono stata imperdonabile."
Faccio una breve pausa e abbasso gli occhi.
"Ho deciso di tornare a casa."
Vedo con la coda dell'occhio Sadie girarsi verso di noi. Non dice niente, ma fulmina Sam con lo sguardo.
"Ma che dici, non pensarci nemmeno. Abbiamo esagerato tutti, non è colpa tua", mi dice Sam e solleva una mano per accarezzarmi il viso. "Domenica non ero

preparato, Vic. La mia reazione è stata violenta perché mi sono sentito preso in giro."

"Lo capisco, ma non volevamo farti del male. Abbiamo cercato di resistere ma..."

Mi ferma, guardando nell'aria come in cerca di qualcosa.

"Aspetta, devo dirti una cosa e non so da dove iniziare. Perciò ti prego, lasciami finire prima di aggiungere un'altra parola. Va bene?"

Annuisco. Immagino voglia dirmi di Cindy.

"Quando sei venuta a parlare con me in negozio, a spiegarmi come ti sentivi, io non sono stato sincero."

"Non capisco. Cosa intendi dire?"

Fingo di non sapere nulla.

"Io provavo già qualcosa per un'altra persona da un po' di tempo. Quando tu sei arrivata a Londra, non ti ho detto nulla, ho avuto paura di rovinare tutto."

"Capisco, ho provato le stesse emozioni. Avremmo dovuto essere entrambi più sinceri."

"So che Sadie ti ha parlato di Cindy. Avrei dovuto farlo io. Se lo avessi fatto prima,

non sarebbe successo tutto questo. Mi spiace."
"Stai con lei ora?" gli chiedo seria.
Non riesco a fare a meno di sfilare la mano dalla sua.
"Sì."
"E stavi con lei anche quando eri ancora con me?"
"No. Ma qualcosa era successo, prima che tu arrivassi. Qualche bacio, nulla di più."
Mi irrigidisco.

Qualche bacio?

"Qualche bacio? E hai lasciato che io mi sentissi male e mi assumessi tutte le responsabilità? Non credi che avresti dovuto parlarmene prima?"
"Hai ragione, ma... non ho avuto il coraggio di dirtelo..."
Fa una breve pausa.
"Un mese prima che tu arrivassi, avevo deciso di non vederla più. Ma provavo qualcosa per lei e negarlo non è servito a cambiare i miei sentimenti."
"Avresti dovuto parlarmene. Non sai quanti sensi di colpa mi sono fatta e come

mi sono sentita male in questi giorni. Se tu mi avessi parlato a tempo debito, molte cose sarebbero andate diversamente."

Mi alzo e mi siedo sul divano. Sospiro.

"Sarebbe giusto che tu provassi un briciolo del mio senso di colpa, ma ormai quel che è fatto è fatto. Se tu mi avessi lasciata prima di venire qui, non avrei incontrato Sebastian e non avrei mai scoperto di poter provare tutto questo."

Mi cade una lacrima sulle ginocchia raccolte al petto.

"Forse sarebbe stato meglio."

Sam mi raggiunge sul divano e si siede al mio fianco.

"Senti, mi dispiace per come sono andate le cose, ma Sebastian non è come credi, è un ragazzo gentile e riservato. Non ti ha presa in giro. Non avrebbe mai messo in pericolo la nostra amicizia se non ne fosse davvero valsa la pena. In questi giorni ha fatto di tutto per vedermi e per parlarmi, mentre io gli ho chiuso tutte le porte in faccia. Ieri, per l'ennesima volta, si è presentato in negozio e alla fine ho ceduto. Abbiamo parlato molto di noi due e di te. Tu gli piaci davvero, sai."

So già dove vuole arrivare e lo interrompo.

"Sono felice che abbiate fatto pace. Se il vostro rapporto fosse finito per colpa mia, mi sarebbe dispiaciuto molto. Ma il messaggio è chiaro: ha cercato te, non me. Perciò risparmia il fiato. La mia risposta è no: non voglio vederlo, non voglio ascoltarlo e non voglio nemmeno sentirne parlare."
"Non credi che abbia provato a contattarti, senza riuscirci?" interviene Sadie, mostrandomi la spina del telefono prima di riattaccarla alla presa nel muro, poi fa lo stesso con la cornetta del citofono, che era ancora penzolante.
"Non fare la testona come al tuo solito, Vicky. Accetta almeno di sentire le sue ragioni. Se gli ho dato una possibilità io, credo che lo possa fare anche tu", aggiunge Sam.
"Ha cercato anche te, ma tu ti sei isolata", dice Sadie.
"Voi non potete capire. Quello che è successo tra noi riguarda solo Sebastian e me. Lui ha tradito la mia fiducia, mi ha fatto sentire un'idiota."
"Vicky, dagli almeno la possibilità di spiegarsi. Potrebbe sorprenderti."
"Ci penso Sam, ma non ti prometto nulla."

"Va bene."
Sorride.
Mi spettina i capelli con la mano.
"Tra noi due tutto ok, allora?"
"Direi che possiamo considerarci pari e ripartire da qui, amici come prima."
Accenno un sorriso.
"Sono contenta che abbiamo parlato."
"Anche io, Vicky."
Ci abbracciamo, e un attimo dopo anche Sadie si unisce a noi.
"Facciamo un mucchietto?"
Poco dopo Sam ci lascia, e io rimango sola con Sadie.
"Vicky, Sebastian chiama venti volte al giorno chiedendo di te. Viene qui a casa e ti aspetta di sotto. È persino salito fino alla tua porta una volta, ma non sentendo rumori, ha pensato che non ci fossi. Mi fa una pena... e ti ricordo che fino tre giorni fa lo avrei ucciso con le mie mani."
Sbuffo.
"Certo che siete pesanti, voi due. Si sente che siete fratelli. Non mollate fino a che non avete ottenuto quello che volete."

"Senti chi parla. Ascolta, testona, fidati di me, prima senti cosa ha da dire, poi ci pensi."

In quel momento squilla il telefono.

"*Hello*?" risponde lei, fa una pausa e continua. "Che tu ci creda o no è qui di fronte a me, Sebastian. Aspetta un momento."

Mi porge la cornetta con aria interrogativa.

"Pronto", rispondo. La voce ferma, il cuore a mille.

"Vic, che bello sentire la tua voce."

Anche la tua. Mi sei mancato tanto.

"Ciao. Dimmi."

Sono glaciale.

"Posso vederti? Devo parlarti."

"Se vuoi parlarmi puoi farlo adesso. Non c'è bisogno di venire fin qui."

Resta in silenzio.

"Ti sto ascoltando, credevo dovessi dirmi qualcosa."

"Non posso farlo per telefono. Devo vederti. Dammi cinque minuti. Me ne bastano cinque di orologio. Se deciderai di non

perdonarmi, sparirò e non mi sentirai nemmeno più nominare, te lo prometto."
"Non preoccuparti, in fondo avevi ragione tu, è stata una sola serata, inutile farne un dramma. Lasciamo che le cose rimangano come sono."
"No. Non avevo ragione. Mi sbagliavo. Lascia che venga da te."
"Va bene, ma non sono sicura che ti lascerò entrare..."
"Arrivo adesso", risponde senza nemmeno lasciarmi finire la frase.
"Vieni quando ti pare."
Mi trema la voce.
"Dammi venti minuti e sono lì."
Riattacco la cornetta.
"Sta arrivando", dico a Sadie. Mi metto la mano sul petto. "Mi sento male."
"Sei terribile. Al telefono per un attimo ho creduto anche io che non ti importasse più nulla di lui. Non mi ricordavo che fossi così orgogliosa."
"Nemmeno io."
Le sorrido.
"Finalmente un sorriso. Potere di Sebastian?"
"Dai scema. Senti qui come sto."

Le prendo una mano.
"Vicina al collasso. Oppure ti sei trasformata in una vampira. Sei gelata, pallida e magra come un chiodo", dice, prendendomi in giro.
"Sono nel panico più totale."
"Vuoi che resti?"
"No. Ti prego, vai. Lasciami sola. Devo riordinare i pensieri. Mi faccio un tè e lo aspetto."
"Sei sicura?"
Sembra sorpresa.
"Sì, grazie, vai pure. Grazie per il pranzo, sei stata un tesoro."
"Non hai mangiato, ma va bene. Spero che si sistemi tutto con lui, non posso vederti così."
Lei si alza e cammina piano verso la porta, poi si gira a guardarmi.
"Tutto ok, sicura?"
Io annuisco. Prima di chiudere la porta mi soffia un bacio.

17. Regalo

Vado in bagno. Mi guardo allo specchio. Ho le occhiaie e il viso scavato. I capelli asciugati all'aria sono leggermente mossi e disordinati. Ma decido di restare come sono, se mi preparassi per lui significherebbe aspettarmi qualcosa e non voglio farmi troppe illusioni.
Fuori diluvia. Preparo una tazza di tè e mi metto a sfogliare una rivista sul divano, quando suona il campanello.
Mi avvicino alla porta, i piedi nudi sul pavimento gelato, faccio un respiro profondo e la apro.
Lui è davanti a me, bagnato fradicio. Ha il viso stanco, un livido sulla guancia e un taglio sul labbro. Mi si stringe il cuore.

È tutta colpa mia.

Quando muove la mano verso di me come per accarezzarmi, chiudo subito la porta, gli occhi annebbiati dalle lacrime.

Non voglio che mi veda piangere.

"Non posso, non ce la faccio."
Lo sento battere i pugni sulla porta chiusa.
"Vic, cazzo, fammi spiegare. Per favore."
Non rispondo. Lo sento addossarsi alla porta e scivolare fino a terra.
"Va bene, se non mi apri lo faccio da qui."
Mi siedo per terra. A separarci, solo il legno freddo della porta.
"Da dove comincio?"
Fa una pausa.
"Sabato sera mi sarebbe piaciuto stare con te. Poi, nel pomeriggio, ha chiamato Crystal. Mi ha invitato al party con il gruppo. All'inizio ho rifiutato, ma lei ha insistito dicendo che ci sarebbe stato un discografico molto importante e che me lo avrebbe presentato. Era un'occasione che non potevo lasciarmi scappare. Lo sai quanto conta per me la musica. Le ho parlato e l'ho convinta a farvi entrare tutti."
"Cosa ti aspetti, che ti ringrazi per l'invito?"
"No, lo so che ho fatto un casino, ma lascia che ti spieghi."

“Prima che tu prosegua devo farti una domanda, ma questa volta non voglio sentire cazzate: perché questa donna ci tiene così tanto alla tua carriera?”

“Lo so cosa pensi, e hai ragione. Tra me e lei c’è stato qualcosa.”

“Definisci qualcosa, per favore.”

Ho la sensazione che il cuore mi esca dal petto.

“Abbiamo dormito insieme qualche volta.”

“Lo sapevo.”

Sbatto la mano sul marmo freddo del pavimento.

“Ma perché sei venuto qui a torturarmi?”

“Aspetta, lasciami parlare. Tra noi è finita da molto tempo, anzi ti dirò di più: non è mai cominciata. È stato solo sesso, io ero il suo giocattolo e lei il mio sponsor. Nonostante tutto però, capita che mi faccia conoscere gente importante. Capisci?”

“Io capisco benissimo e mi fa anche schifo!”

“Vic, non dire così, cerca di mettere le cose in prospettiva: ero un ragazzo solo e pieno di sogni, lei è una bella donna, ricca e dell’ambiente giusto. Le ho fatto un po’ di compagnia e lei mi ha aiutato. Ho colto l'occasione. Se potessi tornare indietro, forse non lo rifarei, ma è successo e va bene così. Non giudicarmi, non è giusto, e poi questa è una storia vecchia che non ha nulla a che vedere con te."

"Ah sì? Ma se davvero la cosa non mi riguarda, se tra voi è finito tutto, non riesco a capire per quale ragione tu mi abbia fatto assistere a quello squallido spettacolino tra te e lei. Potevi dirmi che eri occupato, vedermi la domenica ed evitarmi tutto questo."

Sbuffa.

"Come posso spiegarti... Cazzo, che fatica, non puoi aprire la porta? Sarebbe tutto più facile se potessi vederti."

"No. Prima voglio capire. Non voglio guardarti e non voglio che mi tocchi. So che mi confonderesti."

Lo sento sospirare.

"Mettiamola così: io non sono uno che si fa coinvolgere facilmente in una relazione. Non mi sono mai innamorato, non ho mai avuto una vera storia, di quelle con i cioccolatini a San Valentino o le passeggiate mano nella mano in riva al mare. Non ero preparato a te."

"Me ne sono accorta."
"Eh... lo so. E l'ho capito poco dopo aver accettato l'invito di Crystal. Ero a casa con gli altri e, più passavano le ore, più mi innervosivo. Pensavo a come avresti reagito vedendomi con lei e mi sono sentito uno stronzo. Sono andato in tilt e ho bevuto troppo. Io non bevo quasi mai. Odio perdere il controllo."
"Ancora non capisco. Perché non hai disdetto tutto?"
"Vic, non avevo capito quanto tu mi interessassi. Forse non volevo ammetterlo a me stesso."
"E adesso?"
"Adesso lo so. Quando ti ho vista ballare, con quel sorriso, le fossette e gli occhioni verdi, strizzata in quel vestitino da caramella, mi sono sentito un coglione. Ho capito che in quel momento tu eri la mia unica priorità e ho avuto paura. Forse inconsciamente ho cercato di allontanarti."
"Bene, hai ottenuto quello che volevi. Ti sei spiegato. Va bene così, adesso lasciami in pace. Se volevi essere perdonato, considerati perdonato. Sei libero di andare e goderti la tua carriera, senza ostacoli di

alcun genere. Io sto bene. Grazie per essere passato."
"Ma perché devi fare sempre così? Ho sbagliato, cazzo. Ma per quanto ancora devo pagare?"
Per la prima volta sembra aver perso la pazienza. Non rispondo.
"Hai un carattere terribile. Per non parlare poi di quando ti sei messa a fare la scema con quel manichino biondo."
"Hai anche il coraggio di avere da dire su questo? Ma se tra un po' te la limonavi davanti a me, quella vecchia!"
"Te l'ho detto, me la sono fatta sotto."
"Io invece volevo fartela pagare. Ero incazzata nera."
"Lo so, quando ti ho vista così arrabbiata mi sono chiuso a riccio. Non amo i confronti diretti, non so gestirli. Sono cresciuto in una famiglia in cui, piuttosto che arrabbiarsi o litigare, non ci si parlava per giorni. Se a questo, aggiungi il fatto che sono molto orgoglioso e anche un po' egoista..."
"E pure un po' stronzo, aggiungerei", lo interrompo. Lo sento ridere.

"Sì, hai ragione, sono stato anche un po' stronzo. Ma vedi, tutto sommato, credo che tu possa capire il motivo della mia reazione. Ho alzato un muro perché non avevo idea di come placare la tua rabbia e non volevo ammettere che tu mi piacessi davvero."

"Quindi tra voi due non c'è più nulla?"

"Niente di niente, ti giuro."

"E come mai domenica ti sei presentato qui, vestito come alla festa?"

"Quando siamo usciti le ho raccontato di te e lei mi ha consigliato di venire a cercarti. Poi è andata a casa e io ho girovagato per la città pensando a come mettere a posto le cose tra noi."

Restiamo entrambi in silenzio.

"Sebastian?" lo chiamo a un certo punto, con un filo di voce.

"Sì?" dice. "Sono qui."

"Niente, credevo fossi andato via."

"Non ho intenzione di andare da nessuna parte, a meno che non sia tu a chiedermelo. Non voglio soltanto essere perdonato, Vic. Voglio vederti. Voglio stare con te."

Fa scivolare una busta sotto la porta.

"Che cos'è?" gli chiedo sorpresa.
"Un regalo per te."
Prendo la busta e la apro e al suo interno una lettera scritta a macchina:

Gentile Signorina Victoria Fontana-Knight,
Con la presente vorremmo invitarla a un colloquio per l'ammissione, comprensiva di borsa di studio, al New York Photography Institute.
Il premio comprende l'intera retta del triennio, il materiale di base e l'alloggio presso il dormitorio dell'istituto.
La preghiamo di confermare, inviando copia della lettera allegata, completa di dettagli personali, e del suo passaporto, entro e non oltre il 30 luglio 1985.
Una volta ricevuta la sua risposta, la contatteremo telefonicamente per confermarle la data del colloquio presso la nostra succursale di Londra.
La ringraziamo per il suo interesse verso il nostro corso di studi e restiamo in attesa di un suo cortese riscontro.

Cordiali saluti,
Floyd Miller

(Direttore di Istituto)

Non posso credere ai miei occhi.

Senza pensarci balzo in piedi e apro di scatto. Lui, che aveva la schiena contro la porta, cade all'indietro e batte la testa fra i miei piedi.
"Ahi!"
"Ma sei matto? Questa come l'hai avuta?"
"Il capo di Crystal è un caro amico di Floyd Miller", mi dice, il viso contratto in una smorfia di dolore.
Appena sento quel nome il mio entusiasmo si spegne per un momento.
"Non voglio una raccomandazione da lei."
Lui si mette in piedi, massaggiandosi la testa.
"Non è una raccomandazione, Vic. Quando le ho parlato di te, raccontandole del tuo incredibile talento e di quello che provo, è stata lei a farmi questa proposta. Io non le ho chiesto nulla."
"Perché le hai detto di noi?"
"Perché volevo che sapesse cosa sento per te e come mi sono comportato. A quel punto lei mi ha organizzato un incontro

con il suo capo. Abbiamo parlato e lui ha chiamato Floyd, chiedendogli di dare un'occhiata alle tue foto, quelle che avevi già inviato alla scuola. Figurati che il plico non era ancora stato aperto."

Io mi mordo un labbro.

"Non so se posso accettare. Vorrei entrare per merito, non perché qualcuno ci ha messo una buona parola."

"Mamma mia, quanto sei testarda! Lo vuoi capire che noi non abbiamo fatto nulla se non chiedere alla commissione di guardare le tue foto? I tuoi lavori sono piaciuti perché sei brava. Ti è stata data questa possibilità solo per il tuo talento."

"Perché lo hai fatto?" gli chiedo.

"Perché tu sei importante per me, testona."

Prima che possa finire la frase gli butto le braccia al collo.

"Nessuno aveva mai fatto una cosa così per me."

Lui si china su di me e affonda la testa tra i miei capelli respirando profondamente, poi mi guarda negli occhi e mi sfiora le labbra con le sue. Una lacrima bagna la mia guancia.

"Non piangere, ti prego, siamo insieme adesso."
"Mi spiace per questo."
Gli sfioro con un dito il labbro gonfio.
"Me la sono cercata."

18. Promesse

"Conosco quello sguardo."

Lui non risponde, mi prende per mano mentre entra in casa.

"Cos'hai in mente, Sebastian?"

Senza dire nulla, chiude la porta, mi sfila il maglione e inizia a baciarmi. Le sue mani sulla mia schiena, le mie sui suoi capelli fradici. Mi sbottona i jeans e me li fa scivolare lungo i fianchi.

"Aspetta un momento."

Riprendo fiato e me li sfilo lasciandoli cadere sul pavimento. Ho i suoi occhi addosso. Normalmente mi sentirei in imbarazzo, ma adesso non mi importa. Mi prende in braccio. Avvolgo le gambe intorno ai suoi fianchi. Mi spinge contro la porta, per un istante rabbrividisco al contatto con il legno freddo. La sua lingua cerca la mia e in un attimo mi è dentro. Gemo, d'istinto gli mordo il labbro tagliato e a lui scappa un lamento.

"Scusa", sospiro nella sua bocca, lui risponde: "Zitta" e continua a baciarmi. A ogni spinta i nostri respiri diventano più

affannosi. Mi mette a sedere sul tavolo da biliardo tenendomi per le gambe. Mi bacia il collo, poi scende tra le clavicole. Inarco la schiena e mi sdraio sul tappeto verde. Quando ricomincia la sua danza, il mio corpo è argilla tra le sue mani. Le sue spinte, dapprima lente, si fanno più profonde e vigorose fino a quando raggiungiamo il piacere insieme.
Il mio cuore batte a mille e una lacrima mi scivola giù dagli occhi ancora chiusi. Quando li riapro, lo vedo: l'espressione appagata, le mani sui miei fianchi, il respiro irregolare.
"Sei stupenda", mi dice.
Mi asciugo la lacrima e sorrido.
"Stai bene?"
"Mai stata meglio in vita mia" gli rispondo.
Si china su di me e mi bacia.
"Ti va se ci facciamo una doccia calda?" mi chiede.
"Lascia fare a me, ho un idea migliore."
Mi aiuta a scendere dal tavolo. Corro in bagno. Apro l'acqua della vasca che comincia a riempirsi. Lui mi raggiunge dopo pochi secondi. Lo vedo fermarsi sulla porta.

“Mi piace la tua idea. A casa nostra abbiamo solo la doccia. Non so da quanto non mi faccio un bagno. Quando ero bambino mia madre me lo preparava sempre. Mi piaceva tantissimo.”
“Vedrai che questo ti scalderà, con tutto il freddo che hai preso...”
“In effetti, sì. Vuoi qualcosa da bere?”
“Una cherry cola, per favore?”
“Una cherry cola?”
Sorride e scuote la testa.
“Sembri proprio una bambina.”
Faccio spallucce e mi siedo sul bordo della vasca accavallando le gambe.
“Mettiamo un po' di musica.”
Esce dal bagno. Lo sento accendere la radio.
“C'è una cosa che devi sentire”, dice quando torna. Io sono già seduta nella vasca immersa nella schiuma profumata.
“Che cosa?” gli chiedo.
“È una sorpresa”, risponde, porgendomi la cola. “Che atmosfera romantica.”
“Troppo?”
Arrossisco.
“No, hai fatto una cosa molto carina, invece.”

Lo invito a entrare picchiettando con la mano sulla superficie dell'acqua.
"Arrivo. Come sei impaziente."
Posa la bottiglietta sul bordo della vasca, si spoglia ed entra.
Lo osservo.

Cacchio, che corpo.

Mi sfugge un sospiro.
"Cosa?" mi chiede come se leggesse i miei pensieri.
"Niente" rispondo e arrossisco.
Ride mentre si sdraia tra le mie gambe, la schiena contro di me.
"Stai comodo così?"
Lo abbraccio.
"Mai stato meglio in vita mia", risponde sorridendo.
"Lo so che ti piace mettermi in imbarazzo."
Gli bacio una spalla.
"Mi piace quando arrossisci."
'Against all odds' di Phil Collins sta passando in radio e mi viene la pelle d'oca. Sono sicura che lui se ne sia accorto perché poco dopo mi accarezza un braccio e intreccia le sue dita alle mie.

"Vedi, è questo che intendo", dice.
Mi sembra incredibile che questa sensazione di intimità possa essere una cosa nuova per lui.
"Davvero non hai mai avuto una ragazza?" gli chiedo, seguendo il flusso dei miei pensieri.
"In realtà una l'ho avuta, ma è stato molto tempo fa."
"Quando?"
"Nove anni fa. Avevo sedici anni e lei quindici. Frequentava il mio stesso liceo. A lei ho dato il primo bacio."
"Oddio… il primo bacio. Per me è stato un incubo."
"Perché?" mi chiede, e piega la testa all'indietro per guardarmi.
"Perché avevamo entrambi l'apparecchio e lui era più impacciato di me. Un'esperienza da dimenticare."
Scoppia a ridere.
"Quanti anni avevi?"
"Tredici, ero piccola. Pensa che ce lo siamo dati al cinema e, poche file dietro di noi, c'erano sedute le nostre madri. Mi vergogno solo a pensarci."

"A me sembra una storia molto tenera. Chissà che carina che eri."

Mi da un bacio a stampo.

"Credimi, un vero disastro. Dimmi di te, invece. Come si chiamava la ragazza?"

"Si chiamava Astrid. Ci siamo baciati in un parco, poco lontano da scuola. Quel giorno faceva molto freddo e avevo dimenticato i guanti a casa. Mi si era quasi congelata una mano per tenere la sua. Solo a ripensarci, sento ancora il dolore dei geloni. Però è stato bello. Lei era bruttina, ma così sensibile e pura. Non che io fossi esperto, ma mi piaceva tanto il suo candore."

"Che bel ricordo che hai di quel momento."

Resta in silenzio per un attimo, poi mi dice: "Ora che ci penso, tu sei un po' come lei."

"Bruttina?"

"Ma no, scema. Sei trasparente."

Inzuppo la spugna d'acqua e comincio a passarla sulle sue braccia.

"Ti sei salvato. Cosa intendi per trasparente?"

"Intendo dire che non sei in grado di nascondere le tue emozioni. Però tu, al contrario di Astrid, hai una personalità forte, e molto spesso per me i tuoi cambiamenti di umore sono imprevedibili."

"So che basta guardarmi per capire cosa provo, se è questo che intendi. Me lo dicono tutti: la mia famiglia, i miei amici. Ma il fatto che tu trovi imprevedibili le mie reazioni, per me è una cosa nuova."

"Però è così, te lo assicuro."

"Se lo dici tu. Ma come mai è finita con Astrid?"

"Siamo stati insieme per qualche mese, poi un giorno lei mi ha piantato per mettersi con uno più grande di me. Evidentemente già da allora ero una frana con i rapporti di coppia."

"E poi?"

"E poi cosa? Mamma mia, quante domande, stasera. Guarda che dopo tocca a me."

"Vedremo... Dopo di lei?"

"Ho scoperto l'amore per la musica. È lei il centro delle mie attenzioni. Non fraintendermi, qualche ragazza c'è stata, ma cosette di una sera, una settimana, al massimo una vacanza insieme, ma nulla di più. Ogni volta che ci ho provato, dopo qualche giorno mi sono sentito in gabbia. Finché non sei arrivata tu. Con te è stato l'opposto."

"Cacchio, ti ho proprio rovinato la festa. Ma se ci pensi bene, anche io sono la parentesi di una vacanza."

Si gira verso di me e mi si siede davanti.

"Tu non sei solo una parentesi. Te lo posso assicurare."

Incrocio le gambe dietro la sua schiena e cominciamo a baciarci. In un attimo, finiamo di nuovo per fare l'amore.

"Non voglio che questa sia solo la storia di una vacanza. Promettimi che con me ci proverai davvero", gli dico appoggiando la fronte sulla sua spalla mentre riprendiamo fiato, ancora abbracciati.

"Te lo prometto, Vic."

Mi solleva il mento con un dito.

"Ma tu promettimi che resterai sempre come sei: sincera e spontanea."

"Prometto."

Ci diamo un bacio e, mentre usciamo dalla vasca, lo speaker introduce la classifica *Top of the Pops* della settimana.

"Conquista il ventesimo posto in classifica, un nuovo favoloso gruppo norvegese di nome Shine Away. La loro canzone, uscita soltanto pochi giorni fa, sembra aver già conquistato i cuori dei nostri ascoltatori ma soprattutto delle nostre ascoltatrici. Così come la voce del loro affascinante *lead singer* Sebastian Hansen. Perciò ascoltiamola subito: questi sono gli Shine Away con 'Stay'!"

Perdo l'equilibrio e lui mi prende al volo.

"Non ci credo!" esclamo, sporgendomi fuori dal bagno.

"Volevo farti una sorpresa."

"E ci sei riuscito. Ma come facevi a saperlo?"

Mi infilo l'accappatoio e gli passo un paio di asciugamani puliti, poi corro verso la radiosveglia sul comodino.

"Magia", risponde lui.

Alzo il volume e mi siedo sul letto, canticchiando le parole che ricordo.

"Dai, vieni qui con me!" gli urlo.

Sebastian esce dal bagno, un asciugamano avvolto intorno alla vita. Si siede vicino a me.

"Cacchio che sballo! Non ci posso credere che sia davvero tu. Immaginavo che sarebbe successo prima o poi, ma non così presto.”

Gli butto le braccia al collo.

“Sono tanto felice per te.”

“Fa un certo effetto, vero? Io ci avevo già sentiti per radio qualche giorno fa, ma essere qui con te e vedere la tua reazione rende tutto più speciale.”

“Cacchio, adesso sto con una pop star!”

Lui sorride.

“Non esagerare, per ora ci stiamo facendo conoscere. Speriamo che le cose vadano per il verso giusto.”

“Non fare il modesto, Sebastian Hansen, lo sappiamo entrambi che diventerai una star. La tua voce è meravigliosa e tu… non farmi nemmeno iniziare.”

“Scema, questo lo dici tu che sei la mia ragazza. Non vale.”

“Sono la tua ragazza?” gli chiedo a bocca aperta.

“Sempre che tu lo voglia.”

Mi alzo in piedi e mi metto davanti a lui. Appoggio le labbra sulle sue. Lui fa scivolare le mani sotto il mio accappatoio. Diventa serio.

"Lo prendo come un sì", mi dice. Annuisco e mi metto a cavalcioni su di lui. Proprio quando sta per slacciarmi l'accappatoio, bussano alla porta.
"Chi è?" grido, balzo in piedi e abbasso la musica.
"Vicky sono io, mi fai entrare?" risponde Sadie.
Sebastian torna subito in bagno e io vado ad aprire. La ricevo con il sorriso sulle labbra.
"Accidenti che cambiamento", dice Sadie non appena mi vede. "Sembri perfino più alta. Quindi? È andata bene?"
"Benissimo", dice Sebastian dal bagno, fingendo di essere appena uscito dalla doccia.
Sadie, ancora sulla soglia, fa un passo indietro e quasi perde l'equilibrio, la prendo per il braccio e la tiro dentro e chiudo la porta.
"Accidenti, che idiota, non ho pensato che poteste essere ancora insieme. Ho sentito che riempivi la vasca e poi pochi minuti fa mi è sembrato di sentire 'Stay', e ho creduto che tu fossi sola e... non fa nulla, scusatemi tanto, torno dopo, domani magari, o tra una settimana!"

Poi mi si avvicina.
“Scusami tanto Vicky”, mi sussurra in un orecchio.
Nel vederla così impacciata mi scappa da ridere.
“Ma no, scema, non preoccuparti. Hai sentito bene, hanno messo gli Shine Away alla radio. Ma ti rendi conto?”
La tiro per mano verso il divano e mi siedo con lei.
“*Totally tubular*!”
Sadie si volta verso Sebastian.
“Congratulazioni! Ora sono amica di un gruppo famoso, non ci posso credere.”
“Grazie, Sadie. Magari fossimo famosi,” dice Sebastian. “Voi chiacchierate pure, io prendo le mie cose e torno in bagno a vestirmi. Devo sbrigarmi, tra un’ora ho le prove.”
Lo guardo rattristata. Immagino capisca che non voglio lasciarlo andare e mi sorride.
“Ne parliamo dopo, vi lascio sole.”
Appena si chiude in bagno, Sadie lancia un gridolino.

“Porca miseria, che fisico! A saperlo non mi sarei fermata al bacio. Un giro in giostra me lo sarei fatto di sicuro.”

Ride e mi dà un buffetto sul braccio.

“Sadie, piantala! Se non fossi la mia migliore amica ti avrei gia mandata al diavolo” la rimprovero.

“Tesoro, se esce dal bagno così, cosa ti aspetti, che io me ne stia muta come una lapide? Non sono mica cieca.”

Rido.

“Lo so ma ci sente, dai...” le dico sottovoce.

“Mamma mia, Vicky, come sei ingenua. Cosa credi, che non glielo abbiano mai detto prima?” continua abbassando il tono di voce.

“Comunque, dimmi di te. Sei contenta?”

“Talmente felice che non riesco nemmeno a trovare le parole giuste. Ha fatto una cosa incredibile per me.”

“Non vorrei spegnere il tuo entusiasmo, ma lo so già”, dice facendomi l’occhiolino.

“Sai della borsa di studio?” le domando sorpresa.

“Certo, Sam mi ha detto tutto. Per questo ti abbiamo pregata tanto di vederlo.

Insomma, dai, uno che fa una cosa del genere si deve essere preso proprio una bella sbandata!"
"Nessuno mi aveva mai fatto un regalo così. È incredibile! Poi le cose che mi ha detto, Sadie, non potevo non perdonarlo."
"Hai fatto bene."
Alza la voce per farsi sentire.
"Considerando poi quanto sei cotta!"
"Cretina!"
Le do una sberla sul braccio.
"Sei venuta qui per sputtanarmi?" sussurro.
"No. Per conoscere i particolari piccanti", insiste senza abbassare la voce.
"Per quelli dovrai aspettare" le rispondo.
"Meglio", dice Sebastian uscendo dal bagno vestito di tutto punto.
"Peccato", sbuffa Sadie mentre si alza. "Vi lascio soli. Vicky, scendi tu quando vuoi, io stasera sono a casa. Oppure ci vediamo domani. Insomma, quando hai tempo."
Mi strizza l'occhio.
"Sei proprio tremenda", le dico.
"Ciao, Sebastian!" lo saluta con la mano ed esce dalla stanza. Appena restiamo soli lui mi si avvicina e mi dà un bacio.

"Perché non vieni con me alle prove?"
"Mi piacerebbe tanto, sei sicuro che per te vada bene?"
"Certo, puoi venire ogni volta che vuoi. Però adesso vestiti in fretta o facciamo tardi."
Mi infilo una maglietta e la salopette di jeans, mi raccolgo i capelli facendomi i codini.
"Portati un cambio."
"Perché un cambio? Dormiamo fuori?"
"Non fare domande, curiosona."
Mi bacia la fronte mentre mi allaccio le scarpe.
"Va bene", sbuffo, prendo la giacca poi infilo in uno zaino un paio di mutande, una maglietta, la macchina fotografica con qualche rullino e usciamo di corsa.

19. Sandra

Quando saliamo sulla metropolitana sono quasi le cinque. Restiamo in piedi nel vagone affollato, lui dietro di me, i nostri corpi incollati.

“Sono questi i momenti in cui mi manca di più la mia macchina”, dice lui tenendo un braccio saldo intorno alla mia vita. Dopo qualche fermata, un ragazzo si alza e Sebastian prende il suo posto. Mi invita a sedere sulle sue gambe tirandomi verso di sé. Per qualche fermata restiamo in silenzio a studiarci, ogni tanto mi bacia e gioca con la mia mano, stretta nella sua.

“Non vedo l’ora di raccontare a Minnie di noi due.”

“Minnie?”

Mi guarda incuriosito.

“Sì, è la mia nonna materna. E la mia migliore amica.”

“Credevo fosse Sadie la tua migliore amica.”

“Certo, anche lei, ma Minnie sa tutto di me, anche cose che Sadie non conosce. Spesso è in grado di capire quello che

provo prima che io possa rendermene conto. Dice sempre che sono identica a lei quando era giovane. A dire il vero, lo dicono tutti nella mia famiglia."
"Mi piacerebbe conoscerla", sorride Sebastian.
"Anche a me piacerebbe farvi incontrare. Sono sicura che le piaceresti tantissimo."
"Beh, se siete uguali, immagino che anche lei mi piacerebbe parecchio. Le hai mai parlato di me?" mi chiede.
"Sì. Più di una volta."
Abbasso gli occhi.
"Credi veramente che questa risposta mi basti? Forza, non fare la timida, fuori i particolari. Quando la prima volta?"
Sbuffo.
"La sera del pub."
"Davvero?" mi chiede sorpreso.
Annuisco.
"E cosa le hai detto?"
"Le ho detto che tutti erano stati gentili con me, tranne un ragazzo borioso e un po' strano, che non mi aveva degnato di uno sguardo."
"Ma dici sul serio?"

Scoppia a ridere. Gli do un buffetto sulla mano.
"Anche lei, in quell'occasione, si è messa a ridere. Qualche giorno dopo, quando le ho detto che mi piaceva un ragazzo, lei ha capito subito che stavo parlando di te. Lo sapeva dal primo momento, capisci? Mi conosce troppo bene."
Lui rimane a bocca aperta e scuote la testa.
"E cosa ti ha detto?"
"Vuoi sapere troppo. Non ti meriti tutti questi particolari."
"Va bene... comunque tua nonna mi piace già."
"Bene, perché se per caso tu non dovessi piacere a lei, sarebbe un problema."
"Potrei stupirti, ho un certo ascendente sulle nonne."
Mi fa l'occhiolino.
"Immagino, con quell'aria da bravo ragazzo."
Gli passo un dito sotto al mento e le mie labbra raggiungono le sue.
Un'anziana signora, seduta di fianco a noi, ci sorride e annuisce.

"La scusi", dice Sebastian ricambiando il sorriso. "Non sa resistermi."

"Giovanotto, alla vostra età è giusto che sia così", risponde la vecchietta, poi si rivolge a me e aggiunge: "Sono sicura che tua nonna troverà il tuo ragazzo adorabile."

Ride coprendosi la bocca con una mano, come una bambina che ha rubato la marmellata.

"Grazie, signora, lei è troppo gentile", arrossisce Sebastian.

In quel momento il treno si ferma alla stazione di Kilburn. Ci alziamo e, dopo aver salutato l'anziana signora, usciamo di corsa.

"Hai visto? Te l'ho detto, le nonne mi adorano."

"Ho notato anche che i suoi complimenti ti hanno imbarazzato. Non immaginavo che fossi il tipo che arrossisce."

"Invece lo sono, come vedi. Ho un senso di profondo rispetto per le persone di una certa età, mi sento quasi intimidito dalla loro saggezza e dai loro modi formali."

"Ricorda però, che Minnie è molto speciale. Con lei non basta essere gentili. Lei sa leggere bene le persone."

"Sarebbe interessante sapere cosa direbbe di me", risponde lui e, stringendo più forte la mia mano, mi trascina a passo svelto fuori dalla stazione. Corriamo poi fino alla sala prove.

Quando entriamo, sudati e con il fiatone, il resto del gruppo sta già provando un pezzo. Sebastian mi indica la grande poltrona in pelle davanti al mixer.

"Danny il giovedì non viene, ti puoi sedere qui, se vuoi. È il posto migliore; in prima fila, proprio davanti a me."

Mi strizza l'occhio. Vado a sedermi.

"Mettiti a tuo agio e fammi un cenno se hai bisogno."

Mi passa le cuffie, mi bacia sulla guancia e raggiunge gli altri. Quando entra in saletta, Nat e Patrick, che fino ad allora non si erano neanche accorti del nostro arrivo, smettono di suonare. Infilo le cuffie e prendo la macchina fotografica dallo zaino. Mentre la sistemo, li sento chiacchierare. Si parlano in norvegese. Sebastian con loro sembra diverso. Sorride ed è amichevole, ma parla poco. Ha lo stesso atteggiamento un po' borioso che aveva al pub la sera che ci siamo conosciuti.

Forse è sempre così e l'eccezione sono i suoi affetti più cari.

A un tratto, nei loro discorsi, riesco a distinguere il mio nome e il resto della band si gira verso di me per salutarmi. Lui sembra fare una battuta e tutti e tre si mettono a ridere.

Devo chiedergli cosa si sono detti.

Quando iniziano a provare e la voce di Sebastian passa cristallina nelle mie cuffie, chiudo gli occhi.

"*Stardust in her eyes, while I whisper in her ears. I just fell into her lies and the wind dries away my tears. Stardust in her eyes, while she throws away the keys. She gave up on me tonight, used her body just to tease. She's got stardust in her eyes, I just read into her lies, stardust in her eyes, in her sweetness, a disguise...*"[27]

Proprio come la prima volta, mi ritrovo immersa nel suo mondo.

Incrocio le gambe e mi rilasso, distendendomi sullo schienale della poltrona.

La musica mi porta in spazi aperti, la sua voce sopra le nuvole. Ogni tanto apro gli occhi e trovo subito i suoi. Mi sorride e io gli scatto qualche foto come se scambiarci la nostra arte fosse un altro modo per conoscerci. A dividerci solo un vetro ma guardarlo e ascoltarlo non è abbastanza, se non posso sentire il contatto della sua pelle con la mia. Immagino per lui sia lo stesso perché non appena finiscono le prove, mi raggiunge immediatamente. Nataniel e Patrick sistemano gli strumenti mentre lui entra nella sala mixer e viene subito da me. Si china sulla poltrona e mi

---

[27] Polvere di stelle nei tuoi occhi, Mentre sussurro nelle sue orecchie, sono appena caduto nelle sue bugie, il vento asciuga le mie lacrime. Polvere di stelle nei suoi occhi, mentre butta via le chiavi, lei ha rinunciato a me stasera, ha usato il suo corpo solo per tormentarmi. Lei ha polvere di stelle negli occhi, ho appena letto nelle sue bugie, lei ha polvere di stelle negli occhi, nella sua dolcezza, un travestimento.

bacia. Le nostre lingue si sfiorano ed è come se in un attimo fossimo di nuovo soli. Mi alzo in piedi e mi stringo a lui.
"Andiamo via", mi sussurra in un orecchio.
Annuisco ma non riesco a staccare la bocca dalla sua. In quel momento i ragazzi ci raggiungono.
"Scusate se vi interrompiamo, noi raggiungiamo gli altri al pub. Venite?" ci chiede Patrick, visibilmente in imbarazzo.
"Veramente pensavo di portarla da noi stasera, se non vi dispiace", risponde Sebastian come se niente fosse.
"Certo, nessun problema. Per fortuna abbiamo riordinato la casa nel pomeriggio, altrimenti non sai che casino!" mi dice Nataniel ridendo.
"La stanza di Sebastian però è un caos, quindi Victoria, non possiamo garantire per lui, ci dispiace", aggiunge Patrick.
Sebastian alza le spalle.
"Ti toccherà farti largo tra la biancheria da lavare, ma, se ti va, mi piacerebbe portarti a vedere dove vivo."

"Credo di poter sopportare un po' di disordine e mi piacerebbe tanto vedere casa vostra", rispondo sorridente.

Raccogliamo le nostre cose e usciamo con loro. Sono le sette passate ma c'è ancora luce. Il cielo è terso e il clima mite. Camminiamo per le strade mano nella mano, chiacchierando.

"Hai mangiato in questi giorni? Sei dimagrita."

"Non molto. Solo latte e cereali."

"Da domenica?"

Strabuzza gli occhi.

"Sì."

Io li abbasso.

"Ma sei matta? Starai morendo di fame."

"Un po'."

"Accidenti, dovevi dirmelo prima. Cosa vuoi mangiare? Chiedimi quello che vuoi e te lo compro, qualsiasi cosa. Stasera cucino io."

"Oh, no... e io che speravo di fare un pasto decente stasera."

Metto il broncio.

"Cosa vorresti dire, simpaticona? Che non ti fidi?"

Si ferma a guardarmi le mani sui fianchi.

"Non molto."
Lui fa per prendermi ma sfuggo alla sua presa e faccio qualche passo avanti. Mi segue e prova a darmi una sculacciata mentre io scappo lanciando un urletto.
"Se ti prendo..."
"Provaci" lo sfido e comincio a correre.
Lui mi insegue e mi raggiunge in un attimo. Mi carica sulla sua spalla: "Adesso come la mettiamo?"
"No dai, mettimi giù, ti prego!"
Scalcio nell'aria e gli mollo qualche sberla sulla schiena.
"Ti lascio andare solo se mi chiedi scusa."
"Va bene, scusa, scusa."
Sbuffo e lui mi mette giù.
"Così va meglio."
"So già cosa prepararti, ma dobbiamo sbrigarci o troveremo i negozi tutti chiusi."
"Spero di sopravvivere", bisbiglio.
"Sei terribile!" mi dice. "Poi a casa ne riparliamo."
"Sempre che tu riesca a prendermi."
Cammino all'indietro restando qualche passo avanti a lui, che si ferma davanti all'ingresso di un supermercato, aspettando che lo raggiunga.

"Vedremo. Intanto vieni con me."
Mi prende per mano ed entriamo. Passiamo veloce tra i corridoi mentre una voce annuncia dagli altoparlanti che tra quindici minuti il negozio chiuderà.
Sebastian mette nel cestello di metallo tutto l'occorrente per la cena e ci avviamo verso la cassa.
"Ma tu sei Sebastian Hansen degli Shine Away!" strilla a un tratto una ragazzina e comincia a correre verso di noi.
Dimostra al massino quattordici anni, è minuta e indossa un maglione color pesca di almeno tre taglie più grande della sua. Ha una buffa coda alta sulla testa e sulle spalle uno zaino verde acqua. Mi coglie di sorpresa e per un momento fatico a capire che cosa stia succedendo. Appena me ne rendo conto, tiro fuori la macchina fotografica.

Non posso perdermi questo momento.

"Ti prego, mi fai un autografo? Posso darti un bacio?" chiede lei saltellando sul posto e tira fuori un foglietto e una penna dallo zainetto.

Inizialmente, lui rimane di gesso, poi mi passa il cestello con la spesa, mi sorride e alza le spalle. Si gira verso la ragazzina che subito lo abbraccia. Lui le dà un bacio sulla guancia poi prende il pezzo di carta e la penna.
"Come ti chiami?" le chiede.
"Sandra", risponde lei con la voce tremante. "Mio Dio, sei bellissimo."
Lui le sorride.
"Anche tu sei molto carina, Sandra", le dice mentre scrive.
Poso il cestello per terra e, tenendomi a distanza, faccio una serie di foto.

Non voglio interferire con il loro momento speciale, ma non posso lasciarmelo sfuggire.

Quando Sebastian le rende il foglio e la penna, lei lo ringrazia con aria sognante.
"Sai", aggiunge, poggiandogli delicatamente una mano sul braccio, "ho registrato 'Stay' dalla radio. Credo che finirò per rompere la cassetta a furia di riavvolgerla per riascoltarla. Da quando ti ho visto in televisione pochi giorni fa, poi,

non faccio altro che pensare a te. Sono tanto felice di averti incontrato. Sei un sogno che diventa realtà."
Mi scappa da ridere e mi copro la bocca con la mano.

Accidenti, Sandra si sta giocando tutte le sue carte migliori in un minuto.

"Grazie, sei davvero gentile", le dice lui, timido. "Sono contento che la canzone ti piaccia."
"Posso darti un altro bacio? Ti prego."
Lui si china e lei gli butta le braccia al collo baciandogli la guancia.
"Io adesso devo andare, Sandra", le dice lui con naturalezza. "È stato un piacere conoscerti."
Lei lascia la presa a malincuore.
"Grazie, Sebastian, è stato il momento più incredibile di tutta la mia vita."
Lui le accarezza una guancia e si allontana. Mentre mi raggiunge, lei mi guarda per un attimo seria, poi il suo sguardo torna a lui e rimane lì a osservarlo incantata.

Una donna sulla quarantina la chiama e lei le corre incontro.
"Mamma, mamma, non sai chi ho appena incontrato..."
Lui si gira verso di me e scoppia a ridere: "Questa cosa non mi era proprio mai successa. Scusa."
"Di cosa ti scusi? È stato bello vederti parlare con lei. Sei stato bravissimo."
"Dici?"
"Sì, dolce e paziente. Molto naturale, come se lo avessi già fatto mille volte."
"Mi sono sentito un coglione. Ma se dici che non si è visto, sono contento. Meglio così."
"Ho fatto tantissime foto. Quando le vedrai, giudicherai tu stesso."
"Sei un tesoro, grazie. Sei sicura che non ti abbia dato fastidio essere testimone di una così appassionata dichiarazione d'amore?"
"Assolutamente no, anzi un po' di sana competizione può ravvivare un rapporto."
"Ah sì?" mi guarda alzando le sopracciglia. "Buono a sapersi."
Gli passo il cestello e lui mi prende per mano poi andiamo a pagare la spesa.

Sandra è in coda con la sua mamma. Lei non lo perde di vista e appena nota il suo sguardo, gli soffia un bacio.
“Lei mi sembra agguerrita.”
Ci mettiamo a ridere entrambi e usciamo dal supermercato.

20. Noi

"Non aspettarti una reggia", mi dice Sebastian davanti alla porta del suo appartamento. Si fa scorrere la busta della spesa sul polso e infila la chiave nella serratura.

"Guarda che io non sono mica abituata agli standard dei Taylor", rispondo.

"Per fortuna, altrimenti farei una figuraccia."

Entriamo in un'ampia stanza che fa da sala e cucina. È pulita e ordinata e profuma di bucato appena fatto.

La luce rosa del tramonto filtra dalle tende di una grande finestra a golfo.

"Tante storie per niente", gli dico. "È molto carina, invece."

"In effetti, stasera sembra quasi passabile", risponde.

"Credo proprio che tu abbia sottovalutato la capacità di pulire dei ragazzi."

"Secondo me si aspettavano che ti avrei portata qui e volevano impressionarti."

"Comunque, sono stati bravi. Posso vedere camera tua?"

"Lasciami prima fare un giro di ricognizione."

Mette i sacchetti della spesa sul tavolo e apre una porta con appiccicata sopra una bandierina della Norvegia.

"Devi nascondere le tracce di qualche donna?" gli chiedo, cercando di sbirciare in punta di piedi oltre le sue spalle.

"Non ci sono state ragazze ultimamente, ma se ci ti tieni tanto..."

Si sposta invitandomi a entrare: "A tuo rischio e pericolo."

Faccio un passo avanti. Accende la luce. La stanza è piccola e semplice: letto, scrivania e un armadio a due ante ancora spalancate. Sulla sedia, un mucchio di vestiti e una vecchia chitarra acustica appesa alla parete.

"È un casino", dice, chinandosi a raccogliere gli abiti e buttandoli nell'armadio.

"Non preoccuparti, non hai idea di come sia di solito camera mia."

Sorride e si mette a riordinare la scrivania.

"Sai cosa mi sembra strano? Che tu abbia una casa tutta tua, mentre io vivo ancora con i miei."

“La mia famiglia è in Norvegia. Il fatto che io viva qui da solo è inevitabile. Sai invece cosa mi fa strano certe volte?”
“Cosa?”
“Ripensare a quando Sam mi parlava della sua ragazza a Milano. Mi sembra incredibile pensare che stesse parlando di te. Ti immaginavo così diversa.”
“Diversa come?”
“Non saprei. Ti vedevo attraverso il filtro dei suoi occhi: una ragazzina semplice e un po’ borghese, senza troppi grilli per la testa, quasi...” ci pensa su un attimo “... prevedibile.”
“Ah, sì? Era così che mi descriveva Sam?”
“Non è che proprio ti descrivesse, dai suoi racconti tu apparivi così, forse perché prima di stare insieme siete stati amici.”
“Beh, siamo praticamente cresciuti insieme. Immagino fosse così per entrambi.”
“Che strano, per me sei l’opposto: un mondo diverso dal mio, una persona tutta da scoprire.”
“Mi piace, sai?”
Lo guardo mentre finisce di mettere a posto.

"Anche lui mi ha parlato di te, qualche volta. Nei suoi racconti eri sempre con una ragazza diversa. Forse è anche per questo che sono così gelosa."
"Sam è sempre esagerato. Credimi, non era affatto così."
Mi prende entrambe le mani e mi tira su per abbracciarmi. Alzo lo sguardo: i suoi occhi mi studiano.
"A volte ci riesci, sai, a mettermi a disagio", gli confesso.
"Davvero?"
Mi guarda stupito.
"Sì, ma non per le cose che dici, è per il modo in cui mi guardi. È come se mi leggessi dentro."
"Forse è perché vorrei poterlo fare. Mi piacerebbe sapere cosa ti passa in quella bella testolina."
Mi bacia i capelli.
"Se proprio vuoi saperlo, in questo momento, mentre mi abbracci così, è come se fossi sospesa per aria con lo stomaco pieno di farfalle impazzite."
Restiamo occhi negli occhi per un attimo.

"Merda, mi sono di nuovo distratto. Devo darti da mangiare prima che tu mi svenga tra le braccia."
Mi bacia dolcemente, poi mi conduce in cucina e comincia a preparare la cena. Nel frattempo, accendo la radio e mi metto a cercare una stazione. Mi fermo quando sento le prime note della canzone 'He's a dream' e, canticchiandone le parole, inizio a far ondeggiare i fianchi al ritmo di musica.
Quando mi volto a guardarlo scopro che mi sta fissando. Posa il coltello sul tagliere e si asciuga le mani con un canovaccio. Smetto subito di ballare e mi siedo sul divano.
"Ti muovi bene, sai? L'avevo già notato al party, poi non ho avuto occasione di dirtelo."
"Grazie."
Arrossisco.
"Ho studiato danza fin da piccola. Ero convinta che da grande avrei fatto la ballerina."
Abbasso gli occhi e mi lascio andare a un lungo sospiro.

"Comunque, ormai ho smesso. Ballo solo in rarissime occasioni."
"Come mai?"
"A quattordici anni sono caduta durante un'audizione importante e mi sono rotta il legamento di un ginocchio. A parte il dolore fisico, l'operazione e i tempi di recupero, ciò che mi ha segnata di più è stata la sensazione di sconfitta, di vedere un sogno sgretolarsi davanti ai miei occhi."
"Ora si spiega quella cicatrice che hai sul ginocchio. Mi spiace, dev'essere stato terribile."
"Sì, la odio, ormai cerco di non farci più caso, ma c'è."
"Io la trovo sexy."
"Immagino di non aver scelta, se non accettarmi come sono."
Si lava le mani e viene a sedersi vicino a me.
"Questa la conosci già."
Mi indica la cicatrice che ha sotto l'occhio destro.
"È così terribile?"
"No, anzi, ti sta bene."

Come quella sera in sala prove la sfioro con il dito.
"A parte questa ne ho molte altre. Da piccolo ero un terremoto."
Me ne mostra una sotto il mento e una sul gomito.
"A me piacciono, ti stanno bene."
"Come vedi, è solo una questione di punti di vista."
Alza le spalle.
"Comunque capisco perfettamente cosa intendi quando parli della difficoltà di accettare la fine di un sogno. Non so come mi sentirei se non potessi più cantare", sospira.
"Prima però, ti ho vista correre e mi sembravi in perfetta forma; perché non ricominci?"
"Perché mi fa paura l'idea che qualcosa del genere possa accadere di nuovo."
Abbasso gli occhi e raccolgo dal tavolino un pezzetto di carta con cui mi metto a giocherellare.
"E comunque sarebbe troppo tardi. Il mio corpo è cambiato, le mie forme si sono arrotondate e ho perso quelli che per la danza sono gli anni migliori."

Mi tira su il mento con un dito e mi guarda negli occhi.

"Magari un giorno, quando ti sentirai davvero sicura, tornerai a ballare. Certe volte, in casi come questo, è solo una questione di tempo."

Mi dà un bacio sulle labbra.

"Forse sì, ma non importa, sai? Abbandonare la sbarra mi ha fatto scoprire la passione per la fotografia. Magari era destino."

"Io non so come tu fossi prima", mi dice dopo un po'. "Ma secondo me adesso hai un corpo favoloso."

Arrossisco.

"Lo pensi davvero?"

"Certo, te l'ho già detto che io non sono uno da molti complimenti..." replica, tornando ai fornelli.

"Signorina, la cena è pronta: salmone e patate al forno", annucia qualche minuto più tardi.

Mi siedo a tavola e divoro tutto.

"Era favoloso. Cacchio, sei bravo anche in cucina", gli dico.

"Grazie, è la prima volta che ti vedo mangiare di gusto."

Dopo aver finito di raccogliere i piatti nel lavandino, mi raggiunge sul divano porgendomi un piattino con sopra una fetta di torta. Mi appoggia una mano sulla gamba. Sotto il suo tocco, la mia pelle genera centinaia di invisibili scintille. Prende la fetta di torta e me la porge. La addento.

"Davvero deliziosa", gli dico.

Lui ne stacca un pezzetto e se lo mette in bocca. A un tratto mi guarda e scoppia a ridere.

"Perché ridi?" gli chiedo.

"Vic, ti rendi conto di come mi stai guardando, vero?"

"No", rispondo seria. "Come?"

"Come se avessi in mente tutt'altro."

Sorrido e inizio a baciarlo. Lui, lo sguardo fisso su di me, rimette la torta sul piatto, lentamente. Mi metto in piedi tra le sue gambe, mi chino su di lui e lo bacio di nuovo, lasciando che la mia lingua sfiori la sua, poi mi ritraggo. Mi guarda mentre mi slaccio la salopette.

"È esattamente questo che intendo quando dico che sei imprevedibile. Un attimo fa sei arrossita per una sciocchezza, e adesso guardati."

Mi porto l'indice alle labbra: lui ammutolisce e mi tira verso di sé. Mi inginocchio davanti a lui, comincio a sbottonargli i jeans. In quel momento suona il telefono. Lui continua a baciarmi ancora per qualche squillo, poi stacca le labbra dalle mie.

"Merda," sbuffa. "Solo un secondo, ok?"

Annuisco. Si allunga verso il telefono sul tavolino accanto al divano. Io faccio per spostarmi, ma lui mi ferma.

"Dove scappi? Resta qui. Pronto?"

I suoi occhi si addolciscono. Dopo un attimo passa al norvegese. Il suo tono è gentile e pacato. Continuo a guardarlo mentre gioca nervosamente con il filo del telefono. La telefonata dura non più di cinque minuti. Quando riattacca mi dice: "Scusa, era mia madre."

Mi siedo accanto a lui. Si passa una mano sulla nuca.

"Mi ha chiesto come stavo. Sono stato un po' assente ultimamente."

Mi sembra di cogliere una punta di timidezza. Gli bacio una guancia.

"Non preoccuparti, so cosa vuol dire."
"Dove eravamo rimasti?" mi chiede lui abbracciandomi.
"Cacchio! Anch'io non sento i miei da tre giorni."
"Chiamali."
Mi porge la cornetta.
"Ne sei sicuro? Chissà quanto ti costerà."
"Sicurissimo. Sono curioso di sentirti parlare con tua nonna."
Mi sorride. Compongo il numero e resto in attesa. Dopo due squilli si sente: "Pronto?" Riconosco la voce di mio padre.
"Ciao papà", dico, in italiano.
"Ciao, bimba, come stai?"
"Bene, grazie. Io tutto ok."
Arrossisco. Sebastian mi guarda con aria interrogativa.
"Oltre che a tua nonna anche a noi piacerebbe sapere cosa combini, sai?"
"Lo so, scusa, papà", dico ridendo. "Poi, quando torno, vi racconto tutto. A proposito, la nonna è sveglia?"
Lo sento sospirare.
"Siete dei bei tipi voi due. Te la passo, fa la brava, mi raccomando."
"Grazie!"

Dopo qualche istante la sento rispondere da un altro apparecchio.

"Metti pure giù", grida a mio padre. "Ho preso di qua."

"*Hi, nana*!"

Appena pronuncio quelle parole, Sebastian avvicina la testa alla cornetta.

"*Hi, little squirrel, how are you*[28]?"

Io e Minnie ci parliamo sempre in inglese.

"Sto bene, nonna. Ho avuto dei giorni un po' bui ma ora è tutto risolto. Sono a casa di Sebastian, sai?"

"A casa di Sebastian? Accidenti, avete fatto in fretta voi due!"

Lo guardo e lui annuisce.

"È qui vicino a me che ti sente. Te lo passo, così ci fai due chiacchiere."

"*Hello, Sebastian*", dice Minnie quando gli passo la cornetta.

"*Hello, Mrs Knight,* che bello parlare con lei. Spero di poterla conoscere un giorno. Sua nipote mi ha raccontato tanto di lei."

"Chiamami pure Minnie e... sì, mia nipote è una ragazza meravigliosa. Non lo dico perché sono sua nonna, ma perché è vero. Mi raccomando, trattala come si deve."

---

[28] Ciao, scoiattolina, come stai?

"Farò del mio meglio, Minnie. Le auguro una buona serata."
Lui mi passa la cornetta e sento mia nonna ridacchiare.
"Tesoro, che bella voce il tuo Sebastian! E mi sembra anche bene educato. Brava."
"Sono contenta che ti abbia fatto una bella impressione, sai", le dico in italiano. "Mi piace tanto."
Lui mi guarda storto.
"Non è giusto", sussurra scuotendo la testa. Io alzo le spalle e sorrido.
"Mi raccomando, scoiattolina, fai la brava."
"Certo, sempre. Tu come stai nonna?"
"Tutto bene, i soliti dolori, ma a parte quello non posso lamentarmi."
"Ho voglia di vederti", le dico, immaginandola sotto la sua coperta di lana, in poltrona, davanti alla televisione.
"Pensa a divertirti con il tuo Sebastian, che il tempo scorre veloce e quando sarai qui con me, non farai altro che desiderare di stare di nuovo con lui."
"A proposito di tornare. Ho una novità: Sebastian mi ha fatto avere un colloquio a

quella scuola di fotografia di New York che vorrei frequentare. Ti rendi conto?"
"Molto bene. Questo ragazzo sta guadagnando punti ogni minuto di più. Ne hai parlato con i tuoi genitori?"
"No, e non farlo nemmeno tu, ti prego. Ci penserò a tempo debito e solo se verrò accettata."
Sospira.
"Va bene, ma non mettermi in situazioni impossibili, ok? Fai le cose con giudizio, per una volta."
"Va bene, promesso. Ora scappo che sto usando il suo telefono e chissà che bolletta gli arriverà!"
"Chiama presto scoiattolina. *Love you to the moon and back.*"
"*Me too, nana, take care.*"
Abbasso la cornetta. Lui mi guarda sorridendo.
"Allora?" gli chiedo.
"Sembrate davvero due amiche."
"Hai visto, te lo avevo detto."
"Solo che hai giocato sporco. Cos'era quella cosa che le hai detto in italiano?"

"Solo se mi dici di cosa stavate parlando tu e gli altri quando eravamo in sala prove e vi siete messi a ridere."

Sebastian ammicca.

"Wow, non ti sfugge nulla. Ho fatto un commento molto maschile. Qualcosa sul fatto che non riusciamo a smettere di fare sesso."

Mentre lo dice, rimette il telefono a posto come per evitare di guardarmi.

"Finalmente ti ho messo in imbarazzo", rido.

"Ma che dici... piuttosto adesso tocca a te."

"Le ho detto che mi piaci tanto."

Salto in piedi.

"Adesso scusa ma devo andare a lavarmi i denti."

"Dove credi di andare?"

Mi prende per il polso e mi tira verso di sé. Io scivolo, cadendogli addosso.

"Siamo due scemi."

Mi bacia. In quel momento sentiamo la chiave girare nella serratura e la porta aprirsi. Non faccio in tempo a tirarmi su che sento la voce di Patrick.

"Accidenti, ragazzi, andare in camera no?"

Lui e Nataniel scoppiano a ridere. Mi metto seduta e mi sistemo i capelli. Sebastian si alza come se nulla fosse e porta il piatto con la torta in cucina.
“Siete tornati presto, che succede?” chiede Bastian.
Mi prende per mano e si incammina verso camera sua. Patrick si tuffa in poltrona.
“Abbiamo grandi novità. Sei pronto?”
Nataniel torna dalla cucina con delle birre gelate, ne offre una a Patrick e si siede sul divano.
“Già, novità incredibili!” aggiunge.
“Avanti, non fatemi stare sulle spine. Che succede?” chiede Sebastian.
“Abbiamo chiamato Mark dal pub, come stabilito”, comincia a raccontare Patrick.
“Mark è il nostro manager”, mi spiega Bastian.
“Beh, appena ha sentito la mia voce è diventato matto”, prosegue Patrick. “Ha cominciato a dire che abbiamo fatto il botto. Che diventeremo delle star.”
“In che senso?” incalza Sebastian.
“In due giorni il nostro singolo è andato esaurito in tutti i negozi di dischi. Dice che

secondo lui da domani saremo nella *top three* in classifica. L'Inghilterra ci ama!"
"Oggi lo hanno chiamato quelli di MTV. Vogliono intervistarci", aggiunge Nataniel.
"MTV, capisci? Da quando abbiamo iniziato a registrare sono passate settimane senza che Mark ci facesse sapere qualcosa, pensavamo di essere diventati invisibili, e adesso, tutto a un tratto, si sono finalmente accorti di noi", dice Patrick, faticando a stare fermo sulla poltrona. Sebastian riflette per un attimo.
"Questo significa che gli americani ci offriranno il contratto alle nostre condizioni. Giusto?" chiede a Nat.
"Sì, ha detto Mark che la casa discografica americana ci offrirà un contratto pazzesco e una pioggia di soldi. Bastian, ce l'abbiamo fatta!" risponde Nataniel.
Il suo volto si illumina e alza i pugni. "*Yahoo*! Finalmente, era ora!"
Abbraccia i ragazzi, emozionato.
"Anni di lavoro e poi così, da un giorno all'altro, cambia tutto!"
Poi si gira verso di me e mi solleva da terra.

"Hai capito, *elskling*? Saremo famosi, finalmente!" mi rimette giù e mi bacia.

"Sono tanto felice per te, Sebastian. Sono felice per voi."

Guardo gli altri, emozionata.

"Dobbiamo brindare", dice Patrick.

"Aspetta", lo ferma Bastian, appoggiandogli una mano sul braccio, "prima firmiamo con l'America e aspettiamo di aver fatto questo speciale con MTV, poi ci scateniamo."

"Ha ragione lui", ribadisce Nataniel. "Aspettiamo."

Sebastian prende una birra e una cherry cola dal frigorifero poi torna da me.

"Noi andiamo di là, ragazzi. Grazie per la favolosa notizia."

Mi passa la cola e andiamo in camera sua.

21. Uno sguardo nel futuro

Durante la settimana che segue Sebastian passa le giornate tra sala di incisione, interviste e vari impegni di lavoro. Ci vediamo tutte le sere per trascorrere la notte insieme. Facciamo la spola tra casa sua e quella dei Taylor. A volte mi raggiunge nel mezzo della notte e si infila a letto ancora vestito, mi abbraccia e si addormenta. Altre, non fa in tempo a entrare in casa, che mi è già addosso e finiamo per fare l'amore senza nemmeno salutarci. Mi abituo subito ai nuovi ritmi. Trascorro le giornate con Sadie quando è libera da altri impegni. Se sono sola, invece, setaccio la città alla ricerca di facce, posti e situazioni da immortalare. In più di un'occasione, mentre cammino per le strade, in compagnia del walkman e della mia adorata Canon, mi sorprendo a desiderare che la vacanza possa durare per sempre e a fantasticare su un futuro con Sebastian. Ogni tanto invece mi immagino a New York o a Milano e mi chiedo come farò a restare senza di lui adesso che l'ho trovato.

Intanto, in un baleno, è di nuovo giovedì. Dopo averlo raggiunto in sala prove, andiamo a casa sua con del cibo cinese e mangiamo insieme per poi crollare entrambi sul divano davanti alla televisione.

...

"*God morgen*[29], Vic, è venerdì finalmente!"
Sebastian apre le tende e viene a porgermi una tazza fumante di caffè. Io mi stiracchio nel suo letto.
"Buongiorno!" rispondo come ormai d'abitudine, in italiano, al suo saluto norvegese.
"Che meraviglia il caffè a letto, grazie. Come mai sei già vestito?"
"Accidenti, non ti basta mai eh, *sexy pants*!" mi prende in giro.
"Dai."
Arrossisco e copro gli occhi con la mano.
"Mi sono svegliato presto, sono andato a correre, poi una bella doccia ed eccomi qui, pronto per questa giornata piena di impegni."

[29] Buongiorno.

Sorseggio il mio caffè.
"Che programmi hai?"
"Stamattina abbiamo l'appuntamento con i tizi della casa discografica americana per vedere se riusciamo a firmare questo benedetto contratto."
"Speriamo."
Incrocio le dita.
"Non so quando riuscirò a chiamarti. Nel pomeriggio dobbiamo sistemare dei pezzi. La settimana prossima iniziamo a registrare l'album."
"Non preoccuparti, tanto io passerò la giornata fuori con Sadie. Oggi abbiamo in programma Camden Town e poi il Victoria & Albert Museum."
"Bello, sono certo che vi divertirete."
Si avvicina e mi passa una mano intorno alla vita tirandomi a sé.
"Perfetto allora ci vediamo stasera al pub?"
Annuisco e inizia a baciarmi le spalle.
"Non iniziare adesso, o non potremo rispettare nessuno dei nostri appuntamenti."
Scappo dalla sua presa.
"Va bene, faccio il bravo, ma tu vestiti."

Infilo il suo accappatoio ancora umido e corro in bagno a farmi la doccia. Quando torno in stanza lo trovo che sta rifacendo il letto.

“Cacchio, ma come siamo ordinati stamattina.”

“Vuoi metterti questa oggi?”

Mi passa la sua camicia a scacchi blue di flanella. Io ci affondo la testa dentro e la annuso a pieni polmoni. Lui scoppia a ridere.

“Certe volte sei proprio disarmante.”

“Che posso farci se mi piace tanto il tuo profumo. Questa camicia poi, è la mia preferita. La indossavi la prima sera che abbiamo passato insieme.”

“Lo so, ti sta così bene.”

Faccio scivolare l’accappatoio sul letto poi dandogli le spalle mi chino in avanti e mi infilo un paio di slip rossi con i fiorellini e un reggiseno uguale.

“Sei tremenda” dice scuotendo la testa.

Metto la salopette e poi infilo la sua camicia.

“Bene così?” gli chiedo mentre mi osserva.

“Aspetta.”

Si alza e mi si avvicina poi me la annoda in vita.
“È tua.”
“No, a te sta così bene.”
“Tienila tu. Non si discute.”
“Ma lo sai che quando vuoi sei proprio autoritario?” gli dico.
“Lo so”, ride. “Me lo dicono tutti. Infatti, io ho un carattere terribile, Vic. Nessuno mi sopporta per più di un paio d’ore, nemmeno mia madre.”
Scoppia a ridere.
“Non è vero”, gli dico.
“Oh sì che lo è, fidati.”
“Bastian, sei pronto?” urla Patrick dalla sala.
Io raccolgo le mie cose e le metto in borsa.
“Sì, arriviamo”, gli risponde. “Patrick?”
“Sì?”
“Com’è il mio carattere?”
“Terribile!” lo sentiamo ridere dall’altra stanza.
“Te l’avevo detto.”
Alza le spalle e si dà un’ultima occhiata allo specchio.
“Beh, con me sei diverso.”

"Secondo me sei tu che sei tutta strana", dice, mentre si sistema il colletto della giacca blu per poi arrotolarne le maniche. La indossa sopra a un paio di jeans strappati e a una t-shirt a righe bianche e blu.

"Forse sì. Ma a me piaci così come sei."

Mi schiocca un bacio, poi torna a guardarsi allo specchio

"Come sto?"

"Sei bello da morire, come sempre", sospiro.

Lui mi dà una pacca sul sedere e apre la porta della camera.

"Vedi, sei sempre esagerata."

...

Dopo aver trascorso fuori tutta la giornata, Sadie e io torniamo a casa e ci prepariamo per la serata. Verso le sette scendiamo per la cena. Di sotto troviamo Owen seduto in sala a guardare il telegiornale mentre Susan prepara da mangiare in cucina.

"Come è andata la vacanza?"

"Bene, grazie Vicky. Mangiate con noi ragazze?" ci accoglie con un abbraccio Susan.
"Certo che mangiano con noi", dice Sam entrando in cucina, "adesso ci raggiungono anche Sebastian, Patrick e Nataniel."
Mi strizza l'occhio.
"Dobbiamo festeggiare."
"Festeggiare?" gli chiedo. "Novità del contratto? Ho provato a chiamare Sebastian un'ora fa e non mi ha risposto nessuno."
"Sì, l'ho sentito io oggi dal negozio. Hanno firmato il loro primo contratto internazionale. Comunque saranno qui tra una ventina di minuti e sono certo che Sebastian ti racconterà tutto di persona."
"Forse voleva farti una sorpresa", mi dice Sadie mettendomi una mano sulla spalla.
"Forse voleva farle una sorpresa", ripete ad alta voce tirando una sberla sulla nuca di Sam.
"Cretino!"
Scuote la testa.
"Possibile che non ci arrivi da solo?"

"Oh ma che palle. Tanto l'avrebbe saputo tra pochi minuti."

Sam mi bacia su una guancia e raggiunge suo padre in sala.

"Cacchio, tuo fratello sa sempre tutto prima di me. Mi viene un nervoso!" dico a Sadie.

"Guarda che quei due si raccontano tutto, tu non li hai ancora visti insieme. Sono il gatto e la volpe. Vedrai..."

"Accidenti, che bravi. Addirittura, un contratto internazionale?" dice Susan mentre la aiutiamo ad apparecchiare la tavola. "Eh, ma io l'ho sempre detto, con quel talento e quelle facce da bravi ragazzi..."

Faccio giusto in tempo a mettere il pane in tavola che suonano alla porta.

"Vado io", grida Sam dalla sala, tutto eccitato.

Li sentiamo fare un gran baccano, un attimo dopo Sebastian entra in cucina con in mano una bottiglia di champagne, cercando il mio sguardo. Apre le braccia, aspettando che gli corra incontro. Io non ci penso neanche un attimo e gli salto in braccio.

"È andata, *elskling*, ce l'abbiamo fatta!" mi dice. "Adesso sì che possiamo festeggiare."

Mi dà un bacio sonoro.

Appena mi mette giù, mi accorgo dell'espressione stupita di Susan che è rimasta ferma davanti a noi con in mano una brocca piena d'acqua.

Sadie guarda prima sua madre e poi suo padre che è appena entrato in cucina con gli altri.

"Sì, vi siete persi un bel po' di cose", ride.

"Allora sediamoci, così ci raccontate", dice Owen.

Mentre tutti si raccolgono intorno al tavolo e Susan va a posare la brocca, Sebastian mi bacia di nuovo, a lungo e lentamente, come se fossimo soli, tanto da farmi venire le vertigini.

Susan ci passa di fianco e gli sorride. Sebastian si stacca da me e le fa l'occhiolino, poi va a raggiungere gli altri a tavola mentre lei mi trascina davanti ai fornelli per un braccio.

"Accidenti, tesoro, raccontami tutto", mi dice.

In quel momento ci raggiunge Sadie.

"Ah sì mamma, non sai che dramma ti sei persa."
La freddo con uno sguardo.
"Che dramma?" chiede Susan.
"No, ma nulla di che, dicevo così per dire."
Sadie mi guarda sperando che sua madre non insista. Susan se la beve e continua.
"Comunque, siete proprio carini insieme. Tesoro, tu sei di famiglia e lui è un ragazzo così a modo", mi dice.
"Speriamo non sia sempre così a modo..." ridacchia Sadie mentre sua madre tira fuori l'arrosto dal forno.
"Di questo ne parliamo dopo", le rispondo a denti stretti, poi la prendo per il polso e la porto con me a tavola.
"Sadie!" la sgrida Susan mentre ci allontaniamo. "Guarda che ti ho sentita! Non mettere a disagio Vic. E tu Vic, non darle corda, ti prego, questa ragazza è un'incredibile pettegola!"
Mi siedo con loro a un capo del tavolo. Susan ci racconta delle loro vacanze e i ragazzi si mettono a studiare minuziosamente con Owen le clausole del contratto. Di tanto in tanto io e Sebastian ci lanciamo qualche sguardo complice.

Non vedo l'ora che la cena sia finita per restare da sola con lui e festeggiare come si deve.

"Perché non andate al mare questo weekend?" propone a un tratto Susan, interrompendo la conversazione dei ragazzi. "La casa è vuota e ci sono tanti posti letto. Almeno potete festeggiare per bene e passare qualche giorno respirando un po' di aria buona."

"Grande idea, mamma, sei sempre la migliore!" dice Sam entusiasta. "Che ne dite?"

"Per me va bene", risponde Sebastian e mi strizza l'occhio.

"Io ci sto. Ho anche le chiavi di Minnie, così possiamo dividerci in più case."

Sadie balza in piedi.

"*Totally tubular!* Vado a chiamare Matt."

Lascia la cucina.

Finita la cena, Owen prepara il caffè, mentre Patrick, Nataniel e Sam vanno in sala. Io e Sebastian finiamo di sparecchiare. A un tratto lui si ferma alle mie spalle, mi bacia la testa e dice: "Sai,

Susan, sono pazzo di questa ragazza. Grazie di averla ospitata."

Mi copro gli occhi con la mano e in quel momento sento le mie guance prendere fuoco.

Ma come fa a farmi sempre girare la testa?

"È un piacere averla qui", risponde Susan.

Sebastian la bacia sulla guancia e raggiunge gli altri in sala.

"Accidenti, conosco Sebastian da quasi due anni ormai e non l'ho mai visto così", dice Susan non appena restiamo sole.

Va sedersi a tavola con una fumante tazza di tè tra le mani e io la seguo. Mi siedo di fronte a lei e sospiro, il mento sulle mani, sorridendo.

"Ora che ci penso bene, non ho mai visto nemmeno te così."

In quel momento rientra in cucina Sadie e si mette a sedere con noi.

"C'è aria di primo amore qui, tesoro", le dice la madre.

"Lo so, hai visto che melensi?" rincara la dose Sadie. "Vi divorate con gli occhi. Mi fate anche un po' impressione."

Accompagna la sua frase con una smorfia di disgusto.
"Sempre esagerata mia figlia, scusala", ride Susan.
"Che scema che sei Sadie. Io mi sento tutta strana, sottosopra. Vivo con la testa tra le nuvole e vorrei sempre stargli appiccicata. Dite che dovrei aver paura?"
"No, tesoro, non c'è nulla di cui essere spaventati in quello che stai provando. È una cosa bella, naturale alla tua età. Che cosa ti preoccupa?" mi chiede Susan.
"Tra non molto dovrò tornare a casa e non me la sento proprio di lasciarlo."
"Non preoccuparti di questo", mi rassicura lei. "Oggi ho parlato con tua madre e le ho detto che ti stai divertendo tanto e che puoi stare qui tutto il tempo che desideri, anche se, te lo devo dire, Minnie scalpita già all'idea di rivederti, che tesoro!"
"Immagino. E mia madre cosa dice?"
"Per prima cosa dice che devi farti viva, dato che non ti parla da una settimana."
Mi guarda di traverso come se stesse sgridando una bambina, poi il suo sguardo severo si addolcisce.

"E dice che se vuoi puoi restare fino all'inizio delle lezioni."
Sorrido, poi mi rabbuio di nuovo. "Cacchio, prima o poi, dovrò raccontare ai miei della scuola di fotografia."
Sadie spiega tutto a Susan, che rimane a bocca aperta.
"Beh, ma che grande novità!"
"Altro che novità, mamma, *it's fucking amazing*[30]!"
"Linguaggio, Sadie! Ma come parli!" la sgrida, poi mi dice con dolcezza: "Victoria, tesoro, sono così felice per te. Credo però, che tu debba informare i tuoi genitori al più presto."
"Hai ragione Susan, volevo prendere tempo ma credo che sia inutile."
Lei annuisce.
"Quando dovrebbero farti sapere del colloquio?"
"Entro la fine della prossima settimana. Ho lasciato sia il vostro recapito che quello di casa mia, spero non vi dispiaccia."
"Tesoro, vai subito a chiamare i tuoi! New York è un bel cambiamento, devi prepararli", mi esorta Susan.

---

[30] È favoloso, cazzo!

Più tardi salgo in mansarda con Sadie e ci sediamo insieme sul divano per chiamare i miei genitori mentre lei mi tiene la mano.
"Pronto?"
"*Hi, mum*! Come stai?"
"Io bene, straniera, tu come stai piuttosto, non ti parlo da un po' ma so che senti la nonna tutti i giorni. Per fortuna che mi aggiorna lei e che Susan mi chiama ogni tanto, altrimenti avrei dimenticato il nome della mia piccola figlia degenerata. Come va? Li stai facendo impazzire?"
"No, mi sto comportando bene."
"Per fortuna. Mi ha detto la nonna che hai un ragazzo. Raccontami un po'."
"Sì, mamma, sto tanto bene con lui, sai? Si chiama Sebastian ed è davvero speciale. È norvegese e canta in un complesso pop. Pensa che mi ha fatto avere un colloquio per la scuola di fotografia che ho sempre sognato di frequentare."
In attesa della sua reazione, stringo la mano di Sadie. Mia madre resta in silenzio per un attimo.
"Vuoi dire quella di New York?"
"Sì, quella."

"Ma quanti anni ha questo ragazzo?" chiede mia madre.
"Qualcuno più di me, mamma, ma cosa c'entra questo adesso?"
"Qualcuno, quanti?" insiste.
"Ne ha venticinque, mamma", sbuffo. "Ma non perderti in questi dettagli. Il punto qui è che mi ha fatto avere una di quelle possibilità che capitano solo una volta nella vita. Non posso lasciarmela sfuggire, capisci?"
"Kiki. Ne abbiamo già parlato, non possiamo permetterci di mantenerti a New York e poi ti abbiamo iscritta a Brera. Ti prego, non fare la testa matta come al solito."
"Lo so, mamma, infatti non vi chiedo questo, però promettimi che se per caso dovessi vincere la borsa di studio mi lascerete andare."
"Tesoro, New York è lontana e tu sei molto giovane, ma con una borsa di studio, sarebbe di certo più ragionevole. Tu impegnati e lasciami parlare con tuo padre, ok? Non ti prometto nulla. Vediamo cosa dice lui."

"Va bene, grazie, mammina, grazie mille!" le strillo nella cornetta, le gambe che tremano per la gioia.
"Ruffiana, come sempre."
La sento sorridere e la immagino mentre scuote la testa, come fa sempre quando riesco a convincerla.
"Mi auguro che le sorprese siano finite per il momento. Ti sono bastate due settimane per sconvolgere tutti i nostri piani per il tuo futuro. Sei un terremoto, proprio come tua nonna, che è seduta qui al mio fianco e fa la finta tonta. Tanto lo so che vi siete già dette tutto."
"No, no, non sa nulla, e poi sai che io i piani li odio", le dico sorridendo e lei capisce che sto mentendo.
"Siete come due ragazzine."
"Su, Doris", le dico. "Lo sai come siamo, ci vogliamo bene."
"Sì, Doris, Doris… tu, signorina, odi i piani solo quando ti fa comodo. Senti, piuttosto, quando hai intenzione di tornare?"
Sadie, che origlia al mio fianco, sillaba la parola 'settembre' senza emettere suono.

"Mamma, posso stare qui almeno fino ad agosto? Non ho molto da fare a casa e ho ancora molti soldi."

"Mettiamola così: puoi rimanere fino a settembre se ti bastano i tuoi risparmi. Altrimenti devi tornare a casa. Ok? E se crei problemi ai Taylor, torni immediatamente."

Sadie si avvicina alla cornetta e urla a mia madre: "Ma quali problemi, Doris, la amiamo alla follia!"

Mia madre ride.

"Tesoro, ti prego vacci piano con questo ragazzo. Sii ragionevole e usa la testa e mi raccomando le precauzioni, alla tua età..."

"Uffa, dai ma', non mi rompere", la interrompo alzando gli occhi al cielo. "Adesso devo andare, non preoccuparti ok? Salutami tutti."

"Victoria, non fare la villana e fatti sentire più spesso."

"Va bene, vi chiamo appena ho novità. Ah, dimenticavo, questo fine settimana andiamo al mare a casa della nonna. Ho fatto bene a portarmi le chiavi. Ci sentiamo quando sono lì."

Metto giù la cornetta e lascio la mano di Sadie che mi guarda e imitando il tono di mia madre mi chiede: "Allora dimmi, Victoria, state usando precauzioni?"
"Non ti ci mettere anche tu adesso."
Le do una spintarella.
"Va bene, ma tu come stai?" mi chiede mentre mette il vinile 'Seventeen Seconds' dei Cure nel giradischi.
"Che ti dico, amica? Sono nei guai, Quanti sono? Venti minuti che non lo vedo? Ecco, mi manca già da morire."
"Ma è di sotto, scema."
"Lo so, ma mi manca perché non è con me. Chissà se per lui è lo stesso?"
"Non so se siamo al tuo livello di follia", mi sorride. "Ma mi sembra molto coinvolto."
Sospiro.
"Spero."
"Che bello Vicky, sono felice per te", dice abbracciandomi. "Adesso scendo, credo che sia arrivato Matthew."
"Ok, Puoi chiedere a Sebastian di raggiungermi?"
"Certo, ci vediamo quando sei pronta", mi dice prima di sparire giù per la scala.

"Peccato che Sam ti abbia rovinato la sorpresa", dice Sebastian venendo a sedersi sul letto. "Avrei voluto dirtelo io del contratto."
Mi osserva con attenzione mentre mi trucco davanti allo specchio.
"Sam è fatto così."
Alzo le spalle mentre metto il mascara: "Raccontami com'è andata, piuttosto."
"È stato incredibile, ci hanno trattato come delle vere star. Questa volta siamo stati noi a dettare le condizioni e pensa che ci hanno parlato anche della prospettiva di un tour mondiale se le vendite dovessero continuare così."
"Cacchio, ma è pazzesco! Sta succedendo veramente!"
"Sei contenta, *elskling*?"
Mi infila un dito nel passante dei jeans e mi tira verso di sé.
"Certo che lo sono", sorrido. "Ma fa anche un po' paura."
"Di cosa hai paura, piccola?"
"Paura che cambierà tutto. Tu, noi..."
"Non cambierà quello che sono, tanto meno quello che abbiamo."
Si alza e mi accarezza la guancia.

"Anzi, per la prima volta dopo tanto tempo mi sembra che tutto cominci ad avere un senso."

22. La finestra sul mare

"Non capisco la ragione di tutta questa fretta", sbuffa Sadie mentre la trascino giù per le scale.

"Avrei potuto fare tutto con calma e invece mi ritrovo qui sotto, al freddo, con venti minuti di anticipo, struccata e spettinata, per colpa tua!"

Sbatte la valigia sul marciapiede come una bambina capricciosa.

"Non rompere, Sadie. Dobbiamo andare al mare, non a un matrimonio. Che differenza vuoi che faccia se per una volta non sei perfetta. Tanto sei comunque bellissima e lo sai. E poi, dai, voglio essere qui quando arriva Bastian."

"*Voglio essere qui quando arriva Bastian*", mi fa il verso con voce infantile.

"*Oh God, you two are so cheesy*[31]!"

Alza gli occhi al cielo.

"Sei proprio odiosa stamattina."

Le do una pacca sulla spalla e mi giro a guardare verso l'uscita della metropolitana. Ho le mani gelate e lo

---

[31] Oddio, voi due siete così melensi!

stomaco chiuso. Mi sistemo i capelli, controllo l'ora. Sono le otto meno cinque quando finalmente lo vedo in lontananza. Viene verso di noi camminando a passo spedito. Dietro di lui, Patrick e Nataniel parlano animatamente. Lascio lo zaino per terra e gli corro incontro. Gli salto in braccio. Mi prende al volo, quasi perde l'equilibrio e si mette a ridere. Mi bacia.

"God Morgen, *elskling*! Come sei energica stamattina."

"Buongiorno", lo saluto in italiano. "Sono felice di vederti."

Cammina per qualche metro tenendomi in braccio mentre io gli sfilo gli occhiali da sole e li inforco. Quando arriviamo davanti al portone mi lascia scivolare a terra.

Saluta Sadie e Sam e si sistema la sacca di stoffa che porta sulla spalla.

"Come fai a essere sempre così bella?"

Mi sfiora il collo con un bacio.

"Oddio, adesso vomito", esclama Sadie passandoci vicino.

Sebastian aggrotta le sopracciglia.

"Non farci caso", esclamo a voce alta, "stamattina Sadie è intrattabile."

Mattew parcheggia la sua Golf davanti a noi.

"*Morning guys*!"

Scende, dà un bacio a Sadie, le carica la valigia nel bagagliaio e torna alla guida. Sadie si sistema al suo fianco. Abbassa il parasole e sbuffa, guardando il suo riflesso nello specchio.

"Allora? Salite o facciamo notte?" ci incalza, sporgendosi dal finestrino.

"Arriviamo", risponde Sebastian mentre sistema le nostre borse nel baule. Chiude il portellone e viene a sedersi accanto a me sul sedile posteriore. Lo abbraccio.

"Mi sei mancato stanotte", gli sussurro in un orecchio. Lui mi prende il viso tra le mani e mi guarda negli occhi, restando in silenzio. Il mio cuore fa una capriola.

"Allora, patti chiari e amicizia lunga", interviene Sadie. "Durante il viaggio niente moine, altrimenti giuro che trovo il modo di dividervi. Mi aspetto la massima partecipazione: che si giochi, si canti o si chiacchieri. L'unica concessione che posso farvi è un sonnellino. Ognuno seduto al suo posto. Nessun contatto fisico."

Poi si rivolge a Matt con il sorriso.

"Tu no, amore mio, perché devi guidare."
Si gira verso di noi e torna seria.
"Sono stata chiara con voi due piccioncini qui dietro?"
Sbuffo. Sebastian scuote la testa guardando Matthew dallo specchietto retrovisore.
"Sarà un viaggio memorabile", dico sporgendomi verso i sedili davanti, "sono proprio contenta che siamo saliti in macchina con te, Sadie."
Bastian e Matt scoppiano a ridere.
Per l'ora successiva, lei ci intrattiene con il gioco dell'impiccato e alcune sue creative variazioni di giochi da viaggio, poi finalmente ci dà tregua e ci lascia accendere la radio. Proprio quando entriamo a Brighton, lo speaker annuncia: "*Questa è 'Stay' e loro sono gli Shine Away, il gruppo che sta facendo sognare centinaia di adolescenti.*"
Sadie alza il volume e io, che ormai la conosco a memoria, la canto a squarciagola.
"Ormai è una specie di groupie!" esclama Matthew.

Sebastian mi si avvicina e mi stringe un braccio intorno alle spalle.
“Cosa ne hai fatto della mia amica? Era un tipino così a posto...” gli chiede Sadie e lui scoppia a ridere.
“Sono la ragazza del cantante, cretina, molto più di una semplice groupie!”
Lui mi scompiglia i capelli e io gli rubo un bacio.
Quando arriviamo sul lungo mare e parcheggiamo davanti a casa, Matthew tira giù il finestrino e fa sentire la musica anche al resto della compagnia.
“Sentite questa matta come canta la vostra canzone!” dice a Patrick e Nataniel.
“Grande, Vicky è la nostra fan numero uno”, dice Nataniel.
Finisce il pezzo e ci dividiamo nelle due case comunicanti. Quando noi quattro entriamo in quella di nonna Minnie, l’aria è pregna di un aroma di legna e fiori.
“È sempre bellissima. Proprio come la ricordavo!” dice Sadie. “Questo profumo di violetta mi ricorda tanto tua nonna.”
“È vero, è proprio il suo. Per fortuna ti sei calmata. Pensavo di dover chiamare un esorcista.”

"Spiritosa", risponde e inizia a salire le scale. "Io e Matt dormiamo in camera dei tuoi, ok?"
"Perfetto. Noi in quella dei nonni."
"Immaginavo", dice lei.

Lo sa quanto ci sono affezionata.

Sebastian mette le nostre borse in sala mentre apro le tende e accendo la stufa.
"Ti piace?" gli chiedo. Lui si guarda intorno.
"Sì, è calda e intima", mi dice senza voltarsi. "Sei tu, questa?"
Indica una foto in bianco e nero sopra il caminetto. Ritrae una bambina che sta scartando un regalo seduta ai piedi di un grande albero di Natale. Annuisco.
"Credo fosse il mio quinto compleanno."
"Davvero? In che giorno sei nata?"
"Il trentuno dicembre, la vigilia di Capodanno. Che fortuna, eh?"
"Invece è bellissimo. Puoi festeggiare sempre con i tuoi amici."
Alzo le spalle.
"E tu?"

"Il venticinque agosto. Non sai da bambino quanti compleanni ho trascorso in vacanza con la mia famiglia. Lontano dai miei amichetti, solo con le mie sorelle. Una noia..."
"Quante sorelle hai?"
"Due: una di trent'anni e una di diciannove. Tu sei figlia unica?"
"No, ho anche io una sorella e un fratello più grandi di me."
"Vi somigliate?"
"Non molto. Loro sono gemelli, molto simili e legati tra loro. È come se venissimo da pianeti diversi."
Si siede sul divano mentre preparo il caffè.
"Tra me e Ingrid, quella maggiore, è lo stesso. Lei si è sposata giovanissima e vive da dodici anni a Oslo con il marito. Non ci sentiamo quasi mai."
Rimane per un attimo assorto nei suoi pensieri, poi torna a guardarmi.
"Iris, la piccola, invece mi somiglia tanto, sia caratterialmente che fisicamente."
"Che bel nome Iris. Lei vive ancora con i tuoi?"
"Sì, con mia madre."
"E tuo padre?" chiedo senza pensare.

"Lui non c'è più."
I suoi occhi diventano tristi.
"Da tre anni."
"Mi dispiace tanto."
Gli porgo una tazza di caffè fumante e mi siedo al suo fianco. Tiene gli occhi bassi.
"Gli ero molto legato. Non è facile per me parlarne."
Chinato in avanti, soffia sul suo caffè, la tazza stretta tra le mani grandi.
"Un giorno ti racconterò di lui."
"Quando ne avrai voglia. Non c'è fretta."
Gli accarezzo la schiena. Annuisce e sul suo volto appare l'accenno di un sorriso.
"Ti va di mostrarmi il resto della casa?"
"Certo."
Quando arriviamo in cima alle scale e apro la porta della camera dei miei nonni, Sebastian rimane a bocca aperta.
"Accidenti che vista, questa camera è stupenda!"
Lascia cadere le valige sul pavimento e si butta sul letto in ferro battuto.
"Da qui si vede l'oceano", esclama. "Ha un'aria familiare. Sai che anche la mia camera a Tromsø ha la vista sul mare?"

"Che meraviglia. Ma come hai fatto ad andare via?"
"Eh, partire era l'unica possibilità di poter realizzare il mio sogno."
Alza le spalle.
"È come per te New York… "
"Già", sospiro, "ti capisco."
"Comunque, qui è proprio bello. Ci vivrei volentieri", dice.
"Ho tanti ricordi in questo posto. Tutti legati ai miei nonni. In particolare, a Minnie. Non so come avrei fatto a crescere senza di lei."
Lo raggiungo sedendomi sul bordo del letto.
"Parlami di Minnie, dai. Hai trascorso molto tempo qui con i tuoi nonni, da bambina?"
"Tre mesi tutte le estati e alcuni natali fino a un paio di anni fa. Poi, dopo la morte di mio nonno, nonna Minnie è venuta a stare con noi ed è cambiato tutto. Da allora sono venuta qui solo qualche volta e per pochi giorni."
Mi alzo e vado ad affacciarmi alla finestra.
"Però il lato positivo è che ho potuto avere Minnie con me ogni giorno."

Passo la mano sulla tenda di velluto blu petrolio.
"Questo posto mi è mancato tanto, sai?"
Mi riempio i polmoni dell'aria pregna di salsedine. Lui scende dal letto e mi viene alle spalle, le braccia intorno alla mia vita.
"È davvero un bel posto", dice.
"Ti va una passeggiata sulla spiaggia?"
Lo bacio su una guancia e gli sposto un ciuffo di capelli che gli scende sugli occhi.
"Certo, *elskling*."
"Mettiti qualcosa addosso, il tempo qui è capriccioso e l'aria sempre un po' frizzante."
"Ricordati che sono norvegese, *sexy pants*. Questa per me non è che una brezza leggera, piuttosto copriti bene tu."
"Guarda che io sono mezza inglese, non fare il brillante!"
Prendo la macchina fotografica e lo seguo giù per le scale. Lui ride e scuote la testa.
Attraversiamo la strada e scendiamo in spiaggia. Mentre camminiamo verso il mare, lui mi tiene una mano nella tasca posteriore dei jeans, io un braccio intorno alla vita.

"Il mare mi piace tanto. È così immenso e misterioso ma al tempo stesso è il posto che mi fa sentire più sicura al mondo."

Scatto una foto al panorama.

"Fin da bambina, quando ero triste o arrabbiata, venivo in spiaggia e mi sedevo su quel frangiflutti laggiù."

Indico con il dito un punto all'estremità del litorale.

"Da piccola ci andavo con mio padre. Lui pescava e io restavo seduta in silenzio per ore. Certe volte portavo con me una bambola o un libro e leggevo o ascoltavo il rumore delle onde."

"Ti capisco, per me è lo stesso. Quando tutto sembra troppo e mi sento soffocare, mi basta una passeggiata nei boschi o sulla spiaggia per sentirmi più leggero."

Si china su di me e mi bacia.

"Portami nel tuo posto segreto."

"Va bene."

Lascio la presa e comincio a correre sempre più forte.

"Dove scappi? Guarda che io sono molto più veloce di te, mi sembra di avertelo già dimostrato."

Mi raggiunge e mi prende per la vita. Ci sdraiamo sulla spiaggia. Ho la sensazione di stare con lui da sempre. Gli scatto una foto e poi ne faccio una al cielo.
"Guarda che bello."
È di un azzurro intenso, attraversato da candide nubi che corrono veloci. Restiamo un attimo a osservarlo.
"Resta", mi dice a un tratto.
Lo guardo: i suoi occhi sembrano fare da specchio al blu che ci sovrasta.
"Sono qui, non vado da nessuna parte."
"Rimani con me fino a quando non devi iniziare la scuola? O magari a Milano potresti non tornarci."
"Dici sul serio?"
Mi metto a sedere al suo fianco.
"Sì. Ieri sera, quando mi sono ritrovato solo nel mio letto per la prima volta, dopo tutte le notti passate insieme, non mi è piaciuto per niente."
Mi accarezza. Io mi faccio ombra con una mano per riuscire a guardarlo negli occhi.
"Mi piacerebbe, ma non posso chiedere ai Taylor di ospitarmi così a lungo."
"Questo non è un problema."

Alza le spalle e senza pensarci un attimo aggiunge.
“Puoi venire a stare da me.”
“Tu sei matto.”
Scoppio a ridere.
“Non ridere, sono serio. Quando torniamo, raccogli le tue cose e le porti da me. Dopo che ti avranno chiamato da New York per il colloquio, si vedrà. Allora? Che ne pensi?”
“Oh, cacchio!”
Prendo la sua mano e me la metto sul petto.
“Ecco cosa penso.”
Il mio cuore batte così forte che sembra stia per scoppiare. Lui mi tira verso di sé facendomi perdere l’equilibrio e mi bacia. Lo fermo.
“Aspetta un attimo. Mi hai appena chiesto di venire a vivere con te. Te ne rendi conto?”
Sorride.
“Sì. Lo so.”
“E se poi mi prendono a New York?”
“Se ti prendono alla scuola di fotografia, troveremo una soluzione.”

“Ma ho soltanto i soldi sufficienti per un paio di mesi.”
“Ti troviamo un lavoro, oppure a te ci penso io. Adesso, dimmi solo che resti con me, *elskling*.”
Spalanco gli occhi e gli sorrido.
“Siamo pazzi, lo sai? Stiamo insieme da due settimane.”
Annuisce e io mi metto a cavalcioni su di lui e inizio a tempestarlo di baci.
“Tu sei matta! Non mi fai respirare così!”
Cerca di riprendere fiato e mi fa il solletico per disarcionarmi.
“Allora lo prendo come un sì?”
“Sì! Certo che sì!”
Mi alzo e inizio a correre per raggiungere il mio posto sopra il frangiflutti.
“Muoviti, lumaca!”
Percorro il mio molo tutto fino alla punta della banchina.
“Noi due andiamo a vivere insieme!” urlo verso il mare. Sebastian è dietro di me.
“Il tuo posto segreto, eh? Bello. Sei tutta matta, lo sai?”
Mi sistema i capelli spettinati dal vento e mi abbraccia.

"Il modo in cui mi stai guardando adesso..." sospiro. "Nessuno mi ha mai guardata così prima d'ora."
Mi bacia il dorso della mano.
"Hai fame? Io sto morendo", mi dice.
"Anche io. Ti porto in un posto dove fanno un ottimo fish and chips, seguimi."
Ci incamminiamo insieme verso il centro.

...

"Cosa fate voi due?"
Sadie fa cadere a terra una tazza piena di the che va in pezzi.
"Ma siete impazziti, Vicky? State insieme da cinque minuti. Cosa avete al posto del cervello, segatura? Come fate con i soldi? E la scuola? E chi lo dice ai tuoi adesso?"
Si batte una mano sulla fronte e si lascia cadere sopra una sedia.
"Cacchio, datti una calmata. Certo, non mi aspettavo una festa, ma nemmeno questa piazzata!"
Sbuffo raccogliendo i pezzi della tazzina da terra.
"Dico solo che non mi sembra una decisione molto saggia", aggiunge, più calma.

"Lo capisco, ma Bastian ha pensato a tutto; non preoccuparti. Troverò un lavoretto per pagare la mia parte di affitto e poi, quando sarà il momento di ricominciare la scuola, vedremo. Vogliamo solo stare insieme, capisci Sadie? È l'unica cosa che conta."

"Tesoro, io capisco che ti sei innamorata, ed è la prima volta", mi dice passando lo straccio sul pavimento. "Sono davvero molto felice per te, ma hai studiato tanto per essere ammessa all'accademia delle belle arti. Sarebbe un peccato buttare via tutto. Senza parlare del fatto che lui è più grande di te e ha molta più esperienza. Ho paura che tu possa soffrire."

"Non dire così; lui non mi farebbe mai del male. Ora lo so, ne sono certa."

"Sediamoci un momento, Vicky", dice, la sua mano sulla mia. "Secondo me ti stai buttando in questa storia senza ragionare."

Mi guarda dritto negli occhi.

"Voglio che tu ti renda conto di come stanno le cose: Sebastian ha firmato un contratto con una casa discografica internazionale, il gruppo è già molto famoso in Norvegia e sta decollando anche qui in UK. Tra poco sarà la volta degli Stati Uniti. Anche se ora ti senti il centro del suo mondo, presto dovrai dividerlo con molte persone e questo cambierà tutto. Quello che sta per succedere nella sua vita è enorme e se vai a vivere con lui, ogni minimo cambiamento riguarderà anche te, che tu lo voglia o meno.”

“Sì, ma ho capito, solo che... ”

“Lasciami finire, ti prego. Sai che io sono sempre la prima ad assecondare le tue piccole follie, ma qui stiamo parlando della tua vita e dei tuoi sogni. Quindi tesoro, per favore, pensaci bene prima di prendere delle decisioni importanti.”

“Va bene, ci penserò.”

Sbuffo.

“Adesso però, ti prego, smetti di fare la mamma e comincia a essere felice per me e magari anche un po’ invidiosa.”

Mi scappa da ridere.

“Quanto sei cretina!”

Scoppia in una risata e mi abbraccia, scuotendo la testa.

“Certo che sono felice per te. Guardati: due settimane fa, il tuo problema più grande era cosa metterti per uscire, mentre adesso devi dire ai tuoi che vai a vivere con un ragazzo che è anche il cantante di una band di successo. Sei sempre stata un casino ma con l'età stai peggiorando. Adesso vado a farmi un bagno, e per il tuo bene augurati che ci sia abbastanza acqua calda."

Mi bacia la guancia e corre al piano di sopra.

I ragazzi sono andati al pub con la scusa di fare un po' di spesa e io approfitto del momento di tranquillità per andare a stampare qualche foto. Nonna Minnie mi ha lasciato adibire una stanzetta a camera oscura, così quando vengo qui, posso trascorrere i piovosi pomeriggi inglesi a lavorare sulle fotografie. Dopo circa un'ora, sento bussare alla mia porta.

"Avanti", dico ad alta voce.

La tenda scura lascia entrare un filo di luce nella stanza buia.

"Che bello qui!"

Riconosco subito la voce di Sebastian.

"Grazie", dico, baciandolo. "Benvenuto nel mio secondo posto speciale."

"Su cosa stai lavorando?"

Mi si avvicina e si sporge oltre la mia spalla.

“Stavo sviluppando delle foto che ho scattato a Londra.”

“Questa quando l’hai fatta?” mi dice, mentre sulla carta immersa nel liquido di sviluppo appare lentamente il suo profilo.

“Te l’ho fatta in sala prove, la sera che ti ho baciato”, gli sorrido e mi volto imbarazzata.

“È bellissima. Dovremmo trovare il modo di crearti un angolo così anche da me.”

Mi prende per i fianchi e mi bacia il collo mentre sposto la stampa nella bacinella con il liquido di fissaggio.

“Se fai così, non riesco a combinare nulla, però… ”

“Va bene, scusa.”

Si allontana e inizia a camminare in silenzio tra le fotografie appese.

“Non mi ero reso conto che mi avessi scattato tutte queste foto. Posso tenerne qualcuna?”

“Certo, tutte quelle che vuoi.”

“Per adesso, prendo questa.”

Stacca dal filo l'immagine dei nostri vestiti mischiati sul pavimento della mansarda. Sorrido.
"Finito qui, ti va di salire?" mi chiede. Indovino la sua espressione prima ancora di voltarmi. Appena mi giro mi bacia, così a lungo da togliermi il fiato.
"Finisco qui. Ci vorrà solo un momento" rispondo quando allontana le labbra dalle mie.
"Grigliata in spiaggia?" urla Sadie dall'altra stanza.
Sebastian mi guarda e alza le spalle.
"Per me va bene."
"Perfetto", rispondo a Sadie. "Lasciaci un'oretta e vi raggiungiamo."
"Va bene, piccioncini. Noi usciamo adesso, ci vediamo lì."
Mi giro verso Sebastian e gli strizzo l'occhio.
"Andiamo a farci una doccia?"

...

"Ci prenderanno tutti per il culo, vedrai" dico a Sebastian mentre attraversiamo la strada per raggiungere la spiaggia.

Indossiamo due felpe uguali che abbiamo preso in prestito dal cassetto dei miei fratelli.
"Ne sono certo, ma non importa."
Mi bacia sulla fronte.
Quando li raggiungiamo, sono le sette e mezza e il sole non è ancora tramontato. Sam, il braccio stretto intorno alle spalle di Cindy, inizia a sfotterci attirando l'attenzione degli altri.
"Che carini gli Hansen stasera! Peccato che dobbiate tornare presto a casa per mettere a letto i bambini!" ridacchia.
"Siete appena tornati dal golf?" rincara la dose Nataniel.
"Molto spiritosi, come sempre..."
Sebastian prende una birra e mi passa una cherry cola. Raggiungo le ragazze e mi siedo vicino a Camille davanti al fuoco.
"Davvero, Vic?" esordisce Sadie. "Le felpe uguali? Ma che vi è preso a tutti e due?"
"Una tortura stare con loro oggi", dice rivolgendosi a Camille. "Non ti dico..."
Alza gli occhi al cielo e io scoppio a ridere.
"Tutta invidia."
Patrick inizia a suonare la chitarra e Sebastian si schiarisce la voce. Io mi

avvicino subito a loro e inizio a scattare qualche foto. Camille mi segue facendo attenzione a ogni mio movimento.
“Che obbiettivo stai usando?”
“Un cinquanta.”
“Esposizione?”
“200 ISO. Tieni, provala.”
Mi sfilo dal collo la Canon e gliela passo.
“Per stasera è tua. Divertiti.”
“Ma dici davvero?”
La tiene un attimo in mano.
“Certo, sfogati. Hai tutto il rullino per te.”
“Grazie.”
Mi bacia la guancia e si mette la cinghia di pelle intorno al collo poi inizia a scattare.
Matthew e Josh preparano la carne sulla brace. Sam e Sebastian seduti in disparte sembrano assorbiti in una fitta conversazione. Li guardo e scuoto la testa.
Nonostante siano passati pochi giorni i momenti trascorsi con Samuel, sono già un ricordo lontano.
Sadie, intanto è seduta con le altre ragazze vicino al fuoco.
“Mi ricordo la volta in cui Vicky si era presa una cotta per il ragazzo del bar sulla spiaggia.”

Tra una parola e l'altra addenta una salsiccia.
"Ha passato tutta l'estate a mangiare solo ghiaccioli e gelati."
Scoppia a ridere.
"Quanti mal di pancia, per via di quella sbandata! Ti ricordi, Sam?"
A sentire pronunciare il proprio nome Sam sobbalza.
"Cosa?" chiede alla sorella.
"Ti ricordi la sbandata di Vicky per il barista?"
"Oddio, sì. Tra l'altro non è che fosse poi così bello. Come mai ti piaceva così tanto, Vicky?"
"Non so aveva un bel sorriso, se non ricordo male."
"Non l'hai visto in costume, Sam", aggiunge Sadie. "Di faccia non era eccezionale, ma aveva un corpo pazzesco. In questo non sei cambiata."
Poi indica con un leggero movimento della testa Sebastian che si è alzato e sta venendo verso di me. Tutti scoppiano a ridere e io arrossisco.
"Cretina!"

La spingo, dandole una leggera pacca sulla spalla.
Sebastian mi raggiunge e si accovaccia dietro di me.
“Allora straniera, ti piaceva il barista con il corpo atletico?”
Mi copro gli occhi con la mano.
“Quasi non me lo ricordo.”
Si alza e mi tira su.
“Non ti avevo mai visto chiacchierare così con Sam.”
Mi sollevo in punta di piedi e stringo le mani dietro al suo collo.
“Sono felice che tra voi le cose siano tornate come prima.”
“Anch’io.”
Mi mette un braccio intorno alla vita.
“Ve la rubo per un attimo”, dice alle ragazze.
“Addio, amica”, mi saluta Sadie.
Sebastian si ferma proprio dove si infrangono le onde. Restiamo in silenzio a guardare verso l’orizzonte: le luci del Brighton Pier e delle case si riflettono sul mare.
“Di cosa parlavate tu e Sam?” gli chiedo.

"Del contratto, dei cambiamenti che stanno avvenendo nelle nostre vite. Di te e di Cindy."

Si volta e mi prende il viso tra le mani. Rimane a guardami in silenzio per qualche sitante. I suoi occhi mi scavano dentro.

"A cosa pensi?" gli chiedo.

"Che voglio andare a casa."

Sorride e posa le labbra sulle mie. Le sue mani fredde si infilano sotto la maglia e mi sfiorano la pancia. La pelle fa scintille sotto il suo tocco.

"Adiamo adesso", sospiro.

Accenna un sorriso e mi prende per mano. Mentre ci avviamo verso casa il cielo è terso, l'aria notturna ci fa rabbrividire. Saliamo in camera, accendiamo il caminetto e ci infiliamo infreddoliti sotto le coperte. Facciamo subito l'amore, chiacchieriamo per un po' e ci addormentiamo cullati dal lontano sciabordio delle onde.

23. Minnie

Il trillo del telefono mi sveglia di soprassalto. È buio. Impiego qualche secondo per capire dove mi trovo. Scivolo via dalle braccia di Sebastian e fuori dal letto. Accendo la luce, mi infilo la vestaglia e corro giù per le scale. Dietro di me sento i suoi passi.

"Chi può essere a quest'ora di notte?"

Non rispondo. Mi batte forte il cuore. Quando finalmente lo raggiungo, il telefono non ha ancora smesso di suonare.

"Pronto?"

Le mie mani sono gelate. Ho quel fastidioso bruciore alla base del collo, un brutto presentimento.

"Victoria, tesoro, scusa per l'ora ma la nonna sta male."

Queste parole pronunciate dalla voce tremante di mia madre mi fanno perdere l'equilibrio.

"Oh..."

Mi lascio cadere sul divano.

"Come, la nonna sta male? Non capisco, stava bene..."

"Siamo in ospedale, devi tornare a Milano appena possibile. Usa i soldi di emergenza che ti ha lasciato papà e torna subito a casa."
Scoppia a piangere. Poi la sua voce si fa lontana.
"Mamma, non piangere, ti prego. Cosa sta succedendo?"
La sento singhiozzare.
"Mamma, parlami, ti prego."
La voce mi si spezza in gola.
"Parlale tu", dice a qualcuno.
"Kiki?"
La voce calma di mio padre contrasta con la profonda angoscia di mamma.
"Papà, cos'è successo alla nonna?"
Stringo la mano di Sebastian seduto al mio fianco.
"Amore, la nonna ha avuto un attacco di cuore. Scusaci, non volevamo spaventarti. Ma la mamma è tanto agitata."
"Un attacco di cuore? E come sta adesso?"
Mi porto una mano alla bocca.
"Ora è stabile", aggiunge, "però ha chiesto di te ripetutamente. Sta riposando. Sono certo che andrà tutto bene, ma vorremmo che fossi qui quando si sveglia."

"Va bene. Ma sei sicuro che adesso stia meglio? Posso parlarle?"
"Adesso dorme, tesoro, ma stai tranquilla, sta meglio."
"Parto domattina con il primo aereo."
Mi trema la voce.
"Voi chiamatemi se cambia qualcosa, ok?"
"Va bene. Abbiamo controllato: ci dovrebbe essere un volo alle nove e il primo treno da Brighton è alle sei. Adesso dobbiamo andare."
"Va bene, papà. Prenderò quello. A domani. Un abbraccio."
"A domani, tesoro. Andrà tutto bene, stai tranquilla."
Metto giù e scoppio in un pianto disperato tra le braccia di Sebastian. Sadie e Matthew stanno in piedi davanti a noi. Cerco di riprendere fiato e racconto loro quanto accaduto. Sadie si china su di me.
"Vicky guardami, ti ho mai detto bugie?"
Scuoto la testa.
"Ecco, vedrai che andrà tutto bene. Minnie è molto forte e ce la farà. Domani vi abbraccerete di nuovo. Niente paura."

"Non posso lasciarti da sola, ma non ho i documenti con me", dice Sebastian con la voce ancora impastata dal sonno.

"Non c'è problema. Vado da sola."

Mi asciugo le lacrime con il dorso della mano.

"Lunedì avete anche l'intervista. Non preoccuparti, si tratta soltanto di un paio d'ore di volo."

"Vengo io", interviene Sadie. "Ha ragione Sebastian: non è il caso che tu vada da sola."

Lui la guarda e annuisce.

"Grazie."

Le posa una mano sulla spalla.

Una lacrima mi cade sulla gamba e Sebastian la asciuga passandoci sopra la mano.

"Grazie, Sadie."

"Non fare la scema, Vicky, siamo come sorelle. Non c'è bisogno di ringraziarmi."

"Ora torniamo a letto", dice Sebastian. "Dobbiamo provare a riposare un po' prima di partire. Il treno è tra sole quattro ore."

Sadie e Matthew tornano in camera. Sebastian mi prepara una camomilla calda e torniamo a letto.

“Domani parto con voi. Torno a Londra, prendo il passaporto e ti raggiungo.”

“No, Sebastian, non voglio che rinunci ai tuoi impegni. Sono troppo importanti.”

“Tu adesso pensa solo a stare tranquilla.”

Bevo la camomilla e mi accoccolo tra le sue braccia, tenendo la testa sul suo petto. Lui mi accarezza i capelli. Parliamo un po’ di Minnie poi restiamo in silenzio ad aspettare che sorga il sole. Ci alziamo con le prime luci del mattino. Facciamo doccia e colazione, poi, le facce segnate dalla stanchezza, prendiamo il primo treno verso nord. Io e Sadie scendiamo in aeroporto, Sebastian prosegue per Londra.

Le nostre mani strette per tutto il viaggio si dividono solo quando devo scendere. Lui mi saluta con un bacio e mi segue con lo sguardo finché il treno non abbandona la stazione. Quando perdo il contatto visivo con lui, tutto a un tratto mi sento terribilmente sola, come se mi mancasse una parte del corpo.

Non posso perdere Minnie. Non sono pronta.

Carico lo zaino sulle spalle e sospiro.
"Tutto ok?" mi chiede Sadie.
"Sì, sono solo stanca... e preoccupata", le rispondo.
Le due ore scarse di volo che seguono mi sembrano interminabili. Sadie cerca di distrarmi ma non riesco a concentrarmi o a dimostrare interesse per nulla. Quando arriviamo a Milano, sono passate da poco le undici e mezza. Appena il portellone dell'aereo si apre, sento subito la pelle appiccicosa per il caldo afoso e nel petto la pressione dell'ansia.
Mio fratello ci aspetta davanti all'uscita degli arrivi sulla sua Fiat 127 verde. Mi abbraccia.
"Ciao, Kiki."
"Ciao, Andy. Novità?"
"Nessuna", sospira.
"Voi? È andato bene il viaggio?"
Sembra calmo come al suo solito ma so che è solo una facciata.
"Sì, sembrava non finire mai. Per fortuna ora siamo qui", risponde Sadie.

"Vi porto a casa a fare una doccia?"
"Sadie, tu forse preferisci andare a casa?" mi giro verso di lei, seduta sul sedile posteriore dell'auto.
"Assolutamente no. Andiamo subito da tua nonna."
Andrea annuisce e continua a guidare fino all'ospedale Maggiore. Il grande edificio bianco mi mette a disagio solo a guardarlo, austero e imponente nell'afa grigia di una Milano estiva. Non appena varchiamo l'ingresso, l'odore di disinfettante mi riempie le narici e con esso mi assale la paura di vedere mia nonna sofferente. Quando arriviamo davanti alla sua stanza, la porta è chiusa e scorgiamo mia madre e mia sorella sedute poco distanti su una panca di legno.
Mia madre mi corre incontro; è pallida, gli occhi cerchiati di nero.
"Amore, che bello vederti! La nonna si è svegliata poco fa e ha chiesto ancora di te."
"Mamma…"
Non riesco a dire altro e scoppio a piangere tra le sue braccia.

"Stai tranquilla, bambina mia. Andrà tutto bene, vedrai."
Mi stringe forte. Poi saluta Sadie, ringraziandola di avermi accompagnata, mentre io e Azzurra ci abbracciamo.
"Sembrate stanchissime", mi rivolgo a mia sorella. "Perché non ci lasciate qui e andate a casa a dormire un po'?"
"No, tesoro. Adesso ci sono dentro i dottori", interviene Doris. "Voglio aspettare e sentire cosa dicono, poi possiamo andare a casa a prenderle il cambio e farci una doccia."
Sadie e Azzurra vanno a prendere un caffè alle macchinette. Io cammino su e giù per il corridoio. Mio fratello legge il giornale con la schiena contro il muro. Mia madre si sistema un lembo della camicia di seta che le era scivolato fuori dai pantaloni, poi mi si avvicina.
"Come sei magra, amore", mi prende il viso tra le mani. "Non hai mangiato nulla in questi giorni?"
"Sto bene, mamma, non preoccuparti per me."
In quel momento la porta si apre e ne escono i dottori. Mia madre va loro incontro e mi infilo subito nella stanza.

Minnie è seduta sul letto. Ha gli occhi chiusi, le mani sopra le coperte. Il petto le si muove su e giù al ritmo lento del respiro. Con i suoi riccioli candidi e la pelle trasparente sembra fragile come vetro soffiato. Caccio indietro le lacrime.

Non voglio che mi veda preoccupata.

Sorrido e mi avvicino. Le tocco la mano. È calda e nodosa.
Apre gli occhi e subito sorride.
“Scoiattolina”, mi dice con un filo di voce. “Mi dispiace di aver interrotto la tua vacanza, ma sono tanto contenta di vederti.”
“Nonna...”
Il nodo in gola si fa più stretto ma resisto.
“Che belle sorprese ti fa tua nonna, eh? Vedi, mi mancavi così tanto che il mio cuore non ha retto.”
Solleva lentamente la mano e mi accarezza il viso.
“A saperlo non sarei mai partita. Mi hai fatto spaventare a morte. Non farlo mai più, nonna”, sussurro.

"Cara mia, se non fossi partita non ti saresti innamorata..."
Mi prende una mano.
"A proposito... e lui dov'è? Ho fatto tutto questo solo per vederlo e tu non me lo porti?"
Guarda verso la porta.
"Non è potuto venire, nonna. Eravamo a Brighton, a casa tua e non aveva con sé il passaporto."
"Accidenti, come mi dispiace."
Abbassa lo sguardo e si porta la mano al petto, mentre sul suo viso appare una smorfia di dolore.
"Devo chiamare qualcuno?" le chiedo subito preoccupata.
"No, no. Va tutto bene."
Ha fili e tubicini che le spuntano dappertutto.
"Parliamo di cose belle, piuttosto. Raccontami di lui."
"Oh, nonna, se potessi vederlo", sospiro. "È di una bellezza da levare il fiato."
"Come Alain Delon?"

Il gioco dei paragoni. Lo facciamo sempre.

“Sì, bello come Alain Delon in ‘Faccia d’angelo’ e affascinante come James Dean in ‘Gioventù bruciata’.”
“Addirittura? Accidenti, deve proprio essere un ragazzo intrigante.”
“E ha una voce favolosa, sai? Un misto tra Elvis e Jonny Cash.”
“Niente male, scoiattolina. Era ora che arrivasse questo primo amore.”
Si interrompe come se facesse fatica a respirare.
“Non voglio farti stancare, nonna, se vuoi dormire fai pure, io sto qui con te.”
“No, no.”
Si tira un po’ su e il respiro le torna regolare.
“Voglio sapere di voi. È vero che ti ha fatto avere il colloquio per la scuola che ami tanto?”
Annuisco e le bacio il dorso della mano.
“Ti vuole proprio bene, eh?”
Mi sorride.
“Che bella la mia nipotina.”
“Mi ha anche chiesto di passare le prossime settimane con lui a casa sua.”
Non le dico della convivenza per non preoccuparla.

"Tesoro, questo è molto bello, ma mi raccomando, non correte troppo."
"Sto cercando di fare le cose per bene, ma mi piace così tanto che non faccio che pensare a lui. Quando stiamo insieme non mi importa più nemmeno della fotografia."
Il volto di Minnie si incupisce per un istante, subito mi alzo per chiamare qualcuno. Lei mi tira debolmente verso di sé.
"Ascoltami bene, scoiattolina mia, la cosa più importante nella tua vita sei tu. Qualunque cosa succeda nel futuro, devi essere sicura di seguire la tua strada e realizzare i tuoi sogni. Solo questo ti può rendere felice, libera e indipendente."
Poi mi prende il viso tra le mani e mi guarda con quei suoi occhi verdi, grandi e lucidi come i miei.
"Lui deve seguire la sua carriera e tu la tua, *little squirrel.* Non devi rinunciare ai tuoi sogni e al tuo talento per nessun uomo al mondo. Ti chiedo solo di farmi questa promessa."
"Nonna, non dire così, ti prego. Tu starai bene. Adesso non c'è bisogno che io ti faccia promesse."

"Prometti, bimba mia, fallo adesso, ti prego."
"Va bene, nonna, te lo prometto. Ma tu giurami che starai bene."
"Farò del mio meglio, scoiattolina."
"I love you to the moon and back."
Abbasso gli occhi per nascondere le lacrime, ma una scivola dalla mia guancia sul lenzuolo.
"Non piangere. Andrà tutto bene, lo sai che io non ti dico bugie. Ora mettiti qui con me e riposa un po'. Devi essere stanca. Metti la testa sulle mie gambe."
"Va bene."
Poso la testa sul suo grembo, lei chiude gli occhi e si addormenta con la mia mano nella sua.

...

"Kiki?"
Come in un sogno mi accarezza la voce sottile di mia madre. Stringo ancora la mano della nonna nella mia. La luce del giorno, che entrava dalla grande finestra alle mie spalle, si è affievolita.
"Che ore sono, mamma?"

Un macchinario suona al ritmo regolare del cuore di Minnie.
"Sono le sei, amore."
"Sono crollata."
Sbadiglio, sfilo lentamente la mano da quella della nonna e mi stiracchio. Gli occhi mi bruciano. La canotta bianca mi si è incollata alla pelle.
"Cosa dicono i dottori?"
"Vieni a prendere un caffè, così ti racconto."
Andiamo nel corridoio, aspettiamo che la macchinetta prepari i nostri caffè e li sorseggiamo affacciate al finestrone di fronte alla stanza di Minnie.
"Non è ancora fuori pericolo. Il suo cuore è debole. È importante che superi questa notte. I medici però mi sembrano ottimisti."
Guarda fuori e sospira. Poi si gira verso di me e mi passa una mano tra i capelli lisci e neri come i suoi.
"Adesso le porteranno la cena così potrai salutarla e andare a casa e riposarti un po'."
"Non se ne parla nemmeno."
Le lancio un'occhiataccia.

"Io resto qui."
"No, tesoro. Resto io. Sono andata a casa, ho mangiato qualcosa e ho riposato. Adesso è il tuo turno. Domani puoi tornare a darmi il cambio, va bene?"
"Ma mamma... "
"Fai la brava Kiki, ti prego."
Mi mette una mano sul braccio.
"Non ci permettono di star qui in due per la notte e Minnie è mia madre. È compito mio restare con lei."
"Va bene, mamma", sospiro. "Dov'è Sadie?"
"È andata con tuo fratello a prendere qualcosa per cena ed è passata da casa. Dovrebbe arrivare a momenti."
Butta i bicchierini del caffè in un bidone e mi mette un braccio intorno alla vita.
"Ti vado a prendere un toast giù al bar, non posso vederti così sciupata."
"Va bene, grazie, mamma. Ma preferisco qualcosa di dolce, se lo trovi."
Annuisce e si allontana.
La vedo sparire in fondo al lungo corridoio e al suo posto vedo avvicinarsi le sagome di Sadie e Andrea. Mi siedo sulla panca e chiudo gli occhi.

"Ciao, *elskling.*"
La luce del corridoio si accende e apro gli occhi, per un attimo resto senza fiato.
Sebastian è in piedi davanti a me. Un ciuffo di capelli spettinati gli si è attaccato alla fronte sudata. I suoi occhi, arrossati per via della stanchezza, sembrano ancora più chiari.

Ogni volta che lo vedo è sempre più bello.

Lascia la sua sacca sulla panca e mi prende una mano.
"Tu sei matto."
Gli butto le braccia al collo e scoppio a piangere mentre mia madre viene verso di noi.
"Non potevo lasciarti sola, non adesso," mi dice lui e mi bacia.
Sadie e mio fratello si sorridono mentre mia madre si avvicina.
"Allora tu sei Sebastian?" gli dice. "Piacere di conoscerti."
Gli porge la mano sorridendo.
"Victoria non ci aveva detto che facevi il modello."

Sebastian ricambia il sorriso e stringe la sua mano.
“Mamma, ti prego...” sbuffo.
“Beh, è un bel ragazzo, non mi sembra di aver detto nulla di così terribile.”
Gli fa l’occhiolino.
“È un piacere conoscerla, signora Fontana. Grazie del complimento.”
“Già mi piace. Non è un villano come te, Kiki.”
Per un attimo, Doris sembra quasi spensierata. Alle sue spalle le infermiere portano i carrelli col cibo. Aspetto che entrino nella camera di Minnie. Ne escono dopo qualche minuto.
“Massimo in tre per volta durante la cena”, ci ammonisce l’infermiera. “E tra mezz’ora tutti fuori tranne una persona, che può passare qui la notte.”
Mia madre la ringrazia ed entra in camera della nonna.
“Me la fai conoscere?” mi chiede Sebastian.
“Sì, certo.”
Lo prendo per mano e lo porto dentro.

Doris sistema due cuscini dietro la schiena di Minnie che, appena alza lo sguardo su Sebastian, si illumina.
“Non dirmi, scoiattolina, che questo ragazzo così alto è il tuo Sebastian?”
“Sì, signora Minnie. Sono io. Posso?”
Le si avvicina e la abbraccia.
“Che piacere conoscerla, sua nipote mi ha parlato tanto di lei. Ora capisco cosa intendeva Vic quando diceva di somigliarle.”
“E sei anche un adulatore, oltre che molto educato.”
Gli prende la mano e il mio cuore si squaglia.
“Siediti, giovanotto.”
Doris le porta il cucchiaio pieno di pastina alla bocca.
“Mamma, mangia, prima che si raffreddi.”
“Aspetta, tesoro”, Minnie ferma la sua mano. “Lasciami parlare un po’ con lui. La pastina può aspettare, tanto sono certa che sia bollente. Grazie.”
Le sorride.
Sebastian prende una sedia e si mette di fianco al letto, facendomi sistemare sulle sue ginocchia.

"Mi ha detto Victoria che sei norvegese e che hai una voce bellissima."
"Sono norvegese, sì", risponde lui, lanciandomi uno sguardo. "Riguardo alla voce… beh, grazie."
"Sarei davvero curiosa di sentirla…" Minnie mette la sua mano su quella di Sebastian.
Lui si schiarisce la voce e inizia a cantare 'Can't take my eyes off you' di Frankie Valli.
Lei rimane incantata ad ascoltarlo con gli occhi di una bambina. Una lacrima le scivola sulla guancia, poi si volta verso di me e mi accarezza il viso.
"Hai scelto proprio bene, tesoro. Questo ragazzo ha un dono davvero speciale. Sa arrivare al cuore delle persone."
Lui mi dà un bacio.
"Lo so", dico a Minnie. "Vedrai che quando lo conoscerai meglio ti piacerà anche di più."
Restiamo a chiacchierare per qualche altro minuto, poi arriva il momento dei saluti.
Sebastian è il primo ad abbracciare la nonna. La vedo sussurrargli qualcosa

all'orecchio. Lui sorride e le dice: "Prometto, signora Minnie."
Poi lei mi avvolge in un debole abbraccio.
"Scoiattolina, il tuo Sebastian mi piace tanto, brava. Comportati bene e ricordati cosa mi hai promesso. *I love you to the moon and back.*"
"Anche io, nonna. A domani."
Le do un bacio sulla fronte ed esco tenendo stretta la mano di Sebastian.
Appena fuori dalla stanza, lui si ferma di fronte a me e mi guarda negli occhi.
"È stupenda, proprio come te, come me l'aspettavo."
Alle cinque del mattino squilla il telefono. Risponde mio padre. Ci raduniamo tutti in sala con lui, mentre annuisce e risponde a monosillabi.
"Va bene. Grazie Doris. Ci prepariamo e arriviamo. A dopo."
Riattacca e prima che si metta a parlare io ho già gli occhi pieni di lacrime.
"Se n'è andata", dice.
Sebastian, seduto vicino a me sul divano, mi abbraccia stringendomi così forte da non lasciarmi quasi respirare.

Sadie si siede al mio fianco, le lacrime le solcano le guance di porcellana. Mia sorella singhiozza tra le braccia di Andrea.
"Stava bene, com'è possibile?" chiedo a Sebastian con un filo di voce.
"Mi spiace, amore, mi spiace tanto."
Le sue parole sono un paracadute. Mi aggrappo a lui affondando la testa nel suo petto. Vorrei urlare e piangere, ma rimango così per qualche minuto, con il cuore in frantumi, senza emettere un solo suono.
Sebastian vede mio padre avvicinarsi e mi lascia andare tra le sue braccia, dove mi rifugio come una bambina piccola, scoppiando in un pianto incontrollabile. Qualcosa dentro di me si è spezzato.
Da quel momento osservo le giornate scorrere davanti ai miei occhi: le visite dei parenti, i pianti di mia madre, mio padre che corre da un posto all'altro per organizzare il funerale, Sadie e i miei fratelli che lo aiutano.
In quanto a me, mi rinchiudo in una bolla di vetro, sola con Sebastian. Lui diventa la mia voce, il mio sorriso.

Fatico a mettere a fuoco quello che succede, mentre lui si comporta come se fosse sempre stato con noi.
Aiuta mio padre a sistemare le pratiche con la burocrazia inglese, fa compagnia a mia madre parlando di libri e raccontandole della Norvegia. Scherza con i miei fratelli a tavola. Ma più di tutto, resta sempre al mio fianco, senza farmi domande o aspettarsi nulla. Ho la sensazione che sia l'unico a capire davvero quello che mi sta succedendo.
Al ritorno dal funerale, mi siedo sola sul dondolo in giardino. Mi incanto a guardare i rami del salice mossi da una brezza leggera. Il cielo è terso.

Chissà se mi stai guardando. Non dovevi andare via così presto. Avevamo ancora tante cose da fare insieme.

In quel momento Sebastian e i miei genitori mi raggiungono. Lui si siede al mio fianco.
"*Elskling*", mi dice posando una mano sulla mia gamba. "Hanno appena chiamato dal New York Photography Institute. Il tuo appuntamento per il

colloquio è domani mattina alle dieci e mezza a Piccadilly Circus."
"Non posso andarci", scuoto la testa e gli occhi mi si riempiono di lacrime. "Non sono pronta per affrontarlo adesso, vi prego."
Guardo Sebastian. Lui mi accarezza i capelli e guarda mia madre.
"Non puoi perdere questa occasione", mi dice lei. "È un'opportunità unica per te, Kiki, Minnie ci teneva tanto che tu frequentassi quella scuola, è stata lei a convincerci a lasciarti andare."
Sospiro.
"Lo so, ma non ce la faccio adesso."
Mi volto verso mio padre.
"Ti prego, papà."
"Tesoro, non ci sarà un'altra possibilità", risponde lui. "A volte la vita ti mette alla prova proprio nei momenti più difficili. La mamma e Sebastian hanno ragione, la nonna avrebbe voluto davvero vederti combattere per realizzare i tuoi sogni e tu lo sai bene."
"Dici che ce la posso fare?" chiedo a Bastian, come se solo lui avesse una risposta alla mia domanda.

"Sì, *elskling*, ce la farai", mi risponde senza pensarci.
In quel momento ci raggiunge Sadie che si siede accanto a me.
"Certo, Kiki", dice mia madre. "Ce la farai e vedrai che con l'aiuto di Sadie e quello di Sebastian preparerai tutto alla perfezione e otterrai la borsa di studio."
"Che ne dici, ci prepariamo e andiamo in aeroporto?"aggiunge mio padre.
"Va bene", sospiro.
Sebastian e Sadie vanno subito in camera e iniziano a preparare le valige lasciandomi con i miei genitori. La sera stessa partiamo per Londra.
"Tesoro, devi prenderti cura di te", si raccomanda mia madre prima di salutarci. "Non preoccuparti per noi, le cose si sistemeranno. Tu cerca di fare del tuo meglio domani e poi pensa a finire la tua vacanza con questo dolcissimo ragazzo e con i tuoi amici", aggiunge accarezzando la guancia di Sebastian per poi abbracciare Sadie. "Vi serve un po' di gioia adesso."
Mi stringe forte.

Salutiamo la mia famiglia e ci dirigiamo agli imbarchi.

24. Sola

"È stato un piacere conoscerla, signor Miller", dico stringendogli la mano.
"Piacere mio."
Lui mi accompagna alla porta.
"Le farò sapere quanto prima. Buon proseguimento di giornata, signorina Fontana-Knight."
Appena salgo in ascensore espiro profondamente e mi passo la mano sulla nuca: i muscoli del collo sono duri per la tensione. Un signore ben vestito al mio fianco guarda dritto avanti a sé sorridente.

Mi ha preso per una novellina.

Esco con passo spedito dall'edificio.

Non voglio stare qui dentro un minuto di più.

Mi sembra che mi manchi l'aria, costretta come sono in questo tailleur. Mi sbottono un po' la camicia e raggiungo Sebastian nel caffè di fronte.

"Ciao."
Mi chino per baciarlo e depongo la cartelletta sul tavolo. Passo una mano tra i capelli per dar loro un po' di volume.
"Eccoti, finalmente."
Allontana da sé un piatto vuoto.
"Allora, com'è andata?"
"Bene, credo."
Mi siedo accanto a lui. In quel momento si avvicina una cameriera. Ha vaporosi capelli neri, un viso pulito, occhi scuri e ciglia lunghe.
"Cosa ti porto?" mi chiede, poi guarda Sebastian e sorride.
"Vorrei un tè e una fetta di torta alle carote, per favore."
Il suo sguardo si sposta su di me, annuisce e torna al bancone.
"Se avesse potuto ti avrebbe spogliato con gli occhi."
Scuoto la testa.
"Assurdo. Eppure, mi sembra ovvio che stiamo insieme. No?"
Lui fa spallucce e liquida l'argomento con un cenno della mano.
"Raccontami del colloquio."

Solleva la tazza e inizia a sorseggiare il suo caffè.

"Il signor Miller è un tipo strano. Ha voluto sapere quali sono i mei passatempi, quali libri leggo, se mi piace viaggiare e se ho legami. Insomma, mi ha interrogato su tutto, tranne che sui miei studi e sulla fotografia."

"Si vede che vuole capire che tipo di persona sei. In effetti, se ci pensi, sono i tuoi lavori a raccontare il tuo talento e la tua sensibilità artistica."

"Sarà."

Ci penso su per un attimo, poi alzo le spalle.

"Comunque mi è sembrato soddisfatto delle risposte. Ha perfino tenuto alcuni dei miei lavori per portarli con sé nella sede di New York. Credo sia un buon segno. Tu che ne dici?"

Nella mia voce, nessun entusiasmo. La cameriera porta al tavolo l'ordinazione.

"Vi serve altro?" chiede a Sebastian, e si sposta una ciocca di capelli dalla fronte in modo un po' civettuolo.

"Siamo a posto così, grazie", risponde lui.

"Perfetto, allora immagino che questo sia per te."
Gli lascia sul tavolo il menu chiuso con dentro il foglietto del conto, poi si allontana, il corpo esile strizzato nel grembiule nero.
Scuoto di nuovo la testa e inizio a mangiare la mia torta.
"Incredibile", sussurro.
Lui continua ad ignorare la mia insofferenza.
"Ottimo direi. Quali foto ha tenuto?" mi chiede.
"Ha scelto solo ritratti in bianco e nero e un paio di paesaggi."
"Quali?"
"Quella del signore che fuma sulla panchina. Uno scatto che ti ho fatto in spiaggia, Milano con la neve e..."
Faccio una pausa.
"Quella di Minnie che lavora a maglia seduta in giardino."
Quando il suo nome scivola fuori dalle mie labbra mi trema la voce e mi bruciano gli occhi.
Lui mi accarezza una guancia.
"Sei stata brava."

Piego il viso verso la sua mano.
“Ha detto che mi chiamerà entro una decina di giorni.”
“Perfetto. Non ci resta che aspettare. Tu come ti senti?”
“Come se tutto quello che sto vivendo non mi riguardasse.”
Soffio nel tè per farlo raffreddare.
“Lo so, ma vedrai che con il tempo andrà meglio. Ci sono passato anche io.”
Abbassa gli occhi e torna a stringermi la mano.
“Con mio padre.”
A un tratto mi rendo conto di come questi giorni possano aver risvegliato in lui il dolore per quella perdita e penso che avrebbe bisogno di un po’ di pace anche lui.
“Andiamo a casa?” gli dico. “Tutta questa gente mi confonde.”
Lancio un’occhiata ai tavolini occupati intorno a noi.
“Ho le prove tra un’ora, *elskling*, e l’intervista con MTV subito dopo. L’abbiamo già rimandata, non posso mancare. Però ho pensato che tu potresti venire con me.”

Scuoto la testa.

"Devo provare a dormire, Bastian, meglio che vada a casa."

"Ma ne avrò fino a tardi."

Si passa una mano sulla nuca e aggrotta le sopracciglia.

"Non fa nulla, davvero. Preferisco così."

"Va bene, aspettami a casa."

Posa sul tavolo il mazzo di chiavi del suo appartamento. Le spingo verso di lui.

"Non c'è bisogno. Vado dai Taylor stanotte."

"Perché?"

"Credo sia meglio così per stasera."

"Non mi va che tu dorma da sola."

"Non preoccuparti, Bastian."

Sorrido.

"Un po' di distanza farà bene a entrambi. Tu hai bisogno di riposo e distrazioni senza doverti preoccupare per me, che ti sto incollata con questo muso lungo."

"Ma a me piace, questo muso."

Si sporge verso di me e mi bacia.

"Ti prego, non insistere."

Rimette le chiavi in tasca.

"Va bene. Però, se ti svegli, mi chiami."

"Se non lo faccio, vuol dire che va tutto bene. Non cercarmi e pensa a te stesso per stasera."

"Se è quello che vuoi..."

Annuisco. Prendo il menu e vado verso la cassa.

"Stavolta offro io."

"Grazie, *elskling*."

Prende la mia cartelletta dal tavolo e si avvia verso l'uscita. Si ferma davanti alla porta aperta per aspettarmi.

Quando sfilo il conto dal menu, ne scivola fuori anche un bigliettino. Lo prendo al volo e lo leggo:

Chiamami. A seguire un numero di telefono con un cuoricino e un nome. *Silvie.*

Lo stringo nella mano e pago il conto come se nulla fosse. Mi avvio verso l'uscita e passo accanto alla cameriera. Lei, vassoio in mano e passo sicuro, non mi nota nemmeno e strizza l'occhio a Sebastian che le sorride.

"Scusa."

Mi avvicino e lei sobbalza.

"Silvie, giusto?"

Annuisce, poi raccoglie una tazza vuota da un tavolo.
"Credo che questo sia tuo."
Lascio cadere il bigliettino sul vassoio.
"Nel caso in cui non te ne fossi accorta, lui sta con me."
Faccio un cenno con la testa verso Sebastian e le sorrido. Lei non dice nulla e abbassa gli occhi.
Io avanzo verso l'uscita poi mi giro e aggiungo a voce alta.
"Grazie per aver omesso dal conto la fetta di torta. Fossi in te presterei più attenzione al servizio e meno a flirtare con i clienti."
Esco dal bar con passo deciso. Sebastian mi segue.
"Ma cos'ha fatto per farti incazzare così?"
"Lasciamo stare, guarda."
Sbuffo.
"Diciamo solo che l'ho messa a posto."
Camminiamo insieme verso l'ingresso della metropolitana.
"Mi è piaciuto. Brava, *elskling*, difendi quello che ti appartiene!"
Mi tira verso di sé e mi bacia.

"Tu vedi di fare meno il brillante con le sconosciute."
"Perché, altrimenti che cosa fai? Metti a posto anche me?"
"Altrimenti la prossima volta ti mollo lì con lei."
Cammino davanti a lui cercando di rimanere arrabbiata ma mi scappa da ridere.
"Che bel sorriso che hai."
Mi raggiunge e mi bacia di nuovo.
"Sei un gran furbo, tu", sospiro.

Con quegli occhi riesce sempre a confondermi.

"Riposa bene stanotte, so già che domani avrò voglia di te", dice, prima di scendere le scale per prendere la metropolitana.
"E tu comportati bene. Niente flirt in giro!"
"Ci proverò ma non ti prometto nulla."
Ride. Gli lascio la mano e lui inizia a correre giù. Resto lì per un attimo a guardarlo. Prima di sparire nei corridoi sotterranei mi manda un bacio.
Appena scompare dalla mia vista, ho l'inspiegabile sensazione di disagio. Infilo

le cuffie del walkman e premo il tasto play. Irene Cara canta 'On my own' e in un attimo, proprio come lei, mi sento sola e impaurita. Una lacrima scivola sulla cartelletta che tengo stretta sotto il braccio. Nella mia mente, solo lo sguardo di Minnie.

Come farò ad affrontare il resto della mia vita senza di te?

A un tratto ho la sensazione che il mondo mi si stringa intorno. Troppi sconosciuti, troppo rumore. Il passo accelera, mi manca il respiro. Mi gira la testa. Quando arrivo a casa Taylor, raggiungo subito Sadie.
"*Hey.*"
Entro in camera sua senza bussare, con il fiatone. Sobbalza sulla sedia.
"Vicky. Mi hai spaventata."
Quando mi avvicino alla sua scrivania, cambia espressione.
"Scusa."
Leggo la preoccupazione nei suoi occhi e mi sforzo di sorridere.
"Stai bene?"

Si alza.
“Non molto.”
Non posso fingere, le mani che tremano ancora.
“Sei pallida.”
Mi poggia una mano sulla fronte.
“È gelata.”
“Sono solo stanca.”
Mi lascio cadere sul suo letto.
“Vieni con me.”
Saliamo nel bagno in mansarda, riempie la vasca di acqua calda e mi aiuta a spogliarmi. Tra noi non c’è pudore. Ci conosciamo da sempre.
“Meglio?”
Mi chiede mentre mi immergo, sedendosi sul bordo della vasca.
“Sì, grazie.”
Le racconto del colloquio.
“Mi sembra che tu abbia fatto un’ottima impressione. E Sebastian, dov’è?”
“Doveva lavorare. Ho preferito stare sola. Ne ho bisogno.”
“Sei sicura? Non mi sembra una buona idea. Non vuoi che resti io con te?”

"No, davvero, grazie, Sadie. Ho talmente tanto sonno arretrato che per addormentarmi mi ci vorrà un secondo."
Cerco di adottare un tono pacato.
"Tu e Sebastian siete stati favolosi in questi giorni, ma ho bisogno di tornare alla realtà."
Esco dall'acqua e mi infilo l'accappatoio.
"Tu sei la mia amica più cara."
Mi abbraccia.
"Dato che vuoi stare sola credo che andrò da Matthew a dormire. Il suo numero è sulla bacheca. Chiama per qualsiasi cosa."
"Starò benissimo."
"Sam è ancora al mare", aggiunge mentre indosso una maglia di Sebastian. "Comunque, se hai bisogno di qualcosa, giù ci sono i miei."
"Grazie."
"È sua?" mi chiede, riferendosi alla maglietta.
"Sì, mi piace tanto. Ha il suo profumo."
Ne sollevo un lembo e lo annuso.
Alza gli occhi al cielo e sospira.
"Ti arriva quasi alle ginocchia."
"Lo so, è comoda"
"Per fortuna che hai lui."

“Per fortuna che ho voi”, la correggo.
Mi abbraccia ed esce. Nella stanza torna il silenzio.
Preparo una tisana e chiamo a casa. Non risponde nessuno e lascio un messaggio sulla segreteria telefonica.
Speriamo vada tutto bene.
È appena passata l’ora di pranzo quando mi infilo sotto le lenzuola e, quasi immediatamente, piombo in un sonno profondo.

...

Apro gli occhi. La radiosveglia indica le undici e trenta del mattino. Allungo la mano per cercare Sebastian. Sbuffo, mi siedo sul letto, mi stiracchio, infine mi alzo.
Mi verso un bicchiere di latte freddo e vado a sedermi sul divano, le gambe raccolte nella maglietta. Alla fine, decido di chiamarlo. Non risponde nessuno.

Forse sta ancora dormendo, avrà certamente fatto tardi.

Vado in bagno. La ragazza nello specchio ha le guance scavate e pallide. Una lacrima mi scivola sulla guancia.

Devo reagire. Ho bisogno di aria fresca.

Mi metto la tuta ed esco. Cammino lentamente per i sentieri di Green Park. Una signora anziana spinge una bambina su un'altalena. Ridono entrambe.

Perché te ne sei andata così presto?

Un'onda di rabbia inizia a crescermi dentro e comincio a correre. Corro sempre più forte, fino a non sentire quasi più le gambe. A un tratto il cielo diventa plumbeo e un tuono rompe la quiete, un attimo dopo inizia a piovere a dirotto. La gente scappa in cerca di riparo, ma io non mi fermo. L'acqua lava via le lacrime e il sudore dal mio viso. Senza rendermene conto mi ritrovo davanti al portone di casa, i vestiti zuppi, una fitta in mezzo al petto e le mascelle doloranti a forza di stringere i denti. Riprendo fiato, le mani sulle ginocchia.

“Tesoro, che ci fai qui fuori con questo tempo?”
La voce di Susan mi fa trasalire.
“Scusa”, mi dice, “non volevo spaventarti.”
Mi fa posto sotto il suo ombrello mentre scuoto la testa, ansimando.
“Non mi ero accorta che fossi qui. Ho fatto una corsa.”
“Sei fradicia, Vicky. Ti prenderai un malanno. Vieni su ad asciugarti.”
Apre il portone.
“Hai pranzato?”
“No.”
“Adesso ci penso io a te”, mi dice mentre saliamo in casa.
Vado subito a farmi una doccia calda poi raggiungo Susan in cucina. Ha preparato solo per me.
“Siediti cara.”
Mi mette davanti un piatto di zuppa fumante e mi si siede di fronte con una tazza di tè tra le mani.
“Grazie Susan, mi spiace di creare disturbo.”
“Ma cosa dici, tesoro. Sei di famiglia. Speriamo che tu non abbia preso troppo freddo, piuttosto.”

Parliamo del colloquio, di Sebastian, di Sadie e Sam. Per quell'ora riesco ad allontanare il pensiero da Minnie.
"Grazie per il pranzo, Susan. Mi ha fatto piacere stare un po' da sola con te", le dico prima di salire.
"Figurati tesoro. *Anytime*[32]. Se ti senti giù, sai che su di me puoi sempre contare."
Annuisco.
"La tua mamma è preoccupata per te, ma le abbiamo detto che sei forte."
Basta quella frase a incupirmi. Mi accarezza la testa poi inizia a sparecchiare.
Torno in camera e provo a richiamare Sebastian senza successo.

Chissà dove sarà finito?

Mi sdraio sul letto. Inizio a pensare. I pensieri si offuscano e in breve mi addormento di nuovo.
Quando mi sveglio sono le quindici passate.

---

[32] Quando vuoi.

Com'è possibile che non mi abbia ancora cercata? Deve essere successo qualcosa.

Mi alzo e controllo che la presa del telefono sia collegata. Ho le mani sudate. Sollevo la cornetta, vedo lampeggiare la spia sopra il pulsante dei messaggi sulla segreteria telefonica. Faccio un profondo respiro, lo premo. La voce preregistrata mi avverte che ce ne sono due.

Primo messaggio: "Vicky, non so se sei a casa."

La voce è quella di Sadie.

"Sono al lavoro oggi. Spero che tu sia con Sebastian, se così non fosse, sappi che torno per le cinque. Aspettami, se sei libera, così ceniamo insieme."

Delusa, mi alzo per prendere un bicchiere d'acqua, mentre parte il secondo messaggio: "*Elskling*, sei lì?"

Appena sento la voce di Sebastian, mi scappa un sospiro.

"Speravo di trovarti..." fa una pausa e in sottofondo sento una confusione tremenda. "Sto partendo per Los Angeles."

L'acqua mi va quasi di traverso.

"Scusa se non ti ho chiamata prima, ma non c'è stato tempo. Si tratta del tour, gli organizzatori avevano bisogno di vederci. Poi ti spiegherò meglio. Tu cerca di stare tranquilla. Dormi e riposati. Adesso devo imbarcarmi, piccola. Fai la brava."
Un lungo bip annuncia la fine del messaggio. Lo riascolto altre due volte.

Vorrei tanto che mi avesse portata con sé.

Alzo la cornetta.

Devo dirlo a Minnie.

Riaggancio e scoppio in un pianto disperato. I singhiozzi si attenuano rapidamente, ma le lacrime continuano a scorrere copiose. Quando si asciugano anche quelle, rimango a lungo sdraiata sul divano a guardare il soffitto.

Che cosa mi sta succedendo? La nonna non avrebbe voluto vedermi così. Devo fare qualcosa.

Mi metto lo smalto su mani e piedi. Leggo un po' ma non riesco a concentrarmi.
Scendo a prendere il giornale in cucina. Susan deve essere in bagno perché sento il rumore dell'acqua che riempie la vasca.
Cerco una distrazione, penna alla mano. Comincio a leggere le notizie, passo alla pagina dei musei, alla fine mi soffermo su quella degli annunci. Faccio scorrere gli occhi sulle offerte di lavoro: ce n'è una che cattura immediatamente la mia attenzione. Si tratta di un impiego part-time come assistente in uno studio fotografico. Chiamo il numero indicato e parlo direttamente con la fotografa, una certa Jennifer McDowell, che mi dà appuntamento per il giorno successivo alle nove. Soddisfatta, salgo in mansarda e mi metto a preparare la cena.

...

"Che profumino! Hai fatto la casalinga oggi?"
Mi raggiunge Sadie tornata dal lavoro.
"Ma sei sola?"

“Sì, Sebastian è partito per lavoro e non sa quando tornerà.”
Sbuffo.
“Non hai idea di cosa ho fatto per non farmi prendere dallo sconforto.”
“Cucinato?” sdrammatizza lei.
“Non solo. Ho cercato un lavoro.”
Tiro fuori una teglia dal forno e la sistemo sui fornelli spenti.
“Lavoro?”
Strabuzza gli occhi.
“Sì, domani ho un colloquio come assistente in uno studio fotografico.”
“Ma che bella idea. Mi piace questa nuova Vicky!”
“Ho pensato che Minnie mi avrebbe voluta più reattiva.”
Sorrido.
“Hai ragione. Che ne dici se ci mangiamo questa favolosa lasagna sedute sul divano e ci vediamo un bel film, di quelli che non fanno pensare a nulla?”
“Dico che sei la migliore, come sempre.”
Ceniamo sedute sul divano mentre guardiamo ‘Indiana Jones e i predatori dell’arca perduta’.

25. Aria di cambiamento

La bottega di Jennifer è piccola: in vetrina, alcune stampe incorniciate e qualche album fotografico. Lei mi accoglie con il sorriso. Dimostra al massimo sessant'anni. Se dovessi descriverla a Minnie, direi che ha lo sguardo sognante di Brigitte Bardot e l'estro di Lucy Davis. Racconta di avere una grande esperienza nel campo dei matrimoni. Mi offre una tazza di tè e mi parla della sua vita.

"Ho due figli e tre nipoti. Tutti maschi. Da vent'anni, casa mia è un caos."

Il suo modo di parlare non è decisamente quello che ti aspetteresti da una signora della sua età.

"Una femmina sarebbe stata una benedizione. Ma no, il signore deve sempre tenermi sotto torchio, circondandomi di uomini egoisti e viziati. Che croce!"

Sorrido.

"Come se non fosse bastato quel codardo traditore di mio marito, che mi ha lasciata sola con due figli piccoli per scappare con una ballerina del varietà, accidenti a lui!"

esclama, sgranocchiando un biscotto al burro, poi la sua voce si addolcisce, accenna un sorriso. "Raccontami un po' di te, *kiddo*[33]."

Sfoglia le immagini nella mia cartelletta, un paio di vecchi occhiali sulla punta del naso, mentre le racconto della mia passione per la fotografia.

"Quanto talento, Victoria. Queste foto sono poesie."

Mi rende la cartelletta.

"Io cerco una semplice assistente per lavorare in camera oscura", dice, quasi mortificata. "Nulla di creativo. Si tratta di due giorni a settimana. Lo so, non è il massimo per una ragazza con le tue capacità, ma turni flessibili e una paga decente e puntuale potrebbero essere incoraggianti alla tua età. Che ne dici?"

"Mi piacerebbe davvero molto lavorare per lei, signora McDowell."

Sorseggio il mio Earl Grey.

"Sei una ragazza di buone maniere. Al giorno d'oggi non se ne trovano più molte. Mi piaci. Sei assunta."

---

[33] Ragazzina.

Prepara la lettera di assunzione e me la porge soddisfatta.
Trascorro i giorni successivi lavorando turni extra per ingannare il tempo. Jenny è gentile e curiosa. Inoltre, accetta di buon grado che io faccia qualche ora di straordinario. Con la scusa di occuparmi del lavoro arretrato, ne approfitto per tenermi impegnata.
Lunedì pomeriggio, dopo solo due giorni insieme, abbiamo già trovato il nostro ritmo di lavoro. Alle quattro, puntuale come sempre, mi chiama per il tè. Chiacchieriamo un po' ma non sembra soddisfatta della nostra abituale pausa di quindici minuti.
"Cosa rende tanto irrequieta una ragazza bella e giovane come te?" dice sfilandosi gli occhiali dal naso. "Sono due giorni che ti osservo con attenzione. Cerco di capire le ragioni del tuo umore altalenante, ma è da anni che non ho a che fare con i tumulti dell'adolescenza e mi trovi un po' arrugginita."
Le racconto di Sebastian.
"Credo di essermi innamorata per la prima volta", sospiro. "È così sfiancante. La mia mente non si ferma mai."

Lei sorride.
"Che meraviglia."
Le parlo anche della nonna, del nostro rapporto speciale, della pena che mi causa la sua assenza. Si alza all'improvviso con la scusa di sistemare tazze e teiera.

Credo proprio che si sia commossa.

In camera oscura penso a come sia facile parlare con Jenny. Mi sento come se fosse stato il destino a farci incontrare.

Forse me l'hai mandata tu.

Sorrido da sola nella stanza buia.
Per tutta la settimana, ogni volta che trasmettono 'Stay' alla radio, Jenny si sporge verso il retro e urla: "Senti qui il tuo fidanzato!"
Poi scoppia a ridere. Non so perché, ma questa cosa del fidanzato cantante la diverte.

Che strano, è come se ci conoscessimo da sempre.

Lunedì sera, finalmente riesco a parlare con Sebastian soltanto per pochi minuti. Parliamo del mio nuovo lavoro, del suo tour.

“Iniziamo tra un mese”, mi dice, ma prima che possa entrare nei dettagli lo interrompono.

“Devo andare. Ci vediamo presto, *elskling*. Un bacio.”

Riaggancia.

Mercoledì pomeriggio, Jenny mi racconta una serie di aneddoti buffi sull’infanzia dei suoi figli.

“Sono stata una madre severa. Ma nonostante tutto mi hanno fatta dannare”, dice mentre riordina il negozio prima di uscire.

Alle cinque e trenta in punto chiudiamo la saracinesca. Dopo esserci salutate, lei si mette a chiacchierare con il gestore della cartoleria, mentre io mi avvio verso casa.

Il cielo è limpido e la giornata molto calda. Decido di tornare a piedi. Scatto alcune foto a un gruppo di bambini che si lanciano palloncini pieni d’acqua, a una ragazza che cammina con il suo cane e a una coppia che si bacia alla fermata del bus. Mentre cammino spedita davanti alle

vetrine un abito esposto attira la mia attenzione. È bianco e aderente, lungo fin sotto al ginocchio. Penso a Sebastian, alla luce che ha negli occhi prima di fare l'amore. Entro nel negozio e chiedo di provarlo.
"Ti sta benissimo" dice la commessa quando apro la tenda. "Ho visto questo modello addosso a molte ragazze ma su di te è una favola."
Vado davanti allo specchio e mi giro. Le spalline sottilissime di metallo si incrociano sulla schiena nuda. Mi ricorda vagamente il vestito che indossava Crystal alla festa.
"Non so", le dico. "Forse è un po' troppo scollato dietro?"
"Dipende. Qual è l'occasione?"

Il mio ragazzo è diventato una pop star ed è circondato da centinaia di ragazzine urlanti. Inoltre, in questi ultimi giorni il suo interesse per me sembra essere svanito.

"Sai una cosa?" rispondo. "Mi piace. Lo prendo."

Mi avvicino alla cassa per pagare. Su uno scaffale ci sono una serie di braccialetti di cuoio. Uno in particolare attira la mia attenzione: è una fascia di pelle nera con una placca di metallo nel centro. Lo immagino al polso di Sebastian.

Gli starebbe benissimo.

La commessa mi vede interessata e si avvicina. “Si può personalizzare”, mi dice.
“Vuoi dire che potete far scrivere un nome sulla placca di metallo?”
“Esatto”, risponde. “Te lo posso far fare subito se vuoi?”
“Grazie, sarebbe perfetto. Il nome da incidere è Vic.”
Lei lo porta nel retro poi torna e continua a impacchettare il mio vestito. Pago e mi metto a curiosare tra gli altri articoli del negozio in attesa che il bracciale sia pronto. La radio è accesa. La commessa canticchia mentre mette in ordine gli scaffali. A un tratto passano ‘Stay’. Il mio cuore perde un battito.

Succede sempre quando mi coglie di sorpresa.

Un'altra ragazza esce dal retro e mi mostra il braccialetto finito. Ha una massa di capelli rossi cotonati e una serie di collanine sopra a un corpetto di pizzo nero.

“È perfetto, grazie”, le dico.

Lei me lo impacchetta e intanto si mette a parlare con la sua collega.

“Quanto è *cool* questo pezzo! Loro li hai mai visti?”

La sua voce acuta mi disturba.

“No, mai”, risponde l’altra commessa.

“Beh, spero che ti capiti di vederli presto. Il cantante è un figo incredibile. Insomma, uno di quelli da cui ti faresti fare qualunque cosa. Non so se mi spiego...”

Le strizza l’occhio mentre mi porge il pacchettino con il bracciale. Saluto ed esco dal negozio come un fulmine.

Cacchio, ma è una maledizione!

...

Per i due giorni seguenti, di Sebastian nemmeno l'ombra. Continuo a pensare alle parole della commessa dai capelli cotonati. Sadie ride a crepapelle ogni volta che la imito, ma io non faccio che torturarmi pesando a lui. Lontano e circondato dalle attenzioni di tante ragazze.

Finalmente giovedì sera, al ritorno dal lavoro, in segreteria trovo un suo messaggio.

"Ciao, Vic."

Il cuore batte forte.

"Spero che tu stia bene. Torno domani. Ci vediamo al pub con gli altri. Un bacio."

Sbuffo.

Ma che cazzo di messaggio è?

Mangio da sola una scodella di cereali. Più tardi, a letto, mi rigiro per ore e, quando finalmente riesco a prendere sonno, sogno Sebastian che bacia prima la cameriera dai capelli neri poi la commessa dai capelli cotonati.

Venerdì mattina ho un diavolo per capello. Entro in negozio con il muso lungo. Saluto Jenny e mi trascino nel retro sbuffando.

"Ah, che incubo l'adolescenza. Beato chi l'ha trascorsa sereno!" la sento borbottare.

Dopo pochi minuti, mi raggiunge in camera oscura. Senza farmi domande mi porta una fetta di torta all'arancia.

"L'ha fatta mia nuora", dice con il suo tono spassoso, "credo che sia l'alimento più calorico sulla faccia della terra. Se oggi non ti tira su questa, *kiddo*, non ci sono speranze."

Non posso fare a meno di sorridere quando mi lascia sola nella camera oscura. Cinque minuti dopo le sfreccio davanti, dirigendomi nella cucina del negozio. Vuoto due bicchieri d'acqua di seguito.

"Cacchio, era dolcissima", le dico alla fine.

"Va meglio?" mi chiede mentre sistema alcuni fogli in un raccoglitore.

"Sì, grazie."

"Il cantante ti fa disperare?"

"Non si è fatto vivo per due giorni", sospiro, "poi ieri mi ha lasciato un messaggio in segreteria a dir poco glaciale.

Va bene che è nordico, ma un po' di calore, che cosa gli costa, cacchio?"
Scuote la testa.
"Eh, cara... gli uomini sono un altro pianeta."
"Uffa. Che cosa ci vuole a mandare un bacio o usare un soprannome carino, cacchio?"
Mi affaccio per guardarla.
"E se avesse trovato un'altra? E se avesse deciso di lasciarmi?" le chiedo.
"*Don't be silly, kiddo*[34]. Sarà stato occupato. Smetti di pensare a certe sciocchezze e torna a lavorare."
Fa un gesto con la mano, come per mandarmi via.
"Non eri venuta qui per distrarti?"
"Hai ragione. Ora vado, Jenny."
Poso il bicchiere in cucina e torno nel retro.
"Brava, *kiddo*. Il lavoro fortifica l'animo! Ti chiamo per pranzo", aggiunge ad alta voce.

...

[34] Non essere sciocca, ragazzina.

Quella sera, tornata a casa, non riesco a toccare cibo. Quando Sadie mi raggiunge, sto finendo di prepararmi. Appena mi vede con in dosso il vestito nuovo e truccata di tutto punto, rimane a bocca aperta sulla soglia.

"Eh la miseria, dove devi andare?" esclama, vedendo come sono vestita.

"Troppo?"

"Beh, forse un po'. Certe volte mi dimentico di quanto sei cambiata da quando stai con Sebastian."

"Lo so. Ma torna stasera e voglio lasciarlo senza fiato."

Salgo sui tacchi.

"Tesoro, su questo non ci sono dubbi."

Arrossisco.

"Adesso è pieno di ammiratrici. Devo pur distinguermi."

Mi faccio aria con la mano.

"Non hai caldo?"

"No, tesoro. Sei tu che sei nervosa. E fai male, non c'è bisogno che ti agiti. Il ragazzo è cotto."

Si siede sul letto e mi guarda.

"Senti un po', ma ti ha già detto le parole magiche?"

Per un momento cerco di capire a cosa si riferisca.
"Vi siete già detti ti amo?"
"Oh, quello..." scuoto la testa. "Mi ha chiamata amore qualche volta. Ma non è lo stesso."
Abbasso gli occhi.
"No, infatti. Però vuol dire che magari l'ha pensato."
"Mi sembra presto."
Sadie sgrana gli occhi.
"Perché?"
"In questi giorni non l'ho sentito quasi mai e le poche volte che mi ha chiamata è stato molto distaccato. Ho paura che abbia cambiato idea."
"Ma che cavolo dici, scema? Io vi ho visti insieme a Milano. Siete in sincronia perfetta. Vediamo, come posso dirlo a modo tuo..."
"Forse lo eravamo, magari gli ho fatto tenerezza per la storia di Minnie ma adesso ha capito che vuole stare solo."
"Tu sei tutta matta."
Scuote la testa poi fa un saltino e dice: "Ecco, ho trovato: è come se ballaste

stretti l'uno all'altra su una musica che sentite solo voi."
"Scema", rido.
"Romantica, eh? Proprio come te che, con lui, sei tutta fiori e cuoricini."
"Dai, piantala!"
Le do una spintarella e poi mi siedo al suo fianco.
"Comunque, a parte gli scherzi, mi sembra davvero strano che non sia ancora successo. Secondo me hai solo paura. E lo capisco, sai. In questo momento stai cambiando molto. Ti conosco e so che stai tenendo tutto dentro. Ma da qualche parte dovrai pur lasciarti andare, no?"
"Dici che dovrei dirglielo io per prima?"
"Se è quello che senti, perché aspettare? Credo che Sebastian possa essere il tuo posto sicuro. Capisci cosa intendo?"
Annuisco.
"Quindi hai cambiato idea su di lui?"
"Beh, credo sia inevitabile. A Milano è stato una presenza molto importante. Lui, che di solito è così introverso, non si è limitato a stare vicino a te ma si è aperto alla tua famiglia e ha sostenuto tutti. Si

vede che ti vuole bene. È così diverso dal ragazzo che conoscevo", mi dice seria.

"Forse", sospiro. "Però non so se mi sento pronta."

"Va bene, testona", sorride, "ma adesso andiamo a trovare il look perfetto per me. Non posso mica sfigurare con te che sei vestita da gran sera."

Mi prende per mano e mi trascina con sé giù per la scala fino alla sua camera.

26. Primo amore

Quando Sebastian varca la soglia del pub, mi sembra di non vederlo da mesi: la pelle abbronzata sotto la camicia bianca, le maniche arrotolate fino ai gomiti che lasciano i braccialetti ben in vista. I suoi occhi cercano tra i tavoli. Appena mi trovano sorride, mostrando le fossette e la fessura tra i denti candidi. Il mio istinto mi dice di corrergli subito incontro, ma mi trattengo. Accenno un sorriso poi continuo a parlare con Sadie come se nulla fosse. Lui si avvicina al tavolo per salutare. Scambia due parole con Sam, una pacca sulla spalla a Matthew, poi viene verso di me. Si ferma alle mie spalle,
"Ciao, *elskling*", mi sussurra in un orecchio.
Un brivido mi corre lungo la schiena.
"Ciao Sebastian."
Mi volto solo un po', ma è sufficiente per essere investita dal suo profumo.

Pensa a come si è comportato! Resisti Vic.

Le sue dita si intrecciano alle mie e in un attimo sono in piedi. Quando me lo trovo di fronte il battito del mio cuore accelera.
“Accidenti, che accoglienza! Non merito nemmeno un bacio?”
Mi sfiora le labbra con le sue. Faccio un passo indietro.
“Ti ho salutato. Cosa ti aspettavi? Una festa?”
Accenno un sorriso di convenienza.
“Cosa c’è, Vic?”
Mi trattiene.
“Niente, è tutto ok.”
Abbasso gli occhi.
“Non mi sembra proprio.”
Prendendomi la mano e mi porta fuori dal locale.
La via è rumorosa a causa del traffico dell’ora di punta. Sul marciapiede opposto due ragazze si rincorrono sghignazzando.
“Si può sapere che succede?” mi chiede davanti all’ingresso del pub.
Evito il suo sguardo voltandomi a osservare le due ragazze.
“Guardami, ti prego.”
Mi prende dolcemente il viso tra le mani. Lo guardo negli occhi.

“Non lo so, dimmelo tu.”
La voce mi trema.
“Credi di esserti comportato bene?”
Si fa serio.
“Non capisco a cosa tu ti riferisca.”
Gli scosto le mani dal mio viso.
“In una settimana due telefonate. Brevissime e glaciali. Per non parlare del messaggio che hai lasciato in segreteria...”
Lui rimane in silenzio e indietreggia, sorpreso.
“Ti stupisci? *Ciao, ci vediamo domani al pub, un bacio*”, dico, imitando la sua voce profonda. “Ma per chi mi hai presa? Per Sam, per la tua assistente o magari per una delle tue fan che stanno lì ad aspettarti pur di ricevere lo straccio di un sorriso?”

Com'è possibile che non si sia reso conto di aver fatto lo stronzo?

Mi fissa serio per un momento.
“Spero che tu stia scherzando.”
Sbuffo.
“Incredibile, fai anche il finto tonto!”

"Avevo da fare, Vic. Non è stata una vacanza. A stento ho chiuso occhio. Ci hanno fatto correre di qua e di là come schegge impazzite."

Scuote la testa.

"Si vede proprio che non ne hai idea."

Impugna la maniglia della porta del pub per rientrare ma lo trattengo prendendolo per un braccio.

"Avrei capito se tu avessi trovato cinque minuti per spiegarmelo. Sarebbero bastati cinque minuti, Sebastian."

Si passa una mano sulla nuca.

"Sei troppo gelosa, non va bene."

"Perché non capisci? Non si tratta di gelosia."

"Di qualsiasi cosa si tratti, dobbiamo trovare una soluzione. Le cose peggioreranno, Victoria. Che ti piaccia o meno. Se non troviamo il modo di andare d'accordo..."

Mette le mani in tasca e si allontana, un calcio a un pacchetto di sigarette appallottolato sul marciapiede, lo sguardo rivolto altrove. Gli occhi mi bruciano. Deglutisco.

"Se non troviamo il modo di andare d'accordo, dobbiamo lasciarci? È questo quello che vuoi dire?"
Ho un groppo in gola.
Si volta immediatamente e fa un passo verso di me.
"No. Ma forse è quello che pensi tu. È questa la conclusione a cui sei arrivata in questi giorni?"

Come fa a pensare che io abbia anche solo considerato quest'idea?

"Io in questi giorni ti ho pensato ogni minuto. Non riesco nemmeno a immaginare..."
La voce mi si spezza in gola, le lacrime scendono incontrollate.
"Non piangere, ti prego, *elskling*."
Mi si avvicina e mi abbraccia.
"È tutto nuovo anche per me. Non voglio passare il tempo a litigare. Dobbiamo trovare un altro modo di comunicare, una soluzione diversa."
Mi sposta una ciocca di capelli dietro l'orecchio.
"Mi spiace che tu ti sia sentita trascurata."

Sollevo gli occhi su di lui.
“Non pretendevo mi chiamassi ogni giorno ma avrei voluto sentirti più vicino, più affettuoso. Prima di partire eravamo così vicini poi, a un tratto, sei sparito. Avrei voluto essere partecipe di quello che ti stava succedendo.”

Quando mi guarda con quegli occhi così profondi, mi sembra di perdermici dentro.

“Non hai idea di come mi sei mancata”, sospira. “Ti prego, fammi un sorriso. Ti giuro che non mi sono reso conto di aver fatto lo stronzo. Mi dispiace.”
“Dispiace anche a me. Non credevo di esserci rimasta così male, finché non ti ho visto.”
Il senso di colpa mi assale.

Appena tornato, è venuto subito da me e io gli ho fatto la scenata. Sono stata egoista?

“Lo so che sei stanco e che eri molto impegnato.”
Mi alzo in punta di piedi e lo bacio.
“Aspettami qui. Arrivo subito”, dice.

Non mi lascia il tempo di rispondere e rientra nel pub lasciandomi sola. Dopo pochi minuti, torna con in mano la mia borsa.
“Dove andiamo?” gli chiedo mentre ferma un taxi.
“Ti porto in un posto e poi a casa.”
“Casa tua o dei Taylor? Io non mi sono portata nulla per la notte.”
“Casa nostra, scema. Non si era deciso di provare a vivere insieme?”
“Sì, ma le mie cose sono tutte da Sadie”, dico mentre entro in macchina.
“Per stasera non ti serve nulla. Possiamo andare a prendere le tue cose domani. Credo sia arrivato il momento di fare sul serio, *elskling.*”
Si sporge sul sedile verso di me e mi bacia, uno di quei baci da farfalle nello stomaco.
La macchina ci lascia davanti a un piccolo bistrò francese in Sloan Square.
“Buonasera, signor Hansen.”
Il caposala ci invita a entrare non appena varchiamo la soglia. In un angolo, un signore ben vestito suona il pianoforte. Alcune ragazze, sedute a un tavolo vicino

all'ingresso, riconosco subito Sebastian. Una di loro si alza e ci viene incontro.

Oh, no anche qui!

Prima che possa raggiungerci, un cameriere ci accompagna fuori dalla sala principale in un piccolo giardino sul retro. Di lei più nessuna traccia. Il cortile è intimo e illuminato da decine di ceri colorati. Nel centro, un tavolo rotondo ben apparecchiato con un cestello per il vino. Il suono del pianoforte arriva fino a noi.
Mi guardo intorno a bocca aperta.
"Wow."
Lui sposta la sedia e mi fa accomodare, poi prende posto vicino a me.
"Volevo farti una sorpresa, così ho pensato di ingannarti con l'idea del pub. Forse avrei dovuto dirtelo. Mi sa che tu non ami molto le sorprese."
Strizza l'occhio e io mi nascondo il viso tra le mani.
"Non mi sono mai sentita così stupida in vita mia. E io credevo che mi volessi lasciare."
Scuote la testa.

"Devi imparare ad avere più fiducia in te stessa e in me."
"Mi sa che hai ragione."
"Chiudi gli occhi."
"Cosa?"
"Ho detto chiudi gli occhi. Fidati di me."
Mi prende la mano e ci mette qualcosa sopra.
"Posso aprirli adesso?"
"Sì."
Sul palmo c'è una scatolina rossa.
"Forza, aprila."
Sollevo il coperchio e trovo una sottile collana d'argento, una piccola gemma verde a forma di goccia come ciondolo.
"Ma sei matto?"
"L'ho vista in vetrina a Los Angeles e mi ha fatto pensare a te. La commessa ha detto che è un pezzo originale degli anni Trenta. La pietra è una giada. Ti piace?"
"È bellissima."
Si alza e me la aggancia intorno al collo. Torna a sedersi e mi osserva in silenzio per un attimo.
"La pietra è verde come i tuoi occhi."
Porto una mano sulla goccia.

"Non me la toglierò mai", gli dico, sorridendo.
Il cameriere si avvicina al tavolo, ci versa lo champagne nei calici e ci lascia soli nel giro di pochi secondi. Sebastian solleva il suo.
"A noi due."
"Al tuo successo."
"Grazie per questa sorpresa. Mi sento così stupida per prima..."
"Smettila, ti prego. Facciamo finta che non sia successo nulla e passiamo una bella serata insieme."
Annuisco.
"In realtà mi ha fatto anche bene stare un po' da sola, sai?"
"Raccontami."
Si sporge verso di me.
"Ho iniziato a lavorare nel negozio di questa signora inglese molto simpatica. Si chiama Jennifer e con lei mi trovo benissimo. Per certe cose mi ricorda un po' Minnie."
Lui sorride e mi bacia.
"Come sei tenera, *elskling*."
"Poi ho camminato tanto per la città e fatto molte fotografie."

“Stare soli può essere utile a trovare un equilibrio. Soprattutto quando si ha il tempo di pensare.”

“Immagino di sì. Hai saputo nulla della scuola?”

“Beh, a dire il vero mi hanno chiamata stamattina...”

“Allora? Che fai mi tieni sulle spine?”

Sento la sua gamba muoversi sotto al tavolo. Sorrido.

“Ho avuto la borsa di studio!”

“Bravissima! Lo sapevo!”

Mi bacia.

“Dal venti settembre sarò ufficialmente una studentessa del New York Photography Institute. Ti rendi conto?”

“Sono davvero orgoglioso di te, te lo meriti proprio.”

Avvicina la sedia alla mia e ricominciamo a baciarci. Continuiamo fino a quando non arriva il cameriere.

“Scusate per l’interruzione”, dice, posando sul tavolo un vassoio con due aragoste adagiate su un letto di patatine fritte.

Rimango a bocca aperta.

“Sembri una bambina che vede la neve per la prima volta”, esclama scoppiando a

ridere. “Non mi dire che non hai mangiato un aragosta prima?”
Scuoto la testa.
“Mai.”
“Non ci credo. Avete una casa a Brighton e i tuoi non te l’hanno mai fatta provare?”
“Beh, immagino non sia proprio la prima scelta che viene in mente a un genitore per sfamare tre figli che mangiano come bisonti.”
“Ma se tu non mangi mai!”
Lo guardo di traverso.
“Da quando ti conosco, prima mangiavo come un bue.”
“Non ti credo.”
Si tira su le maniche per bene e indossa il tovagliolo intorno al collo.
“Che eleganza, eh?” dice strizzandomi l’occhio. “Lascia fare a me. Stasera le mani me le sporco solo io.”
Spacca una chela con le dita e ne tira fuori della polpa bianca striata di rosso portandomela alle labbra.
Mi viene da ridere. Non sono mai stata a mio agio in situazioni del genere. Osservo il boccone per un attimo, poi apro la

bocca. Mastico lentamente, gli occhi chiusi.

“Ma è favolosa! Dolce e soda sotto i denti.”

Quando riapro gli occhi lui è lì che mi guarda.

“Sapevo che ti sarebbe piaciuta. Sei buffa, sai?”

“Perché?”

“Perché lo sei, *elskling*. Tutta concentrata con quel visetto a punta e gli occhi grandi. Sei proprio bella.”

Chiacchieriamo senza sosta, i nostri corpi non smettono mai di toccarsi. Un bicchiere dopo l’altro, finiamo l’intera bottiglia di *Veuve Clicquot*.

Sul taxi che ci porta a casa ci teniamo per mano in silenzio. Il suo sguardo è così eloquente da farmi arrossire. Appena la porta del condominio si chiude alle nostre spalle, mi sbatte al muro e inizia a baciarmi sul collo.

“Accidenti a questo vestito, *sexy pants*”, sospira. “Ti proibisco di metterlo quando non ci sono.”

Le sue mani calde scendono sul mio corpo fino a raggiungere l’orlo dell’abito.

"È tutto quello che ho addosso", bisbiglio nel suo orecchio.
Mi lancia un'occhiata di fuoco e inizia a tirarmelo su.
"Aspetta", sussurro quando arriva all'altezza dei miei fianchi. "Portami a casa."
Si ferma. Abbiamo entrambi il fiato corto. Mi trascina di corsa su per le scale. Cerca le chiavi nelle tasche dei jeans. Alle sue spalle, io faccio scorrere le mie mani lungo la sua cintura fino alla fibbia. La slaccio, poi mi insinuo nei suoi pantaloni. Abbandona le chiavi nella toppa e si volta. Il suo sguardo mi consuma mentre mi solleva da terra e mi spinge contro il muro.
"Siamo selvagge stasera, vedo."
"Non ce la faccio più ad aspettare."
Un gemito scappa fuori dalle mie labbra.
"Mi piace l'effetto che ti fa lo champagne."
Inizia a baciarmi le spalle. Il suo corpo preme contro il mio. Le sue mani sorreggono le mie gambe strette intorno ai suoi fianchi. Mi sposta contro la porta e con un calcio la apre. Scivolo dalla sua presa e scappo in camera. Un attimo dopo mi raggiunge, ricomincia a baciarmi. Lo

spingo sul letto. Sorride malizioso. La luce dei lampioni filtra dalla grande finestra. La sua mano tra le mie gambe. Mi divincolo. Quando mi volto e accendo la radio sento i suoi occhi su di me.

“Che fai?”

Quella voce profonda mi fa venire i brividi.

“Silenzio o perdo il coraggio.”

Appena sento le prime note di ‘Bette Davis Eyes’ alzo il volume.

“Non ti muovere, non fiatare.”

Nella penombra della stanza inizio a ballare. Sfilo una ad una le spalline dell’abito, lentamente, tenendo gli occhi fissi su di lui. I miei fianchi si muovono seguendo il ritmo della musica. Mi giro di spalle e piegandomi in avanti, faccio scorrere il vestito lungo i fianchi, giù fino alle caviglie. Quando tocca il pavimento faccio un passo e mi giro verso Sebastian, che con la schiena appoggiata alla spalliera del letto, mi osserva in silenzio. Cammino verso di lui con movimenti felini.

“Come sei serio.”

Gli sollevo il mento con un dito. Lui si siede sul bordo del letto e mi faccio spazio tra le sue gambe. Mi scappa un sorriso.

Lui, serissimo, mi tira a sé prendendomi per i fianchi. Mi bacia il ventre.
“Non essere impaziente”, gli dico, mentre inizio a sbottonargli la camicia.

Conosco quegli occhi, so che non resisterà a lungo.

Gli sfilo la camicia e comincio a baciargli le spalle, il petto liscio. Scendo fino a raggiungere l’ombelico, poi sempre più giù. Il suo corpo è marmo rovente. Sono in ginocchio davanti a lui. Il suo respiro si fa irregolare. Con una mano raccoglie i miei capelli in una coda e comincia ad accompagnare i miei movimenti.
“Basta”, sospira a un tratto.
Alzo lo sguardo verso di lui. Quegli occhi sono benzina sul fuoco. In un attimo sono in piedi e lui alle mie spalle. Con una spinta decisa mi fa chinare in avanti. Appena è dentro di me comincia a muoversi lentamente. Poi aumenta il ritmo e mi sfugge un lamento. Bastano pochi movimenti decisi a farmi tremare di piacere. Solo allora mi fa voltare. Con una mano mi tiene entrambi i polsi sopra la testa, il suo respiro accarezza la mia pelle.

Se solo potessi fermare questo sguardo in una foto.

Improvvisamente inizia a girarmi la testa e come una scossa, il piacere sopraggiunge a scuotere i nostri corpi. Con il fiato corto e gli occhi ancora chiusi, si sdraia su di me e rimaniamo così per un tempo che non riesco a definire. Gli passo una mano tra i capelli. Osservo i nostri corpi illuminati dalla luce della finestra.

"Guardaci, siamo perfetti insieme."

Si gira su un fianco e fa scorrere lo sguardo su di me. Per un attimo sembra che stia per sorridere ma rimane serio.

Vorrei che questo momento non finisse mai.

"Sebastian?" sussurro.

"Vic?"

"Mi sa che io ti amo."

Sospiro.

Mi guarda per un lungo attimo, poi sorride e mi dà un bacio.

"Hai ragione, siamo perfetti insieme."

27. La regola di Minnie

Molti anni fa, durante una vacanza a Brighton, stavo giocando in giardino quando, dalla porta finestra del salotto, mi imbattei per caso in una conversazione tra mia nonna e mia madre.

"È una regola non scritta, Doris. In ogni coppia chi si espone troppo è sempre il più vulnerabile", sentii dire alla nonna con tono severo.

"Non dire così, mamma."

A mia madre tremava la voce.

"Lo sai che tra me e Carlo sono sempre stata io quella che si faceva desiderare. Cosa avrei dovuto fare? Mettergli le valigie fuori dalla porta?"

"Forse non sarebbe stata una cattiva idea. Invece lo hai pregato di restare, dicendogli che lo amavi ancora."

"Non l'ho pregato. Lui mi ha chiesto se lo amavo ancora e io non me la sono sentita di mentire."

"Come sei ingenua, figlia mia. Avresti dovuto aspettare che ti supplicasse, lasciarlo con il dubbio. E invece..."

Incuriosita dal tono di Minnie e dai singhiozzi sommessi di mia madre, sbirciai oltre lo stipite della porta, quanto bastava per poterle osservare entrambe senza che potessero vedermi.
Mia madre sedeva sul divano, il viso tra le mani curate, i capelli impeccabili, mentre Minnie la consolava come si fa con una bambina.
“A meno che tu non decida di parlargli apertamente, tesoro, continuerai sempre a chiederti se lui ti ama come lo ami tu o se sia tornato solo per tenere insieme la famiglia.”
Mentre parlava, la nonna scuoteva la testa.
“Eh, i figli. Sono una benedizione, ma cambiano ogni cosa.”
Non le ho mai più riviste così vicine come quel giorno. Il loro è sempre stato un rapporto conflittuale. Mia madre, con la sua facciata dura e razionale come quella del nonno, ha sempre cercato di nascondere il suo lato più emotivo. Minnie, tutta empatia e impulsività, ha combattuto tutta la sua vita con Doris perché accettasse quel suo lato tenero e passionale che le ricordava un po’ sé

stessa. Tra loro, una guerra persa. Entrambe troppo testarde per riconoscersi simili e troppo orgogliose per ammettere di esserlo.
Il fatto strano è che fino a oggi non avevo mai più ripensato a quella conversazione. Forse perché noi figli non abbiamo mai percepito quanto stesse accadendo tra i nostri genitori o forse soltanto perché non ne avevo mai davvero colto il senso. Ora, quel ricordo è riaffiorato come per torturarmi.

Mi sono esposta per prima e soffrirò. Se l'ha detto Minnie deve essere vero.

Da quel primo 'ti amo' infatti sono passate quasi due settimane. Siamo stati benissimo, ma nessuno dei due ha più parlato di sentimenti o della discussione che abbiamo avuto fuori dal pub, così come della mia partenza.
Abbiamo lavorato e trascorso insieme ogni minuto libero. Quando cinque giorni fa è uscito il video di 'Stay', le foto sui giornali si sono moltiplicate, e con esse i pettegolezzi e le apparizioni televisive. Di punto in bianco, le nostre vite sono

cambiate. È diventato impossibile uscire di casa e fare una passeggiata mano nella mano, fare la spesa, o andare al cinema, senza essere fermati in continuazione, senza essere interrotti da fotografi e giornalisti o assaliti da ragazzine invadenti. In casa, poi, siamo sempre in troppi. I momenti in cui io e Sebastian riusciamo a stare soli sono sempre più rari.

Quando alla sera ci infiliamo sotto le coperte e lasciamo fuori tutto il resto, è come trovarsi in una bolla magica senza paure. Appena ci separiamo, dentro di me affiorano mille incertezze.

"Secondo te è normale che non abbia risposto quando gli ho detto di amarlo?" chiedo a Sadie per l'ennesima volta durante una delle nostre telefonate giornaliere.

"Ti ho già detto che secondo me lo pensa, ma non si sente pronto. Vicky, è di Sebastian che stiamo parlando. Prima che arrivassi tu, non aveva mai avuto una relazione seria. Porta pazienza, santo cielo. Arriverà il momento giusto e te lo dirà, vedrai."

Sospiro.

"Forse hai ragione, ma mi sento così vulnerabile."
"Lo so, è una cosa normale. Devi cercare di non pensarci troppo. Le cose tra voi vanno bene, no?"
"Sì, benissimo. Ma spesso lui è difficile da leggere. E poi..."
Vorrei dire quello che mi passa per la testa ma mi trattengo.
"E poi cosa, tesoro? Se avessi voluto una storia di quelle che ti fanno sentire al sicuro, saresti dovuta rimanere con mio fratello."
La sento ridere dall'altro capo della cornetta.
"È così prevedibile che a volte mi sembra più vecchio di mio padre."
"Sei tremenda!"
"Dico davvero. Sebastian ti fa battere il cuore proprio perché è così: sfuggente, imprevedibile, profondamente diverso da te e da tutti gli altri ragazzi che hai frequentato prima di lui."
Ci penso un momento.
"Credo che tu abbia ragione. Ma pensavo che con me sarebbe stato diverso."

"E lo è, *honey*[35], te lo posso assicurare. Ma non puoi pretendere che si trasformi in una persona che non è. Lasciagli tempo. Lo so, *'signorina tutto e subito'*, che ti sto chiedendo uno sforzo immane. Ma provaci, per favore."
"Dai, non dire così..."
"Beh, ma tu sei così Vicky. Vuoi sempre tutto e subito. Lo sei sempre stata, fin da bambina. Non ti ricordi, a casa di Minnie, quando i tuoi tornavano dallo shopping a Londra e tu il giorno stesso andavi a cercare i regali nascosti negli armadi? Aprivi i pacchi di tutti e poi li richiudevi facendo finta di nulla, soltanto perché non riuscivi ad aspettare."
Scoppio a ridere.
"Sì, e poi facevo la faccia sorpresa quando li aprivo davanti a tutti."
"Esatto! Tu e la pazienza non siete mai andate molto d'accordo, e con Sebastian, Vicky, di pazienza ce ne vuole e ce ne vorrà sempre tanta. Ti ricordi il discorso che ti ho fatto al mare qualche settimana fa?"

---

[35] Dolcezza.

"Cacchio se me lo ricordo, una vera ramanzina."
"Ecco, cerca di metterti il cuore in pace. Limita le scenate di gelosia e comportati bene. Le cose arriveranno a tempo debito."
In quel momento, come ogni sabato, Sebastian rientra dalla sua corsa mattutina. Patrick e Nataniel sono partiti per il fine settimana. Siamo soli. Prende un bicchiere, lo riempie di latte e si siede a tavola, poi inizia a leggere il giornale, un asciugamano intorno al collo e la fronte imperlata di sudore.
"Sadie, adesso vado che è tornato. Ci vediamo stasera da voi."
"Perfetto. Stasera non farti troppo figa, mi raccomando."
Poso la cornetta e raggiungo Sebastian. Lui si sporge verso di me e mi bacia. Le sue labbra sono salate per via del sudore.
"Era Sadie?" mi chiede.
Annuisco.
"E stavate parlando di me."
"No. Che presuntuoso che sei."
"Ah sì? E allora perché appena sono entrato, hai tagliato corto?"

Mi guarda di traverso. Mi schiarisco la voce.
“Senti, devo dirti una cosa.”
Chiude il giornale e si fa serio.
“Devo preoccuparmi?”
“No, beh, non so, dipende...” sospiro. “Cacchio non so da dove iniziare.”
“Spara.”
È calmo, come sempre.
“Ho un ritardo e io sono sempre puntuale.” Dico tutto in un fiato.
“Scusa?”
Si passa l’asciugamano sul viso.
“Sei in ritardo?”
“Non sono in ritardo, Bastian. Ho un ritardo. Non ho avuto il ciclo, questo mese.”
Lui impallidisce e rimane in silenzio, poi con tono tranquillo mi chiede: “Hai fatto casino con la pillola?”
“Sì, l’ho dimenticata qualche volta, ma non pensavo che potesse essere un problema. Insomma, mi era già capitato.”
Fa un respiro profondo, poi si alza e va a sciacquare il bicchiere. Guardo le sue spalle, in silenzio, aspettando che dica qualcosa. Intanto, dentro mi sento morire.

"Quanto?" mi chiede. Non rispondo. Nella testa mi sembra di avere uno sciame di api. Lui si volta verso di me.

"Di quanto è il ritardo, Vic?"

"Una settimana."

Abbasso gli occhi.

"Dopo quanto si può fare un test di gravidanza?"

Cammina verso la finestra. Le mani strette intorno ai bordi dell'asciugamano.

"Due settimane, credo."

"Va bene. Allora aspettiamo la settimana prossima, poi vediamo. Inutile preoccuparsi adesso. Un ritardo può capitare."

Rimango seduta a guardarlo. Nella mia mente avevo vagliato diverse possibili reazioni: gioia, rabbia, panico. Ma di certo, non questa.

"Adesso vado a farmi una doccia, poi preparo qualcosa da mangiare."

Si chiude a chiave in bagno lasciandomi fuori.

È la prima volta da quando stiamo insieme che si isola senza lasciarmi la possibilità di parlargli.

Cammino su e giù per la stanza. Non ce la faccio ad aspettare. Mi sento come quando a un processo l'imputato attende il verdetto della giuria.

Devo uscire a fare due passi.

Vado in camera. Infilo la giacca di jeans, prendo la macchina fotografica. Dietro la porta d'entrata c'è una lavagnetta magnetica. Con il pennarello scrivo:
Ho bisogno di uscire a prendere una boccata d'aria. Torno presto. Non venire a cercarmi, ti prego.
Vic
Al mio rientro, un paio d'ore dopo, trovo la casa immersa nel silenzio. La sala è vuota, in ordine. Mi precipito in camera nostra, il cuore in gola.

Spero che non sia andato via.

Quando apro la porta, lo trovo seduto sul letto, la schiena sulla spalliera. Jeans, maglietta, i capelli ancora umidi, le gambe incrociate e i piedi nudi. Ascolta la musica con il walkman. Ha in mano una matita, un quaderno con la copertina rossa e scrive. Deve essere una sorta di diario, non so cosa contenga ma lo porta sempre con sé quando sta via per più di un giorno. Lo custodisce gelosamente, come se ci tenesse dentro i suoi segreti più intimi. Dapprima sembra non accorgersi di me, poi alza lo sguardo, sfila le cuffie dalla testa, serio.

"Ti puoi sedere qui con me, per favore?"

Poso la macchina fotografica sulla scrivania, poi lo raggiungo.

"Lo capisco, se sei arrabbiata con me."

Chiude il quaderno e vi infila in mezzo la matita.

"No, non sono arrabbiata. Sono solo preoccupata. Lo so che se dovessi essere incinta cambierebbe tutto."

"Sì, è così infatti. Stiamo insieme da poco e tu sei così giovane. E poi... c'è la carriera. La mia, certo, ma soprattutto la tua. Io potrei continuare a fare quello che faccio, ma tu..."

"Lo so."

Abbasso gli occhi. Mi cinge le spalle con il braccio.

"Mi dispiace per prima. Non volevo sembrarti arrabbiato, ma ho avuto bisogno di un momento da solo per elaborare."
"Lo capisco. Anche io sono confusa."

Pagherei per sapere cosa sta pensando.

Invece me ne sto qui a guardarlo negli occhi. E di nuovo, come la prima volta che siamo rimasti soli, ho sensazione di trovarmi sull'orlo di un precipizio. Con le vertigini e tanta paura di cadere. A un tratto, proprio come in quell'occasione, ho la sensazione che riesca a leggermi dentro.
"Ascoltami bene, *elskling*. Di tutte le ragazze che ho conosciuto", dice mentre mi prende la mano, "tu sei l'unica con cui un giorno potrei pensare di fare un figlio. Magari questo non è il momento migliore, ma se dovesse capitare, sono certo che troveremmo il modo di affrontare anche questo."
Non riesco a credere alle mie orecchie. "Come fai a dire queste cose, se non sei nemmeno innamorato di me?"
"E tu che ne sai?"
Accenna un sorriso.

"L'altra sera, quando ti ho detto ti amo hai fatto finta di niente."

Ecco qui, l'ho detto di nuovo. Accidenti a me.

"Non ho fatto finta di niente, sciocchina. Ho detto che siamo perfetti insieme. Lo sai che ho i miei tempi. Ormai dovresti conoscermi."
Mi sposta i capelli dal viso e mi bacia. Resto in silenzio, pensierosa.
"L'hai già detto a qualcuno, del ritardo?" chiede.
"No, certo che no. È una cosa nostra."
"Bene, credo che sia meglio così."
"Se ci fosse stata Minnie, però, a lei lo avrei detto."
Mi incupisco per un attimo. Mi accarezza il viso.
"Lo so, *elskling*. Lei ti sente, lo sa. È l'unica a conoscere il nostro segreto."
Ci abbracciamo in silenzio, poi lui torna a scrivere sul suo quaderno. Io inizio a preparare il pranzo. Mi chiama, dopo un po'.
"*Elskling*?"

“Sì?”
Mi fermo sulla soglia della camera.
“Senti che pace.”
La luce filtra dalle tende e illumina il suo viso.
“Mi piace stare da solo con te.”
Sorrido.
“Anche a me.”
“Magari, con il primo anticipo, prendo una casa solo per noi due. Che ne dici?”
Scuoto la testa.
“Dico che sei completamente matto.”
Lui scivola giù dal letto e viene a baciarmi.
“Matto, in senso buono, spero?”
“Credo che non riuscirò mai a capire davvero cosa ti passa per la testa.”
Annuisco.
“Meglio così.”
Prende la chitarra e viene a sedersi sul divano mentre finisco di cucinare. Una brezza leggera entra dalla finestra socchiusa. Lui suona e mi guarda. Sembra felice. Improvvisamente non ho più paura del futuro.

Forse, quando ci si vuole bene come ce ne vogliamo io e Sebastian, la regola di Minnie non vale.

28. Amiche

Sebastian è partito di nuovo. Il telefono ha squillato alle otto precise. Ne sono certa perché rigirandomi nel letto ho lanciato un'occhiata veloce alla sveglia. Si è trascinato fuori dalle lenzuola, ha infilato i jeans ed è andato a rispondere. Io ho allungato una mano sulla tenda e l'ho spostata. Non so se per via del cielo pieno di nubi scure, ma ho avuto da subito un brutto presentimento.
Dopo qualche minuto, Sebastian è tornato in camera.
"*Elskling*, fra tre ore dobbiamo prendere un volo per New York. Ho fatto prendere un biglietto anche per te."

Cacchio, lo sapevo.

"No, Bastian, io devo restare a Londra. Ho promesso a Jenny di farle da assistente per un matrimonio domani pomeriggio. Non posso mollarla così."

Odio il suo lavoro che lo porta via da me.

"Sei proprio sicura che non ti possa sostituire?"
"Potrei chiederglielo ma non mi sembra giusto. Lei con me è sempre molto disponibile e non sarebbe professionale da parte mia un atteggiamento del genere. Mi dispiace."
"Capisco. Dispiace tanto anche a me."
"Pensami quando sei lontano", gli ho detto, e gli ho dato il braccialetto con il mio nome. Lui mi ha abbracciata.
"Grazie *elskling*, sei un amore."
Un bacio sulla fronte e l'ha indossato subito. Mentre ce ne stavamo lì, occhi negli occhi, per un attimo avrei giurato che le parole 'ti amo' fossero in bilico sulle sue labbra, pronte a uscire, ma è rimasto in silenzio. Mi ha spogliata di quel poco che indossavo e abbiamo fatto l'amore.
"Promettimi che non ti arrabbierai se ti dovessi chiamare poco. Probabilmente sarò molto impegnato. Lo sai che ti penserò", mi ha detto mentre si rivestiva, lo sguardo serio. "E mi raccomando, aspettami per fare il test."

Poi si è alzato in piedi e ha sfilato il borsone da sopra l'armadio.
"Ci proverò", ho risposto. Nonostante i miei sforzi per sembrare rilassata, sentivo gli angoli della mia bocca piegarsi in un broncio.
"Ma tu cerca di fare del tuo meglio."

Odio quella dannata valigia.

Ogni volta che lo vedevo chinarsi a prendere un nuovo indumento dall'armadio, avrei voluto svuotarla. Avrei voluto tornare indietro nel tempo, tirarlo per mano e farlo tornare sotto le lenzuola con me. Possedere un potere speciale, come il canto di una sirena, che gli facesse dimenticare ogni cosa e lo incastrasse tra quelle quattro mura dandogli l'illusione di non aver bisogno di altro, se non di me. Invece no. Sono rimasta lì, immobile. La sua maglietta preferita addosso, il suo odore sulla pelle e un tiepido sorriso di risposta al suo.
"Pensami..." gli ho detto sulla porta quando siamo rimasti soli, poi un lungo bacio ed è scappato via.

...

Oggi è giovedì e sono trascorsi sei giorni dalla partenza di Sebastian. Da allora mi ha chiamata soltanto due volte: quando è arrivato in albergo, e domenica sera per un saluto al volo, poi è sparito. Ho provato a telefonargli, ma il numero della sua camera suona sempre a vuoto.

Sola, in questa casa piena di cose sue, mi sento quasi un ospite. A rendere la situazione ancora più difficile il pensiero che tra pochi giorni la mia vita potrebbe cambiare drasticamente. Mi guardo allo specchio: so che è assurdo, ma giurerei di vedere il mio corpo cambiare.

E se davvero aspettassimo un figlio? Significherebbe una vita scandita da una serie di lunghe attese? Dovrei restare sempre sola ad aspettare di conoscere il bambino che mi cresce dentro? Ad aspettare suo padre, che quando esce dalla porta, sembra scordarsi di me? Chissà cosa gli passa per la testa? Ma perché mi sono innamorata di un uomo così diverso da me?

Mi sembra di impazzire e quando mi sento così ho il bisogno di uscire a correre o a fare delle foto, ma fuori diluvia. Allora leggo, guardo la televisione, sistemo le mie foto... poi chiamo Sadie. Ci diamo appuntamento per cenare fuori. Provo a ingannare il tempo che manca mettendomi a riordinare la camera. Apro il cassetto della scrivania per mettere a posto i suoi plettri, ed eccolo lì: di fronte a me, il quaderno con la copertina rossa. L'ha dimenticato.

Si meriterebbe che lo leggessi, che entrassi in quei pensieri segreti senza avere il suo permesso.

Lo prendo in mano. Esito, poi lo apro. Riconosco la calligrafia spigolosa di Sebastian. Sui bordi, degli scarabocchi a matita: un volto maschile, una barca. Nel centro della pagina, queste parole:

I dream about nights long like weeks, cold bright skys, a house in the woods,
the warmth of a fireplace. If memory were knives, I don't think I'd be alive.[36]

Il senso di colpa mi assale. Mi sembra chiaro che le parole siano rivolte al padre. Non me ne ha mai parlato e non credo sia giusto scoprire così di loro. Chiudo il quaderno e lo rimetto al suo posto.
Ora si è alzato il vento a fare da cornice alla pioggia battente. Al solo pensiero di uscire mi vengono i brividi. Decido di richiamare Sadie.
"*Hello*?"
"*Hey*. Hai visto che tempo?"
"Ti stai annoiando a morte, eh?"
La sento ridere. Rido anche io.
"Sì."

Mi conosce troppo bene.

"Senti, ma perché non lasciamo stare la cena e i drink? Perché non prendi la macchina, passi al ristorante cinese all'angolo e ci facciamo un pigiama party qui da me?"

---

[36] Sogno di notti lunghe settimane, cieli freddi e luminosi, di una casa nei boschi, il calore di un camino acceso. Se i ricordi fossero coltelli, non credo sarei vivo.

"Ci sto!" dice senza esitazione. "Non mi cambio neanche. Dammi mezz'ora e sono lì."

Faccio appena in tempo a infornare dei biscotti e a fare una doccia.

Quando vedo Sadie entrare col pigiama, le scarpe da ginnastica e la giacca di pelle, scoppio in una risata.

"Stai proprio fuori!" le dico.

"Oh, finalmente rivedo la mia vecchia amica Vic! Che piacere trovarti spettinata e con il pigiama. Ultimamente sembrava che dovessi sempre partecipare a un concorso di bellezza."

Posa un sacchetto sul tavolo. Insieme iniziamo a tirare fuori i contenitori con il cibo.

"Esagerata. Questa è la mia tenuta anche quando i ragazzi sono a casa."

"Non ci credo neanche se ti vedo, guarda."

Ci sediamo e iniziamo a mangiare.

"Avanti, dimmi che succede", dice finendo il suo involtino primavera. "Non ti sta chiamando nemmeno stavolta?"

Scuoto la testa, mentre mi infilo in bocca una forchettata enorme di spaghetti di riso e verdure.

"Non mangiavi da una settimana?"
Le viene da ridere.
"Praticamente sì."
Le dico con la bocca piena, poi ingoio. "Lo sai che quando sono sola non mi faccio neanche la spesa. Ho passato tre giorni a mangiare cereali, cioccolata e biscotti. Non vedevo l'ora di ingerire del cibo vero."
Bevo un sorso di coca-cola.
"Ah, dimenticavo, ho mangiato anche la torta di nozze di quei poveri ragazzi a cui abbiamo fatto le foto."
"Perché poveri?"
"Perché ha piovuto a dirotto tutto il tempo e la festa avrebbe dovuto essere all'aperto. Non ti dico che casino! Hanno dovuto cambiare tutto all'ultimo momento."
Alzo le spalle.
"Comunque sì, Sebastian non chiama e io sto diventando pazza, se pensi che poi..."
Mi fermo. Ho promesso a Sebastian di non dirlo a nessuno.
"Poi cosa?"
"Niente."
"Vicky, lo sai che con me non funziona. Mi stai tenendo un segreto da giorni. Ti

conosco. Pensavo mi volessi vedere per dirmelo. Avanti, dai, non farti pregare.”

“Gli ho promesso che non ne avrei parlato con nessuno.”

“E lui ti ha promesso che avrebbe chiamato. Siete pari.”

“Va bene”, sospiro. “Ma tu giura che non ne fai parola con anima viva. Non prima che sia una cosa sicura.”

Annuisce.

“No, devi giurare.”

“Croce sul cuore”, mi dice come quando eravamo bambine.

“Ecco, sai che a me capita di fare casino con la pillola...”

Infilo in bocca un’altra forchettata di cibo.

“Oh mio dio! Sei incinta!”

Si alza in piedi così velocemente che quasi trascina con sé la tovaglia insieme con tutti i piatti.

“Aspetta, siediti. Rilassati. Non so se lo sono, ma ho un ritardo.”

“Oddio, ma sarebbe bellissimo.”

Viene ad abbracciarmi.

“O forse no? Dimmi tu. Devo essere contenta? Voi sareste contenti?”

I suoi occhi nocciola rimangono spalancati in attesa di una risposta.
“Non lo so. Noi siamo confusi. Io sono un casino. Lui ha detto che non riesce a immaginare di fare un figlio con nessun’altra. Ma ha parlato del futuro. Non so...”
Sadie torna a sedersi.
“Certo, sarebbe un casino. È un po’ presto.”
Ci pensa su un attimo.
“Beh, inutile rimuginarci su, tanto fino a sabato, non posso fare il test. Gli ho promesso che aspetterò che torni.”
“Non manca molto. Solo cinque giorni. Da adesso, la mia missione sarà tenerti occupata e distrarti.”
“Grazie, sarebbe favoloso.”
“Benissimo. Iniziamo subito con il parlare di Matthew, allora. Mi sta facendo impazzire con la sua fissa per il Marquee.”
“Il Marquee?”
“Sì, un club in centro. A quanto pare è terribilmente di moda ultimamente. Fosse per lui, ci dovremmo andare ogni sera. Hanno visto che Bowie lo ha frequentato

parecchio di recente. Sai che lui ha la passione per Bowie?"
"Passione? Oserei dire ossessione. L'ultima volta che siete venuti da noi, lui, Sam e Sebastian non hanno parlato di altro per tutta la sera."
"Ecco. Io gli voglio bene, ma mi sta veramente esasperando."
"Quella sera, quando siete andati via, Sebastian ha detto che se fosse in te sarebbe geloso del Duca Bianco."
"Ecco, appunto!"
Scuote la testa sorniona.
"Dici che se mi vestissi da Ziggy Stardust, accenderei nuove fantasie in lui?"
"Secondo me, sì."
Scoppiamo a ridere.
"Ma noi, un uomo normale no, eh?" dice lei.
Ridiamo così tanto da piangere e prese dalla frenesia iniziamo a elencare tutti gli aspetti più buffi di Matthew e Sebastian finché non ci calmiamo. Finita la cena, andiamo a sederci sul divano, una di fronte all'altra, le gambe stese sotto la coperta di lana.

"Certo che siamo proprio due bambine", le dico indicando la scodella piena di biscotti e i bicchieri di latte sul tavolino davanti a noi.
"Alla nostra età si esce e ci si ubriaca e noi facciamo serata così."
Lei fa spallucce e prende il suo bicchiere di latte tra le mani.
"A me piace. Abbiamo tutta la vita per fare baldoria. Fuori c'è un tempo tremendo e noi due qui, insieme sotto questa coperta, abbiamo tutto. Cosa c'è di meglio di una vera amica?"
Annuisco e intanto cambio canale distrattamente, finché i titoli di testa di un film non catturano la mia attenzione.
"Poi, se in televisione trasmettono anche il nostro film preferito..."
Sadie si volta verso la tv.
"Oddio", esclama con un gridolino di gioia. "Non ci posso credere, 'La storia infinita'. *Totally tubular*!"
Non so se sia per via del latte caldo o perché insieme siamo così rilassate, ma finiamo per addormentarci entrambe.

...

Improvvisamente, gli squilli del telefono rompono il silenzio, svegliandomi di soprassalto. Mi allungo fino a prendere la cornetta sul tavolino alle mie spalle.
"Pronto?" dico. Ho bocca secca per il sonno e amara per l'adrenalina.
"*Elskling*. Che bello sentire la tua voce. Dormivi?"
"Sì, ma non fa nulla. Che ore sono?" gli chiedo ancora un po' confusa.
"Qui sono le sette e mezza. Lì dovrebbe essere mezzanotte e mezza. Come stai?"
"Bene, grazie. Avevo perso la speranza di sentirti. Dopo ben tre giorni di silenzio."
Sorrido, non riesco a rimanere arrabbiata.

Sono troppo felice di sentirlo per sprecare il tempo a discutere.

"Scusami tanto, davvero. Anche questa volta è un casino. Abbiamo finito di registrare il secondo video. È stato un lavoro estenuante. Giorno e notte. Poi ti racconto. Alcuni membri del cast che hanno lavorato con noi, devono andare a Parigi domattina, quindi non abbiamo avuto molto tempo. Stasera festeggiamo con loro."

"Dai, che bello! Immagino che lavoraccio. Poi mi devi raccontare tutto."

"Mi manchi, *elskling*", sospira. "Ci sono novità?"

Mi sembra sincero e questo mi rende felice.

"Il solito. Non mi sono arrivate. Me la sto facendo sotto. Ho paura di essere davvero incinta, sai?"

Proprio in quel momento, sento che bussano alla sua porta.

"Avanti", dice ad alta voce, poi torna a rivolgersi a me. "Vedremo", dice, con voce più fredda. Poi resta un attimo in silenzio. "Tu comunque stai bene, giusto?"

Una voce femminile lo chiama in sottofondo. Improvvisamente avverto una fitta di gelosia.

"Sto bene. Mi sa che devi andare."

"Sì, una delle ragazze del cast è venuta a chiamarmi. Mi aspettano tutti qui fuori. Devo andare, Vic. Il numero dell'albergo ce l'hai. Mi raccomando, se hai bisogno, chiama. Un bacio, *elskling*. A presto."

Non faccio in tempo a rispondere che ha già riagganciato.
Rimango per un attimo a guardare la cornetta nella mia mano. Sadie, che nel frattempo si è svegliata, è seduta a gambe incrociate davanti a me, in attesa.
"Allora?" mi chiede.
"Era carino, poi è arrivata a chiamarlo una donna. Una del cast del nuovo video, dice lui. E si è raffreddato. Mi ha scaricata in un baleno."
"Che stronzo!" si lascia sfuggire Sadie. "Scusa eh, ma è proprio vero che se uno nasce tondo non può morire quadrato."
"Infatti."
Riaggancio.
"Andiamo a letto, va', che è meglio."
Dopo essermi lavata i denti la raggiungo in camera.
"Scusa, che frana che sono, non ho nemmeno cambiato le lenzuola. Fammelo fare adesso."
"Lascia stare, scema. Tu dormi al suo posto, io dormo al tuo."
Annuisco.
"Comunque, mentre eri in bagno, pensavo a voi due", dice, mentre si siede sulla

sinistra del letto. "Lui non è uno stronzo con te. Non ho dubbi che sia innamorato e che ti sia fedele. Solo che fa fatica a perdere le abitudini e gli atteggiamenti da eterno single: il flirtare con le altre, la mancanza di attenzioni quando è lontano, la difficoltà a parlare dei propri sentimenti."
Sospiro e mi sdraio. Il profumo di Sebastian impregna il cuscino e mi investe un'ondata di malinconia.
"Devi avere pazienza, amica mia. Tanta pazienza."
Poi si alza e va in bagno e io, nell'attesa che torni, finisco per addormentarmi di nuovo.

29. La delusione

Al mio risveglio, sono sola. Sadie è uscita presto.
"Vicky, devo andare al lavoro. Ci sentiamo dopo", ha detto.
Il sole non era ancora alto nel cielo e avevo troppo sonno per alzarmi e accompagnarla.
Mi sono svegliata soltanto ora. Il negozio oggi resterà chiuso. Jenny non c'è ma mi ha lasciato le chiavi, così che io possa andare nel retro a stampare le mie foto. Nonostante sia da poco passato mezzogiorno, decido di fare colazione. Prendo latte e cereali e mi siedo a tavola, con la televisione accesa in sottofondo. A un tratto sento fare il nome di Sebastian. Per poco non mi viene un colpo. Stringo la ciotola tra le mani e mi siedo sul divano, più vicina possibile allo schermo. Il presentatore parla di uno scoop eccezionale.
"Mi dispiace dare immensa delusione alle fans, ma pare che l'affascinante cantante del gruppo, Sebastian Hansen, abbia una fidanzata."

Il mio sorriso viene spento da una fotografia che compare in sovraimpressione: lo ritrae insieme a una donna alta, fasciata in un abito nero aderente con uno spacco profondo, il braccio di lui intorno alla vita di lei, che gli passa una mano tra i capelli. Sembra quasi si stiano baciando, anche se non posso esserne certa. La foto è un po' sgranata e lui è di spalle. Sembra che sia stata scattata da lontano con uno zoom. Ma si tratta di Sebastian, di questo sono certa.

La postura, i bracciali, la maglietta con l'aquila disegnata sulla schiena, le spalle muscolose e quelle mani grandi che conosco bene, così come conosco la sensazione che sta provando lei.

Credevo di essere l'unica a poterla provare, invece mi sbagliavo.

Una rabbia incontenibile mi sale nel petto, ma resto a guardare.

"Questi sono scatti rubati ieri sera, da un paparazzo che seguiva gli Shine Away nella loro breve trasferta newyorkese" aggiunge il presentatore. Mi alzo in piedi.

Stavolta l'immagine è perfettamente a fuoco, e i due si stanno baciando: riconosco i capelli biondi della donna, sembrano seta, le sue gambe lunghe, quel bracciale a fascia di diamanti. Lei è Crystal.
"Cosa?" urlo e butto per terra la ciotola, che si spacca in mille pezzi. Il tappeto si ricopre di un denso miscuglio di latte e cereali. Senza pensarci, spengo la televisione e corro a prendere il telefono per chiamarlo. Non risponde nessuno. Sbatto la cornetta e corro in camera, strillando:
"Non merita nemmeno un briciolo del mio rispetto e della mia comprensione, questo stronzo! Mi ha mentito per tutto il tempo. E io, come una scema, ci sono cascata. Ma questa volta me la paga. Giuro che me la paga cara."
Come una furia, apro il cassetto e prendo il quaderno rosso. Inizio a sfogliarne le pagine senza cura, alla ricerca di una prova scritta. La prova dei suoi tradimenti, della sua malafede. Dopo la poesia della prima pagina, partiture musicali, testi di canzoni abbozzati e scarabocchi. Una fotografia scivola fuori dalle pagine: è la

mia. Quella che mi ha fatto la prima sera al pub. Prendo la forbice dal portamatite e la taglio in pezzi piccolissimi. So quanto ci tiene e voglio ferirlo. Quando è ridotta in coriandoli, li lancio nell'aria, lasciando che finiscano sparsi sul pavimento.
"Devi trovarli così, come la nostra storia. Pezzi di ricordi tra le quattro mura di questa fottuta camera."
Continuo a sfogliare le pagine, in preda a una smania isterica. Improvvisamente, eccolo lì. A occupare le due pagine centrali, nel centro del suo prezioso quaderno, un ritratto: si tratta del corpo nudo di una donna sdraiata sul suo letto. Una mano sul ventre, l'altra tra i cuscini. Una cicatrice sul ginocchio e un caschetto di capelli neri spettinati che le coprono il viso.

È bellissimo.

Il mio cuore perde un battito. La donna ritratta in quel disegno sono io. Quello che in un altro momento mi avrebbe commossa, in questo istante mi fa infuriare.

“Che merda che sei, hai distrutto il nostro amore per una scappatella con quella...”
Le lacrime che scorrono sulle mie guance, in breve cedono il posto ai singhiozzi. Butto il suo prezioso quaderno per terra, raccolgo le mie cose in uno zaino ed esco.

...

Cammino fino al lavoro e passo da sola il resto del pomeriggio nel buio della camera oscura. Il telefono squilla un ripetutamente ma non rispondo.

Se fosse un cliente non sarei in grado di assisterlo senza Jenny e se fosse Sebastian...Beh, adesso è arrivato il suo turno di restare in attesa.

Le lacrime finiscono e si fanno largo nuovi pensieri.

E se fossi davvero incinta? Non voglio più vederlo quello stronzo. Devo tornare a casa, dirlo ai miei genitori. Non voglio immaginare cosa dirà Sadie quando lo verrà a sapere...

Penso a Minnie. Mi manca da togliermi il fiato. Mi passo una mano sulla pancia.

Se sei lì dentro non ti preoccupare, ce la faremo benissimo anche da soli.

Vado a prendermi una fetta di torta dal frigorifero e mi preparo una tazza di tè. A un tratto una fitta al basso ventre mi fa sussultare. Mi scappa un lamento. Corro in bagno. Le mutandine sporche di sangue. Un sospiro di sollievo e poi il senso di colpa, di sconfitta. Infine, un vuoto profondo e una consapevolezza: è bastato il pensiero di un figlio dentro di me a darmi forza, a togliermi la paura di perdere Sebastian. Improvvisamente mi sorprende un dolore sottile e intenso come la lama di un bisturi.

Può mancarmi così tanto questo bambino che non c'è mai stato?

30. Tradimento

Alle cinque chiudo il negozio e mi avvio verso casa. Scelgo di fare il giro più lungo passando attraverso il parco. L'aria è fresca, il sole sta lentamente calando dietro i palazzi. Penso a Minnie.

Accidenti, quanto mi manca.

Da quando non c'è lei, chiamo a casa soltanto una volta alla settimana. I miei genitori sembrano sereni all'idea di farmi fare questa esperienza lontano da casa. Anche loro hanno dato fiducia a Sebastian. Il pensiero si sposta su di lui e la mia mano raggiunge il ciondolo di giada che si posa freddo sul mio decolleté.

Avrei giurato fosse amore vero.

Le lacrime scivolano sulle guance. A ogni passo, la morsa allo stomaco si stringe un po' di più. Senza nemmeno rendermene conto, arrivo davanti a casa nostra.

Casa sua. Io non vivo più qui.

Pur sapendo di desiderare l'impossibile, per un momento spero di trovarlo seduto sul divano ad aspettarmi. Quando entro, trovo l'appartamento esattamente com'era quando sono uscita. Lascio la borsa per terra, la macchina fotografica sul tavolo e corro a controllare la segreteria telefonica. Sul display lampeggia una luce rossa. Mi siedo sul divano, le gambe tremanti, le mani gelate. Respiro profondamente e schiaccio il pulsante sopra la spia lampeggiante. La voce robotica annuncia dieci messaggi. Il cuore batte come un tamburo nel mio petto.
"Vic, amore, sei a casa? Mi chiami appena senti questo messaggio, per favore?"
Lo cancello senza esitare.

Adesso mi chiami amore, eh stronzo?

Secondo messaggio:
"*Elskling,* forse sei al lavoro ma non mi rispondi nemmeno lì. Sono preoccupato... Senti, non so se hai visto, ma oggi televisione e giornali hanno parlato di me."

Fa una pausa, come per pensare alle parole più adatte da usare.
"Stanno girando delle fotografie, delle voci non vere. Cazzo, Vic rispondi, ti devo spiegare. Non posso farlo così, lasciandoti un messaggio in segreteria. Chiamami subito, ti prego."
Cancello il messaggio. Le gambe tremanti, il cuore in gola.

Adesso sì che te la stai facendo sotto, eh? Infame! Ma è troppo tardi. Non ti chiamerò per dirti che non aspettiamo un figlio. Non ascolterò le tue scuse. Dovrai venire qui e parlarmi di persona. Dovrai guardarmi in faccia mentre ti inventi qualche cazzata. Non farò nulla per alleviare la tua pena nel leggere la delusione nei miei occhi.

Schiaccio il pulsante. Parte il terzo messaggio:
"Victoria, devi rispondermi, cazzo. Non è da te sparire così. Sono passate due ore dal mio primo messaggio. Devo parlarti..."
Non lo lascio nemmeno finire: premo il pulsante per cancellare anche questo.

Faccio scorrere tutti i messaggi e, una alla volta, cancello ogni registrazione, senza ascoltarne il contenuto. Ogni volta che sento il suono della sua voce, sempre più arrabbiata e impaziente, passo oltre. Quando arrivo al decimo, sto quasi per cancellarlo, ma sento la voce di Sadie e mi fermo.

"Vicky, ma dove sei? Mi ha chiamata Sam, dice che è successo un casino con Sebastian: dei giornalisti hanno pubblicato delle sue vecchie fotografie insieme a Crystal. Dice che Sebastian sta impazzendo, tu non rispondi e lui è preoccupato. Chiamami subito, ti prego."

Prendo la cornetta e le faccio una telefonata.

"*Hello*?" risponde una voce femminile al primo squillo.

"Sadie?" chiamo, la voce tremante.

"Vicky?"

"Sì, sono io. Che fai, non mi riconosci?" Accenno un sorriso nervoso.

"Scusa, non sembravi nemmeno tu. Ma che cazzo sta succedendo? Ti ho chiamata al lavoro e poi a casa, appena mi ha telefonato Sam, ma non riuscivo a trovarti

e mi è salita un'ansia pazzesca. Come stai?"
"Mi ha tradita", scoppio a piangere. "Sapeva che ero a casa ad aspettarlo. Sapeva che avrei potuto essere incinta di suo figlio e mi ha tradita, Sadie."
"Aspetta, amica mia, a quanto pare c'è una spiegazione: le foto sono vecchie."
"Credi davvero a questa cazzata?"
Tiro su col naso.
"Mi ha chiamata per tutto il pomeriggio, ha lasciato nove fottuti messaggi! Nove, capisci? Prima non aveva nemmeno il tempo di farmi uno squillo! È soltanto uno stronzo! Si sta cagando sotto perché ha sbagliato e lo sa. Io non voglio più vederlo. Punto e basta."
"Forse hai ragione Vicky, e forse no. Chiamalo, prima di arrivare a conclusioni affrettate. Parlagli. E se davvero aspettassi suo figlio? Cosa faresti se fosse così, lo taglieresti fuori di punto in bianco?"
"Non sono incinta. Mi sono arrivate oggi pomeriggio."
Mentre lo dico, la voce mi si vela di tristezza.

Lei rimane in silenzio per un attimo, poi sospira.
“Mi dispiace.”
Deve aver capito quanto ci tenessi, anche se non ho voluto ammetterlo nemmeno a me stessa.
“Perciò, per quanto mi riguarda, può andare a farsi fottere”, proseguo, mentre le lacrime continuano a scendere. “Lui, tutte le sue fan ed ex fidanzate. Non sono mai stata più incazzata in vita mia, Sadie. Ha rovinato tutto.”
“Mi dispiace Vicky, tanto. Ma credo che tu debba affrontarlo e dirgli tutte le cose che ora hai detto a me.”
Resto in silenzio.
“Sei lì, Vicky?”
“Sì, ci sono”, sbuffo. “Lo farò. Ma soltanto quando si degnerà di tornare. Adesso ho bisogno di una bella sbronza e di buttare fuori tutta la furia che ho dentro. Per Minnie, per Sebastian. Per queste ultime folli settimane in cui ho perfino considerato l’idea di rinunciare ai miei sogni pur di stare con lui. Lui, che non riesce nemmeno a dire che mi ama. Che ingenua che sono. Cosa mi aspettavo?”

Deglutisco, ma il sapore amaro che ho in bocca non va via.
“Va bene”, sospira lei. “Vestiti che usciamo.”
“Dove andiamo?”
“Al Marquee. Chiamo gli altri.”
“Benissimo. Ci vediamo lì alle dieci.”
“Se vuoi vengo da te adesso.”
“Adesso ho bisogno di farmi una doccia e restare un po’ da sola. Grazie, Sadie. Ci vediamo lì, prendo un *cab*. Posso dormire da te, stanotte?”
“Ma certo, tesoro. Puoi stare da me per tutto il tempo che ti serve. Segnati questo indirizzo: 14 di Upper Saint Martins Lane, Covent Garden. È quello del Marquee Club.”
Metto giù.

Se lui pensa che starò a casa a piangere aspettando che torni, si sbaglia di grosso. Adesso gli faccio vedere io.

Prendo una birra dal frigo. La bevo quasi tutta d’un fiato, poi ne prendo un’altra e lo chiudo con un calcio. Accendo la radio, trovo una stazione che trasmetta solo rock

anni Settanta, per assicurarmi di non imbattermi nella sua voce. Muovo un passo verso la camera da letto. Una fitta improvvisa al piede. Guardo in basso: i cocci della tazza che ho scagliato per terra stamattina sono ancora lì, e io ci ho appena messo sopra il piede scalzo.
"Cacchio!" farfuglio tra i denti. Mi siedo sul divano e mi prendo il piede tra le mani.

Non è niente, Vic. È solo un taglietto. Metteremo un cerotto anche lì.

Zoppico verso la cucina. Prendo lo scopino da sotto il lavandino e mi do da fare. A ogni frammento di quella tazza corrisponde un pezzetto del mio cuore. Il cuore che Sebastian ha spezzato.

Ecco qui cosa ne hai fatto del mio amore, stupido egoista.

Butto i pezzi nella pattumiera sotto il lavandino.

Non intendo sprecare un minuto di più a pensare a quanto sono stata ingenua.

Faccio la doccia e poi è il momento di scegliere il vestito. Con l'armadio aperto, passo in rassegna tutti i miei abiti, cercando di ignorare i suoi. Alla fine, opto per quello nero corto e scollato, quello che avevo indossato per lui la prima sera che abbiamo dormito insieme.

Alzo il volume della radio, e, ballando al ritmo di 'She's lost control' dei Joy Division con la bottiglia in mano, salgo sui tacchi. Spazzola alla mano, butto giù la testa e mi cotono i capelli. Con due mollette nascondo la frangia ai lati della testa, sotto al voluminoso caschetto nero, poi mi trucco, come una di quelle ragazze sulle copertine dei dischi punk di Sam. Alla fine, alzo gli occhi sullo specchio e vedo riflessa una sconosciuta: i grandi occhi verdi arrossati dal pianto e cerchiati di matita nera, stasera non hanno il colore della giada che porto al collo, invece sembrano smeraldi trasparenti. Sgancio la collana e la butto sul letto, sforzando le labbra rosse in un sorriso che scopre i denti candidi.

Mi hai cambiata tu e adesso puoi dire addio alla tua elskling.

Apro il frigorifero per prendere un'altra birra, ma mentre la cerco, tra il latte e il succo d'arancia, scorgo una bottiglia dal contenuto trasparente.

Gin.

Me ne verso tre dita in un bicchiere e lo trangugio tutto d'un fiato, poi ne bevo un altro, e un altro ancora.

Non sono neanche le sette e sono già ubriaca.

Al quarto bicchiere, il telefono squilla. Sussulto. Mi gira la testa. Mentre corro a spegnere la radio, inciampo nella moquette. In qualche modo riesco a rimanere in piedi e finalmente raggiungo il telefono.
"*Hello*?" biascico.
"Vic?"
È Sebastian. Al suono della sua voce il mio cuore fa una capriola.

Come puoi farmi questo effetto anche adesso che ti odio?

"Che cazzo vuoi?" ringhio.
"Vic, finalmente, ma dove sei stata? Non hai sentito i miei messaggi?"
Di nuovo quell'apprensione nella sua voce.
"Solo i primi tre", dico con un ghigno. "E poi mi sono rotta le palle di ascoltare le tue scuse. È venerdì e ho diciotto anni, il mio posto è in un locale, non in questa cazzo di casa ad aspettarti."
"Ma cosa dici? Hai bevuto?" mi chiede preoccupato.
"Certo, perché? Non posso farmi gli affari miei come fai tu? O puoi divertirti solo tu?"
In sottofondo sento un brusio, come se si trovasse in un luogo pubblico, ma non gli faccio domande. Non voglio che pensi che mi interessi saperlo.
"Vic, lascia che ti spieghi. Capisco che sei arrabbiata, ma quelle che hai sentito sono menzogne. Sii ragionevole, ascoltami."
"Non ne ho alcuna intenzione adesso, e poi sono già troppo ubriaca per riuscire a

concentrarmi lucidamente sulle tue scuse del cazzo."
"Non avresti dovuto bere... e se fossi incinta?"
"Rilassati, Hansen, ho tutto sotto controllo. Dal momento che siamo una coppia aperta, torna pure a scoparti la tua bionda. Io posso prendere le mie decisioni da sola. Comunque, non preoccuparti, sono sicura che stasera al Marquee non avrò problemi a trovare qualcuno che si occupi di me."
"Che cazzo stai dicendo, Victoria?"
Ora è la sua di voce a tremare per la rabbia. So che sta perdendo la pazienza e ne sono felice. Non succede spesso e credo che questa sia la punizione che si merita. Ormai lo conosco, so che nulla potrebbe farlo arrabbiare di più che sentire di non avere il controllo su ogni cosa.
"Non fare la pazza e lasciami spiegare, le cose non stanno come credi..."
Lo interrompo.
"Buonanotte, Sebastian."
Metto giù con un sospiro.
La sento ancora tutta quella rabbia, seppur offuscata dall'alcol. È fastidiosa

quanto le gocce che scendono ritmicamente dal rubinetto del bagno.

"Dov'è il gin?" mormoro, la voce impastata.

Il telefono ricomincia a squillare, senza sosta. La spia della segreteria si illumina. Resto ferma a guardarla con il bicchiere in mano e un sorriso soddisfatto sulle labbra.

"Non ti risponderà nessuno."

Mi butto sul divano in attesa che il telefono smetta di suonare e finisco per appisolarmi. Riapro gli occhi, la testa gira forte ma in un attimo sono in piedi. L'orologio della cucina indica le nove e quaranta.

Accidenti sono in ritardo.

Chiamo subito un taxi, infilo la giacca di pelle, prendo la borsa ed esco, sbattendo la porta alle mie spalle.

31. Angeli e diavoli

L'aria della sera mi provoca la pelle d'oca sulle gambe nude e sul viso. La strada per il locale è breve. Alle dieci precise scendo dal taxi e mi ritrovo in coda per entrare al Marquee. Dietro di me c'è un gruppo di ragazzi. Uno di loro, capelli scuri tagliati a spazzola pieni di gel, biascica un apprezzamento, mandandomi un bacio. Normalmente mi volterei dall'altra parte, ma stasera rispondo con un sorriso.

"Hai una sigaretta?" gli chiedo.

Il ragazzo con i capelli scuri non perde tempo e mi si avvicina.

"*Sure, honey, anything for you*[37]."

Mi porge il pacchetto, ne sfilo una e un suo amico fa un passo avanti per farmi accendere.

"Che ci fa una meraviglia come te qui da sola?"

"Aspetto i miei amici."

Tiro una boccata e tossisco. Mi gira la testa.

---

[37] Certo, dolcezza, qualsiasi cosa per te.

Forse non avrei dovuto bere così tanto.

Tiro su la cerniera della giacca fino a coprirmi il collo.
"Ti faccio compagnia?"
È così vicino che le nostre braccia si sfiorano.
"Se ci tieni", gli rispondo, e mi volto.

Dove sei, Sadie?

Lui mi si piazza davanti, costringendomi a guardarlo. È più alto di me di circa dieci centimetri, il fisico asciutto sotto la maglietta nera strappata e i jeans scuri attillati. Dimostra poco più di vent'anni. I suoi occhi neri sono cerchiati di matita, proprio come i miei. Ha il viso scavato e pallido. Mi sorride, mettendo in mostra una piccola cicatrice sul labbro superiore. Forse, da sobrio, potrebbe anche sembrare affascinante, ma ora è così fatto da far fatica a restare in piedi.
"Come ti chiami?" mi chiede, chinandosi verso di me e accorciando ulteriormente le distanze.
"Victoria."

Indietreggio di un passo e faccio un tiro di sigaretta. Tossisco.

Datti una mossa, Sadie.

"Damon, piacere", mi porge una mano appoggiandosi con l'altra al muro. Indossa un grosso anello ovale d'argento con impressa la faccia di un diavolo e un braccialetto con le borchie che spunta appena dal suo chiodo di pelle nera. Si allunga ancora un po' verso di me. Mi annusa i capelli.
"Che buon profumo, Victoria."
"Vicky!"

Grazie al cielo.

Come apparsa dal nulla, Sadie mi corre incontro. Al suo fianco, Matthew. Appena si avvicina, posa lo sguardo su Damon per un momento, poi su di me.
"Tutto ok?"
Mi prende per mano e mi trascina fuori dalla coda.
"Sì. Credevo non sareste mai arrivati."

Alzo gli occhi al cielo e tiro un'altra boccata di fumo. Dietro di noi, Damon continua a tenermi gli occhi addosso.
"A dopo, bellezza."
"Da quand'è che fumi?" mi chiede Matthew sorpreso mentre ci allontaniamo.
"Non fuma", gli risponde Sadie, sfilandomi la sigaretta dalle dita per poi buttarla via. Io accenno un'obiezione non molto convinta.
"Entriamo, dai, gli altri ci aspettano giù."
Annuisco distratta. Lei mi si avvicina all'orecchio.
"Mi spieghi che cosa stai facendo?"
"Quello che mi pare, come Sebastian a New York", dico con aria spavalda.
"Vicky, ti prego, non fare cazzate, ok?"
"Sì, ok, ok", sospiro. "Se avessi saputo che eri in vena di fare ramanzine, sarei uscita da sola."
Lei non risponde ma lancia un'occhiata a Matthew e scuote la testa come una madre sul punto di perdere la pazienza. Lui le sorride.
"Aspettate un attimo qui", dice, facendo l'occhiolino.

Lo vediamo mettersi a parlare con il buttafuori e, pochi secondi dopo, ci fa segno di seguirlo dentro. Mentre scendiamo lungo la scala, la musica si fa sempre più alta, tanto che, quando raggiungiamo il cuore del locale, sembra rimbombare tra le pareti della sala, traboccante di persone. Sadie mi porta al tavolo con tutti gli altri. Li saluto distrattamente con un gesto della mano. Sam sorride e allunga la mano per presentarsi, poi si blocca.

"Vicky? Non posso crederci. Non ti avevo riconosciuta!" mi dice con un sorriso un po' perplesso. Faccio spallucce.

"Bene, era proprio quello che volevo."

La mia voce è troppo bassa perché possa sentirmi. Lascio giacca e borsa su una sedia vuota e vado subito a prendere da bere.

"Un angelo azzurro", chiedo al barista.

Non appena ho in mano il mio drink, mi butto in pista a ballare. Presto torno a ordinarne un altro, poi un altro... continuo, finché la rabbia che ho dentro si trasforma in vuoto. Quando arrivo a perdere il conto dei bicchieri che ho tenuto in mano, quel vuoto si tramuta in euforia.

Il mio corpo segue la musica senza avvertire la stanchezza. Vorrei piangere e ridere, ogni canzone suscita reazioni diverse. Ogni tanto Sadie e gli altri mi raggiungono e ballano con me probabilmente più per assicurarsi del mio stato che per una reale voglia di ballare, poi tornano a sedersi. Sadie mi lascia fare, ma sento il suo sguardo su di me, così come quello di Sam, che pur rimanendo seduto con Cindy, mi lancia occhiate preoccupate.
"Ciao, splendore."
Mi sorprende a un tratto una voce tra la folla. Soltanto per un attimo dimentico ciò che mi ha portato qui.
"Sebastian?" sussurro. Poi il ricordo mi colpisce come uno schiaffo.

Sarà a letto con la sua Crystal.

Alle mie spalle appare Damon che, senza chiedere la mia approvazione, mi mette un braccio intorno alla vita e comincia a ballare con me.

In fondo era quello che volevi no, Vic?

"Vuoi sballarti per davvero?" mi sento sussurrare in un orecchio. Faccio cenno di sì, lasciando che i miei fianchi continuino a ondeggiare mentre Robert Palmer canta la sua 'Addicted to love'. In quel momento, lui mi stringe più forte a sé.

Cacchio, ma come ti permetti.

Lo sento eccitato nei pantaloni aderenti e invece di scappare come vorrei, chiudo gli occhi e immagino di essere tra le braccia di Sebastian. Proprio in quel momento, Damon molla la presa e li riapro.

Se voglio scappare, questo è il momento giusto.

Prima che possa muovere un passo, lui mi stringe e posa le sue labbra sul mio collo. Mi gira intorno seguendo la musica e me lo ritrovo di fronte. Ha un drink in mano e una fialetta con del liquido trasparente nell'altra. La apre con i denti e la versa nel bicchiere fino all'ultima goccia.
"Bevilo tutto."

Obbedisco senza fare domande. Sul suo volto appare un sorriso soddisfatto.
"Brava bambina."

Non sono una bambina e se ti illudi di avere alcun potere su di me, ti sbagli. Ti sto usando, mi servi solo per la mia vendetta.

Il mio sorriso di scherno deve apparirgli come un invito, perché mi prende per i fianchi con prepotenza e mi stringe a sé, spingendo le sue labbra contro le mie.

Vattene, Vic, che cacchio stai facendo?

Ignoro quella voce e mi arrendo al suo assalto, lasciando che mi baci come se fosse inevitabile, come se non avessi altra scelta. Il suo sapore è diverso, amaro, ma non mi ritraggo. Affonda una mano nei miei capelli sembra che voglia cibarsi di me.

Non sono io, non sono io.

Chiudo gli occhi e lascio che i pensieri vaghino altrove.

Minnie, la sua voce, le sue mani, e poi immagini in bianco e nero e il sorriso di Sebastian, le sue mani su di me...

"Che cazzo fai?" grida Sadie e con uno spintone allontana Damon, separandoci. Dietro di lei, Sam e Matthew sono pronti a reagire.
"Lasciala in pace", ringhia Sam.
"E tu che cazzo vuoi?" gli dice Damon traballando. "Mi sembra contenta della compagnia."
"Non vedi che è ubriaca?" aggiunge Sam e allungando il braccio lo tiene lontano da me. "Levati dalle palle, dai."
"Lasciatemi stare!" grido io. "So badare a me stessa, non ho bisogno di nessuno. Nemmeno di voi!"
Sadie sgrana gli occhi mentre Sam fa per afferrarmi un polso, ma io mi libero dalla sua presa con uno strattone.
Corro al tavolo a prendere la giacca e la borsa, poi, facendomi largo tra la gente, barcollo su per le scale fino all'uscita.
"Dove cazzo vai?"
Sadie mi segue fino in cima alla scalinata.

“Vado a casa, mi avete rotto le palle tutti quanti!” le grido senza nemmeno voltarmi a guardarla.
“Va bene, allora arrangiati!”
Quando mi giro è già svanita tra la gente. Esco dal club. I ragazzi raggruppati fuori dal locale indossano giacche pesanti mentre io con il mio vestitino striminzito e la giacca arrotolata intorno al braccio non sento freddo. Anzi, un’ondata improvvisa di calore mi sale dalle caviglie fino alla testa, mi sembra di prendere fuoco e per un attimo la vista si offusca.

Devo andare subito a casa, qualcosa non va.

A pochi passi di distanza dal locale lampeggia luminosa una croce, parte dell’insegna di una farmacia. Sotto la croce un orologio, segna le quattro e dieci. Improvvisamente arriva la nausea e tutto inizia a girare. Mi avvicino al bordo del marciapiede. Non so dove mi trovo. Ho un formicolio alla base del collo. Un cattivo presagio.

Devo andare subito via di qui.

Cerco di fermare un taxi, ma faccio fatica a stare in equilibrio sui tacchi e i pochi *cab* che passano sembrano tutti pieni. Dopo pochi istanti, sento qualcuno avvicinarsi.

"Scusami tanto per prima", balbetto, sperando che Sadie non cominci con una delle sue tirate. "Non mi sento bene. So che devo esserti sembrata una pazza, là sotto, ma ho bisogno di te, ho bisogno di aiuto."

"Non preoccuparti, dolcezza."

Alzo gli occhi. È Damon.

"Che cazzo mi hai dato?"

Annaspo, vorrei colpirlo ma finisco solo per aggrapparmi a lui.

"Non svenire. Ora arriva il bello."

Il suo braccio mi si avvolge intorno alla vita.

"Adesso ci sono io a farti compagnia. Puoi goderti il viaggio rilassata."

"No. Voglio andare a casa. Ho bisogno di un taxi", biascico.

Questa merda mi sta spegnendo piano piano.

Chiudo gli occhi e quando li riapro, ci ritroviamo in una via laterale. I tacchi scivolano in mezzo alle cartacce.
"Vieni, fumiamoci una sigaretta", dice Damon, fermandosi in un punto poco illuminato.
"Non fumo", farfuglio, facendo un passo verso la strada principale. Mi sento afferrare il braccio, la sua presa è così forte che quasi mi fa cadere all'indietro.
"Non fare la scema, Victoria, prima ci siamo fumati una paglia insieme. Non ti ricordi già più?"
Con una mossa decisa mi spinge contro il muro. Quando la mia schiena viene a contatto con la parete gelata, mi manca l'aria. Respiro profondamente e strizzo gli occhi. Appena sento la sua lingua farsi largo nella mia bocca li riapro e lo allontano con una spinta.
"Casa", balbetto.
In un lampo, la sua mano è stretta intorno al mio collo. Un formicolio sulla nuca e le gambe che non si muovono.

"Avanti, non fare la difficile. Lascia fare a me."
Appena sento che infila l'altra mano tra le mie gambe mi irrigidisco.
"Lasciami andare!"
Cerco di gridare, ma molla la presa sul collo e mi chiude la bocca. Sento il metallo gelido del suo anello sbattermi sui denti.

Mollami, bastardo.

Vorrei urlare ma riesco soltanto a emettere un suono sordo.
"Dai, Victoria, rilassati. Vedrai che ci divertiremo."
Nei suoi occhi scuri leggo l'eccitazione di un cacciatore che ha appena intrappolato la sua preda.

Mi manca l'aria.

Sento un formicolio che si allarga dalla nuca alle spalle, raggiunge la schiena e le gambe. Provo a dimenarmi, ma il corpo non reagisce ai miei comandi.
Damon mi toglie la mano dalla bocca e, prima che un altro suono possa uscirne,

la invade di nuovo con la sua lingua amara. Ho un conato.

Scappa, Vic, muovi quella fottuta gamba e dagli una ginocchiata nelle palle.

Il mio corpo rimane immobile come un pezzo di ghiaccio. Sento il suo ginocchio in mezzo alle gambe. Come per un riflesso incondizionato gli mordo la lingua. Si ritrae di scatto.
"Stronza", ringhia e mi tira uno schiaffo. "Non provarci mai più! Adesso ti sistemo io!"
Con uno strappo deciso mi alza il vestito e preme contro di me con tutto il peso del suo corpo. Sento freddo. Ogni cosa intorno sembra sfuocata, tranne il ghigno di Damon.

Sebastian dove sei? Aiutami. Non lasciarmi sola.

Le sue mani si muovono su di me. Io lotto per prendere il controllo di un solo muscolo, ma niente. Poi, la sua presa si allenta e sento il rumore della sua zip che si abbassa.

No. No. No.

Sento le mie guance bagnarsi di lacrime. Provo a mormorare un “ti prego”, ma la mia bocca è invasa dal suo bacio brutale. Il suo respiro è alterato.

Devo chiudere gli occhi. Devo svenire e svegliarmi quando tutto sarà finito.

“Io ti ammazzo”, un ruggito alle sue spalle.

Grazie al cielo mi hanno trovata.

Libera dal peso di Damon, apro gli occhi ma non riesco a vedere altro che sagome nel buio. Una fitta allo stomaco mi costringe a piegarmi in avanti, le gambe non reggono. Mi accascio sul marciapiede in preda alle convulsioni e la luce si spegne.

32. Risveglio

Mi sveglio al rumore sordo di una porta che si chiude in lontananza.

Dove mi trovo?

Vorrei guardarmi intorno, ma le mie ciglia sono sigillate. Appena accenno un movimento, sento il corpo pesante, i muscoli indolenziti, come dopo una lunga sessione di esercizio fisico.

Ho freddo.

Strofino i piedi gelati tra loro sotto il lenzuolo, ruvido come carta vetro. Quando finalmente riesco a schiudere le palpebre, una lama di luce mi coglie di sorpresa. Cerco di coprirmi gli occhi per ripararmi da quel chiarore accecante, ma qualcosa frena la mia mano. Mi sento un burattino impigliato tra i fili. Abbandono il braccio sul materasso e provo ad abituarmi a quel bagliore intermittente. Mi ci vogliono pochi istanti per riuscire a vedere dove mi trovo.

Sul soffitto ingiallito, un neon sfarfalla per alcuni istanti poi si spegne. La stanza intorno è fredda e spoglia, con pareti azzurro pastello e mobili rovinati. Il pungente odore di disinfettante, mischiato a quello del cibo mi dà la nausea.

Minnie.

Mi giro lentamente, un dolore acuto alle tempie, la mia testa sembra sul punto di esplodere. Al mio fianco, appisolata su una sedia, c'è Sadie. Sulle spalle ha una vecchia coperta di lana beige, che lascia intravedere il vestito di raso nero che indossava al Marquee.
Mi sporgo per toccarla, ma mi blocco subito per via di un'improvvisa fitta al dorso della mano, dal quale sporge un ago lungo e spesso. Seguo con lo sguardo il tubicino trasparente che si congiunge con una valvola di plastica rossa. Da una flebo, gocce di un liquido denso si susseguono ritmicamente.
"Dove siamo? Che ore sono?" farfuglio, la voce roca.
Sadie apre gli occhi e si raddrizza sulla sedia con un mugolio.

“Siamo in ospedale”, biascica e, ancora mezza addormentata, alza la coperta per guardare il suo orologio da polso. “Sono da poco passate le quattro. Hai dormito quasi tutto il giorno.”

Improvvisamente un sapore acido mi sale in gola.

“Devo vomitare”, dico con un filo di voce.

Lei scatta in piedi e mi passa un secchiello di metallo. Ci infilo dentro la testa. Un odore acre fa accrescere quella sensazione terribile nella gola. Con un conato, lo stomaco si contrae, talmente forte da farmi tremare.

“Non credo riuscirai a buttare fuori più nulla”, dice Sadie, tenendomi la fronte. “Hai vomitato talmente tante volte ieri notte...”

“Davvero? Non ricordo”, mormoro, la testa ancora affondata nel secchio.

“Già.”

Sfila il contenitore dalle mie mani tremanti e lo lascia sul pavimento, accanto al comodino.

“Se pensi che ti serva ancora, dimmelo.”

“Grazie.”

Mi lascio ricadere sui cuscini con il fiatone.
"Come va?" mi chiede.
I suoi profondi occhi castani, carichi di preoccupazione, sono gonfi e arrossati.
"Insomma, così così."
Respiro profondamente. Il petto mi brucia.
"Che cosa è successo?"
Lei corruga le sopracciglia e mi fulmina con lo sguardo.
"Che sei un'incosciente! Ecco cosa è successo!"

Oh no, la ramanzina no. Non adesso.

"Che cosa ho combinato stavolta?"
Accenno un sorriso, sperando di placare la sua rabbia.
"È successo che avevi in circolo una dose massiccia di GHB."
"CH...che?"
Non so nemmeno di cosa stia parlando.
"GHB, Vicky, una droga. Il dottore mi ha spiegato che viene usata spesso dagli stupratori per far perdere conoscenza alle proprie vittime."

"Droga? Stupratori? Non capisco. Di cosa stai parlando?"
"Proprio così, Vicky. Sto parlando di stupro. Immagino che il tuo amichetto, ieri sera, avesse in mente proprio questo quando ti ha rifilato quella merda."
"Ma di quale amichetto stai parlando?"
Mi sforzo inutilmente di ricordare. Il dolore alle tempie si fa più intenso.
"Possibile che tu abbia dimenticato tutto? Ha cercato di prenderti con la forza in un vicolo, fuori dal locale. Se non fosse intervenuto Sebastian avresti potuto anche finire male! Si può sapere che cazzo ti è preso?"
"Sebastian?"
La mia voce si spezza in gola.
"Ma non era a New York?"
"Era in aeroporto quando ieri sera ti ha chiamata. Stava già per imbarcarsi. Se lo avessi lasciato parlare, l'avresti scoperto."
"Ma come ha fatto a trovarmi?"
"Ha detto che durante la chiamata hai parlato del Marquee, e non appena è atterrato ci ha raggiunti lì. Tu eri uscita dal locale pochi minuti prima che scendesse a cercarti."

"Stai dicendo che ero fuori da sola?"
"Non posso credere che tu non riesca a ricordare cosa è successo. Ma quanto cavolo hai bevuto?"
Chiudo gli occhi per cercare di ricordare. Mi vengono in mente le birre, il dolore al piede, la telefonata di Sebastian, poi il gin, la sconosciuta allo specchio, il freddo e un ragazzo che mi dava il tormento. Infine, la pista, le luci e i cocktail… poi più nulla.
"Ho bevuto troppo, Sadie."
Ho un nodo in gola. Il dolore causato dal tradimento di Sebastian è tornato a torturarmi. Sadie scuote la testa.
"Cazzo Vicky! Non puoi impazzire così da un giorno all'altro! Ti sei buttata tra le braccia di quello stronzo che ti ha drogata per poi farti del male!"
"Ma che dici? Io non mi sono buttata tra le braccia di nessuno."
"Oh, sì che lo hai fatto."
Sto per ribattere ancora, quando all'improvviso arrivano quelle immagini, come la sequenza di un film: quel liquido trasparente che si mischia al drink, il ragazzo con gli occhi neri, un bacio dal

sapore amaro, la rabbia accecante, la mia vendetta.
"Oh no..."
Scuoto la testa.
"Ecco, vedi che ti ricordi?"
Annuisco. Gli occhi bassi.
"Ma come mai sono in ospedale? Mi ha..."
"No, no, per fortuna non è riuscito a farti niente più di qualche livido."

'*Io ti ammazzo*'.

Al ricordo di quel ringhio nel buio, un brivido mi scorre lungo la schiena.
"Il problema, Vicky, è che la dose di GHB era davvero considerevole, e sembra che tu abbia avuto una sorta di reazione allergica. Grazie a Dio Sebastian ti ha trovata e stava dando a quello stronzo la lezione che si meritava nel momento in cui tu hai iniziato ad avere le convulsioni. Così lui è corso da te e per fortuna dei ragazzi hanno bloccato quell'infame. Sebastian ha detto che per poco non soffocavi nel tuo stesso vomito. Quando vi abbiamo raggiunti, c'era già una voltante

della polizia e tu facevi fatica a respirare, così abbiamo chiamato un'ambulanza."
Alla fine del racconto, i suoi occhi sono pieni di lacrime.
"Mi dispiace", sussurro. "Mi vergogno tanto."
"Non farlo mai più, Vicky! Mai più!" mi dice con tono severo.
Nonostante la porta chiusa, sento una voce profonda e familiare arrivare dal corridoio.
"D'accordo. L'importante è che vada tutto bene e che domani possa riportarla a casa."

Non sono pronta.

"Sebastian sta tornando. Era andato a parlare con il medico. Ti prego Vicky, sii ragionevole. Se tu lo avessi visto stanotte, quando gli sei svenuta tra le braccia, la sua disperazione..."
Al pensiero di quell'immagine mi si stringe il cuore.

Ma perché non può essere solo uno stronzo? Perché devo affrontarlo adesso?

Sono troppo confusa. Cosa penserà della mia stupida vendetta?

La voce di Sadie diventa un sussurro.
"Lui non conosce i particolari di quello che è successo. Ho già parlato con gli altri e posso assicurarti che non gli racconteranno nulla di quanto è accaduto nel locale. A una sola condizione, però: dovrai ascoltare quello che Sebastian ha da dirti. Lo sai che io sono sempre dalla tua parte, ma questa volta hai davvero esagerato, e se non farai come ti dico, racconterò tutto, non solo a lui ma anche ai tuoi genitori. Lo sai, vero, che ti farebbero subito tornare a casa? Perciò mi raccomando, basta scenate."
Annuisco. Lo sguardo rivolto alla finestra.
"Farò come hai detto, poi però, non voglio più vederlo. Mi ha fatto troppo male."
Sadie mi prende la mano.
"Capisco. Ma prima devi affrontare la situazione come un'adulta. So di sembrarti cattiva in questo momento, ma lo faccio per il tuo bene."

"Mi sembra che tu stia esagerando, Sadie. Va bene, sono stata un'incosciente e ho esagerato con l'alcol ma..."
Lei sgrana gli occhi.
"Ma niente! Non lo vedi quanti cazzo di macchinari ti hanno attaccato? Ti sembra ancora una stupidaggine?"
Mi guardo intorno: una manciata di fili sbuca da sotto le coperte per raggiungere diversi monitor, poi mi tocco il viso e sento dei tubi uscirmi dalle narici e piegarsi dietro alle mie orecchie.

Ecco cosa mi teneva legata.

Mi scende una lacrima. Scuoto la testa e mi porto la mano libera alla fronte.
"Cacchio, cosa ho fatto? Se lo vengono a sapere i miei, la mia vita è finita!"
"Tu ascolta Sebastian e riprenditi", mi dice lei. "I tuoi non lo sapranno mai."
Annuisco di nuovo.

Ora voglio solo vedere Sebastian per l'ultima volta e chiudere questo capitolo.

Bussano alla porta. Il bip che scandisce i battiti del mio cuore aumenta subito il ritmo.
“Avanti”, dice Sadie guardandomi. I suoi occhi ancora umidi di pianto si stringono in un sorriso. Deve essersene accorta.
“Posso?” chiede Sebastian. La sua voce è un brivido.
“Certo, entra pure. Biancaneve si è svegliata poco fa. Io stavo andando a bermi un caffè, sei arrivato giusto in tempo.”
Sadie si alza e si incammina verso la porta.
“Grazie. A dopo”, le dice, prima che lei si chiuda la porta alle spalle, poi avanza in silenzio verso la sedia accanto al mio letto. Sul volto un’espressione enigmatica. I suoi occhi azzurri, cerchiati da profonde occhiaie, agganciano subito i miei. Si siede e stringe la traversa del letto con le sue grandi mani.
“Mi dispiace tanto. È tutta colpa mia.”
Per un attimo abbassa lo sguardo.

Sì, è colpa tua. Hai rovinato tutto e io ti amo così tanto che fa male anche solo averti vicino.

Lui alza gli occhi e mi prende la mano gelida, che si lascia avvolgere dalle sue dita lunghe. Noto subito le escoriazioni sulle sue nocche. Il mio cuore fa una capriola.

Lo sa che sono nervosa, il mio corpo non mente.

"Come stai, *elskling*?"
Le fossette si accentuano per l'accenno di un sorriso ma gli occhi restano tristi.
"Sono morto di paura."
Guardo altrove, cercando di nascondere la lacrima che sono riuscita a trattenere finora, e che adesso sta scivolando lenta sulla mia guancia.
"Diciamo che sono stata meglio", sospiro. "Immagino che il dottore ti abbia detto che non sono incinta."
"Sì, ha detto che quando ti hanno visitata avevi il ciclo ma che poi si è bloccato. Credono sia successo per via dello shock.

Comunque ti hanno fatto ulteriori esami e hanno detto che è tutto a posto", sussurra. La sua calma mi irrita.
"Sarai contento di sapere che non hai nessun obbligo nei miei confronti? Immagino che, nonostante il tuo tradimento, adesso tu ti senta una specie di eroe per avermi salvata. Bravo. Tu rimani sempre in piedi, eh, Hansen? Complimenti!"
La mia voce è ferma mentre, con lo sguardo fisso verso la finestra, osservo le vetrate dei palazzi circostanti illuminate dal sole rosso del tramonto.
"Non dire cazzate, Vic."
Il suo tono, dapprima duro, si ammorbidisce subito: "Lo so di averti fatto stare male, e mi dispiace tanto. Se potessi tornare indietro ti chiamerei ogni giorno, a costo di lasciare tutti lì ad aspettarmi. Sono stato uno stupido egoista, ma non ti ho tradita."
Mi giro a guardarlo solo per un istante. Ha gli occhi lucidi e anche le sue mani, di solito caldissime, sono gelate.

Sembra sincero ma non posso farmi abbindolare così.

"Non ti credo."
Torno a fissare il panorama.
"Vic, quelle fotografie sono vecchie. Non sono state scattate nemmeno a New York. Come siano saltate fuori non lo so, ma posso assicurarti che quel bacio ce lo siamo dati prima che ti conoscessi. Guardami, ti prego."

Sento che, se lo guardassi adesso potrei cedere.

Rimango immobile.
"Te l'ho già detto, non ti credo. Per giorni non hai trovato nemmeno il tempo di farmi una telefonata, nemmeno un minuto per sapere come stavo. Avrei potuto essere incinta di tuo figlio! Ma come posso fidarmi di te? Non posso vivere una storia con qualcuno che c'è solo a metà."
"Ma sono qui, Vic. E non voglio lasciarti più andare. Ci ho pensato tanto. Quello che è successo mi ha fatto capire che non voglio più stare senza di te."
Mi volto di scatto.

"Ah, sì? E cosa vuoi fare? Rinunciare alla tua carriera per stare a casa a farmi da balia? No, grazie, non mi interessa. Io avrei rinunciato a tutto per te e tu..." non riuscendo più a trattenermi, scoppio a piangere. "Tu non sei come me e non lo sarai mai. Non importa quello che hai pensato. Tu sei freddo come il ghiaccio e io ho bisogno di una persona diversa... una persona che sia in grado di esprimere i propri sentimenti, di farmi sentire davvero importante."

L'occhiata che mi lancia riesce a farmi ammutolire per un attimo.

"Tu hai bisogno di me, Vic. E io di te. Ho già pensato a tutto: ti porterò con me ogni volta che andrò via, e se non potrai, o dovessi trovarti a New York per la scuola, ti chiamerò ogni giorno. Ti prego, *elskling*, sii ragionevole."

Scuoto la testa.

"Ascolta, quando ho visto quel pezzo di merda metterti le mani addosso sono diventato pazzo. Avrei voluto ucciderlo. Gli è andata bene che ti sei sentita male, perché altrimenti lo avrei ammazzato, giuro. In quel momento non mi è importato nulla della mia carriera o di

tutto il resto. Contavi solo tu", sospira. "Ci sei solo tu, Vic."
I miei singhiozzi si placano.
"Lo sai che non è vero. Io verrò sempre dopo la tua ambizione. E in fondo è giusto che sia così. Lasciami stare Sebastian, non torturarmi, ti prego. Quello che abbiamo quando stiamo insieme è meraviglioso, ma non basta. Ci vuole altro."
"Ma noi abbiamo tutto Vic, lo capisci?"
Mentre lo dice, mi solleva la mano per baciarla. Basta quel contatto tra noi perché il bip del monitor impazzisca.

Cacchio, così non vale.Non posso nemmeno fingere di restare indifferente.

Sbuffo.
"Perché dev'essere così difficile odiarti?"
"Perché io ti amo", risponde lui, nei suoi occhi una preghiera. Io sbatto le palpebre, come se non avessi afferrato subito le sue parole. Vedo un sorriso affiorare sul suo volto.

Non ci posso credere... me l'ha detto. Ha detto che mi ama.

Vorrei fingere indifferenza ma il mio cuore continua la sua corsa, senza che io possa nasconderlo a causa di quel macchinario infernale.
"Perché dovrei crederti?"
Un barlume di speranza illumina il suo sguardo.
"Perché non dovresti?"
Ha ragione, in fondo non mi ha mai mentito prima.
"Cacchio."
Mi scappa un sorriso.
"Conosco i miei difetti, so di essere una persona che fa fatica a parlare apertamente dei propri sentimenti, ma non sono un bugiardo e questo tu lo sai."
Lo guardo di traverso. Il suo sorriso illumina la stanza.

Cacchio, ma chi voglio prendere in giro? L'avevo già perdonato al primo "mi dispiace."

“Accidenti a te...vedermi in pericolo ti ha fatto bene, ma se mi rifai una cosa...”
Non faccio in tempo a finire la frase, che le sue labbra sono già sulle mie.

33. Fragile

Nonostante io insista perché Sebastian vada a casa a riposarsi, lui non mi lascia sola nemmeno per un istante. Resta seduto accanto a me, tenendomi la mano e raccontandomi della settimana trascorsa a New York: le riprese del video, la stanza lussuosa, le attenzioni speciali dei colleghi e tutte le persone interessanti che ha conosciuto.

Osservo il suo viso, illuminato dalla luce fioca dell'abat-jour: la linea affilata del naso, le ciglia lunghe, le rughe d'espressione intorno agli occhi sorridenti e l'incanto di quello sguardo, così intenso da farmi sentire nuda.

"Mi sarebbe piaciuto molto essere lì con te."

Il suo viso si rabbuia.

"Lo so. Avrei dovuto insistere e portarti con me." Sospira. "Ti va di spiegarmi cosa è successo ieri?"

Annuisco, mettendomi seduta dritta sul letto. Comincio dal risveglio, dal momento in cui ho visto passare in televisione quelle maledette foto. Man mano che gli racconto la mia giornata, vedo la frustrazione apparire sul suo viso. So che si sente responsabile e non posso farci niente. Vorrei tornare al momento di quella telefonata e dargli retta; aspettarlo a casa, fare pace, fare l'amore. Ma non posso. Nella mia mente riaffiorano quasi tutti i dettagli della notte appena trascorsa, ma fingo di non ricordare quasi nulla della mia stupida sete di vendetta e di quello sfortunato incontro. Vorrei dimenticare il dolore che ho provato all'idea di perderlo la paura che quell'uomo mi potesse fare del male. Vorrei non aver acconsentito a quel primo bacio con Damon.

Non gli parlerò di questo, non voglio rovinare tutto. In fondo è stato solo un bacio, non conta nulla. Se non fossi stata così ubriaca non sarebbe nemmeno successo.

Malgrado cerchi di scacciarne il ricordo, quella notte Damon viene a trovarmi nei sogni: l'anello freddo sui miei denti, la mano stretta sulla mia bocca, l'altra fra le mie gambe. Mi sveglio di soprassalto. Mi

manca l'aria, mi sembra di morire. Sebastian dorme al mio fianco seduto su una poltroncina.
"Non... Sebastian..." ansimo, aggrappandomi alla sua maglietta. Lui sussulta, mi sembra un secolo il secondo che lui impiega a realizzare quello che sta succedendo, poi balza in piedi e comincia a chiamare aiuto.
"Respira, amore", mi dice tenendomi una mano sulla testa mentre aspettiamo che arrivi qualcuno. "Ti prego, cerca di respirare."
Pochi istanti più tardi arriva un'infermiera, poi un'altra e un dottore. Mentre si affaccendano nel tentativo di capire cosa mi stia succedendo, è come se non sentissi più nulla. I miei occhi restano ancorati a quelli di Sebastian che mi osserva dal fondo della stanza, una mano sul petto.
"Dovete fare qualcosa", li prega con voce rotta. "Non vedete che non respira più?"
La sua immagine comincia a farsi sempre più sfuocata, un'infermiera lo allontana dalla stanza, poi il buio.

...

Quando riapro gli occhi è sorto il sole. Sebastian è seduto sulla poltrona accanto a me, la testa sulle mie gambe. Sembra addormentato. Gli passo le mani tra i capelli spettinati. Lui sobbalza e apre gli occhi.

“*Elskling*. Come ti senti?”

“Sto bene, grazie.”

Lo accarezzo.

“Non volevo farti spaventare. Continua a riposare, ne hai bisogno.”

“Riposerò più tardi, quando andremo a casa. Ho parlato con il tuo medico stamattina, dice che la crisi di stanotte è stata una conseguenza psicologica del trauma che hai subito. I tuoi valori sono a posto e sei fuori pericolo. Ti ha prescritto dei calmanti. Potrai uscire nel pomeriggio, poi ci vorrà solo un po’ di tempo e tornerai a stare bene, devi soltanto riposare.”

“Stanotte… ho fatto un sogno terribile.”

“Lo so, Vic. Hai sognato quel tizio, vero?”

Annuisco.

Il suo viso si adombra.

“Ora sto bene, non preoccuparti. Non voglio mai più pensare a lui.”

La sua mascella si stringe.
So che se ne avesse modo, andrebbe a spaccargli la faccia ma sono certa che di lui se ne occuperà la giustizia.
"Va bene, *elskling*, non ti agitare adesso."
Un respiro profondo e mi calmo.

...

Quando finalmente ci lasciano uscire, una Mercedes dai vetri oscurati ci aspetta fuori dall'ospedale con il motore acceso.
"Cacchio, addirittura?" esclamo.
"Salta su, *elskling.*"
Sebastian mi apre la portiera.
"E questa volta siamo riusciti anche a non farci notare. Stiamo imparando, vero Roger?"
Sorride all'autista che annuisce senza voltarsi.
"Buonasera", dico un po' in soggezione.
"Buonasera, signorina."

Non solo ha l'autista, ma sembrano essere già in confidenza. Quanto tempo sono stata in quell'ospedale?

Per tutto il tragitto verso casa ci teniamo la mano e mi accorgo che tra i suoi bracciali di cuoio manca quello con il mio nome, ma non dico nulla poiché lui mi sembra assorto nei suoi pensieri.

Se non avesse parlato con il dottore in mia presenza, sarei quasi portata a pensare che mi stia nascondendo qualcosa sulla mia salute.

A un tratto, la macchina si ferma in un luogo che non conosco. Siamo sempre nel centro di Londra ma non si tratta di Kilburn. Sembra piuttosto l'area del parco nei pressi dello zoo.
"Dove siamo?" chiedo scendendo dalla macchina.
"Camden. Ho pensato avessimo bisogno di un po' di privacy per qualche giorno", dice Sebastian prendendomi per mano.
"Privacy?"
Roger prende il borsone dal bagagliaio della macchina e glielo porge.
"Danny è fuori città per un paio di settimane e ci ha lasciato casa sua. In questo modo possiamo trascorrere da soli i

prossimi giorni prima di partire per il tour."

"Ma sei impazzito? Io devo lavorare, e tu..."

"Ho pensato a tutto, Vic. Ho parlato con Jenny, sospeso tutti i nostri impegni di lavoro e chiesto a Roger di farci la spesa. Non ti devi preoccupare di nulla. Trascorreremo ogni minuto insieme per i prossimi dieci giorni."

"Ma..." resto a fissarlo a bocca aperta. Siamo davanti al cancello di un'elegante villetta. Lui tira fuori le chiavi e apre.

"Su avanti, andiamo, che aspetti?"

Mi affretto a raggiungerlo.

Dietro l'alto muro di cinta, un giardino ben curato fronteggia una casa dalla facciata interamente coperta di edera con la porta rossa e delle grandi finestre ad arco.

"Cacchio, non immaginavo che Danny fosse così ricco!" esclamo.

"Questo veramente non è che un assaggio."

Sebastian apre la porta su un salone luminoso. Lascia il borsone a terra e mi porta a fare il giro delle stanze. La villetta

si sviluppa su due piani. Ha due camere da letto e due bagni. Oltre il salone, una sala da pranzo e una grande cucina abitabile che si affaccia su un giardinetto interno, ben tenuto come quello sul davanti.
"Non posso credere che staremo qui da soli per tutto questo tempo!"
"Invece sì e, quando torneremo dal tour, ne comprerò una così anche per noi. Anzi, ne comprerò una più bella, proprio come la vuoi tu."
"Sarebbe un sogno..."

Chissà dove sarò quando lui tornerà dal tour, se saremo ancora insieme.

"Ti prometto che realizzerò tutti i tuoi sogni, adesso posso farlo. Presto saremo così ricchi da poterci permettere quello che vogliamo."
Lo abbraccio.
"Ti amo tanto."
"Ti amo anche io, *elskling.*"
Stretta tra le sue braccia mi sembra di volare.

"Lo sai, vero, che dei tuoi soldi non me ne frega niente? Potresti anche non avere un penny e per me sarebbe lo stesso."

"Lo so."

Le sue labbra si allargano in un sorriso sincero.

"E non mi importa nemmeno che tu sia famoso. Sai anche questo, vero?"

Annuisce e mi riempie il viso di baci: uno sulla fronte, due sugli occhi, uno sul naso. Poi finalmente posa le labbra sulle mie, che immediatamente si schiudono, pronte ad accoglierlo. La mia lingua sfiora la sua, accendendo di passione quel bacio innocente. Farfalle impazzite nello stomaco, poi una sensazione di calore intenso. Fremo, in attesa di un suo gesto, aspettando di vedere nei suoi occhi quella fame che mi accende come nessun altro ha mai saputo fare prima. Ma lui si ferma e fa un passo indietro.

"Mangiamo qualcosa?" mi chiede con noncuranza, allontanandosi verso la cucina. Io rimango di pietra.

Non era questa la fame che avevo in mente. Ho fatto qualcosa di sbagliato?

"Veramente... preferirei fare una doccia prima di mangiare."
"Fai pure, io cucino qualcosa."

Qualcosa non va. Forse è solo stanco.

"Ti va di venire con me?" gli chiedo. "Possiamo cucinare dopo."
"Va bene", risponde. "Comincia a salire, ti raggiungo."
Faccio come dice, salgo le scale ed entro nel bagno padronale. I pavimenti in marmo rosa e gli scaffali pieni di antiche bottiglie di profumo mi fanno immaginare la presenza di una donna in questa casa. Su un soppalco, una grande vasca con l'idromassaggio occupa quasi tutta una parete, di fronte un'ampia doccia e uno specchio a figura intera.
Mi spoglio lentamente, il corpo ancora dolorante. Rimango in piedi davanti allo specchio aspettando che arrivi Sebastian. La mia pelle bianca è segnata da macchie scure sulle braccia e sulle cosce.

I segni di quella lotta che adesso ricordo bene.

Sotto l'occhio destro un livido violaceo.

L'anello.

Rabbrividisco. La porta si apre all'improvviso alle mie spalle. Sussulto, coprendomi con le mani.
"Scusa", dice Sebastian.
Sembra sorpreso.
Abbozzo un sorriso.
"Non ti scusare, avevo la testa altrove."
Mentre si toglie i vestiti tiene lo sguardo fisso su di me. I suoi occhi mi accarezzano, come se fossi di cristallo.
"Sto bene", gli dico sorridendo. "Non guardarmi così, ti prego."
"Scusa, è che quei lividi..."
"Sebastian", dico. La mia voce si indurisce. "Ho detto che sto bene."
Entro nella doccia. Lui mi raggiunge dopo qualche istante. Nel vedere il suo corpo nudo sotto il getto dell'acqua, sento di nuovo quel calore intenso. Mi avvicino, metto le mani sulle sue spalle e comincio a

baciargli il torace, i suoi muscoli si irrigidiscono sotto al mio tocco. Mi prende il viso tra le mani e mi bacia le labbra dolcemente.

"Lascia che ti lavi i capelli."

"Aspetta", sospiro, e salendo in punta di piedi lo tiro verso di me, baciandolo di nuovo. La mia lingua affonda nella sua bocca, mentre l'acqua scorre calda su di noi. Nonostante il suo corpo non riesca a celare l'eccitazione, con un gesto gentile mi allontana.

"Ti prego, Sebastian", chiedo senza fiato.

Lui fa un passo indietro.

"Non adesso, Vic."

Mi dà le spalle e finisce di lavarsi, poi esce dalla doccia senza dire una parola. Un attimo dopo, sento la porta del bagno chiudersi. Le gocce d'acqua si mischiano alle lacrime mentre mi siedo per terra, lasciando che il getto caldo mi massaggi la schiena.

Ho rovinato tutto e adesso non gli piaccio più.

Quando esco dal bagno, avvolta nel morbido accappatoio di spugna, mi infilo sotto le lenzuola, sperando che Bastian mi venga a chiamare per la cena, ma l'attesa si prolunga a tal punto che finisco per addormentarmi.

34. Sospiri

Ho trascorso un'altra notte da dimenticare tra gli incubi e il tormento dovuto al silenzio di Sebastian. Il suo comportamento mi toglie la fame, il sonno, la capacità di concentrarmi.

Pensare di continuo al suo rifiuto mi sta facendo impazzire.

Ieri sera è venuto in camera a chiamarmi verso le otto.
"Vic, è pronta la cena", ha annunciato restando sulla porta, poi è sparito giù per le scale. Quando sono scesa, la tavola in sala da pranzo era apparecchiata e la televisione accesa.
"Avrai una fame da lupi", ha detto con entusiasmo forzato, servendomi una fetta di carne alla griglia con un contorno di verdure.
"Non molta, ma grazie per aver cucinato."
Lui si è seduto al mio fianco, continuando a guardare la tv come se non ci fossi.
"Va tutto bene?" gli ho chiesto.

"Certo. Mangia la tua bistecca, prima che si freddi."

Avevo dimenticato questo suo atteggiamento distante. Cacchio, non lo sopporto quando fa così!

È rimasto a guardarmi fino a quando non ho cominciato a mangiare.

Deve sempre mantenere la situazione sotto controllo.

A metà della cena mi sono alzata sbuffando.
"Scusa, ma ho un mal di testa tremendo", ho detto freddamente. "Preferisco andare a letto."
"Come vuoi tu."
Ha alzato le spalle, come se la cosa lo lasciasse indifferente.
"Non ti preoccupare della tavola. Ci penso io più tardi. Se hai bisogno chiamami."
Senza aggiungere altro sono salita, mi sono lavata i denti e, invece di tornare subito nella camera padronale, mi sono intrufolata nella stanza più piccola,

adibita a studio, per cercare qualcosa da leggere. Un vecchio manuale di fotografia ha subito attirato la mia attenzione, così l'ho sfilato dallo scaffale e me lo sono portato in camera. Una volta sotto le coperte, ho iniziato a sfogliarlo. In sottofondo, il rumore di stoviglie e il vociare della televisione dal piano di sotto. Ho letto distrattamente qualche pagina fino a che tutti i rumori sono improvvisamente cessati. Pochi istanti più tardi, ho sentito Sebastian fare una telefonata. Ho cercato di capire con chi stesse parlando, ma non sono riuscita a sentire nemmeno una parola.
Quando ho avvertito lo scricchiolio dei gradini sotto i suoi passi, ho messo il libro sul comodino e spento la luce. Bastian è entrato in camera cercando di non far rumore. L'ho sentito togliersi i vestiti e infilarsi sotto le coperte.

Ti prego, abbracciami.

Ha sussurrato il mio nome senza sfiorarmi e io ho fatto finta di dormire.

Ma perché? Perché mi sta facendo questo? Ha persino tolto il braccialetto che gli ho regalato. Forse sta aspettando che mi senta meglio per lasciarmi. Forse non vuole farlo adesso perché pensa che sia troppo fragile.

Appena ho sentito il suo respiro cambiare, mi sono voltata rimanendo a guardarlo, il viso disteso e le labbra socchiuse.
Ho avuto voglia di baciarlo. Mi sono avvicinata fino a sentire il suo respiro sul mio viso, ma la paura di un altro rifiuto mi ha bloccata, portando con sé ricordi dolorosi che credevo sopiti.
Lui si chiamava Filippo, ed era un amico di mio fratello. Un inverno, i suoi genitori invitarono la mia famiglia a trascorrere una settimana nella loro casa di montagna. Ricordo che l'ultima sera, mentre eravamo al ristorante, non mi sentii molto bene e Filippo, che sarebbe comunque dovuto tornare per aspettare una telefonata, si offrì di accompagnarmi. Nel tragitto verso casa mi fece mille domande. Lo trovai strano, perché non si era mai interessato a me in quel modo. Il fatto che un ragazzo come lui potesse essere curioso dei miei interessi mi fece

sentire molto speciale. Ero così elettrizzata che per l'entusiasmo non feci attenzione al ghiaccio e scivolai rischiando di finire con il sedere per terra. Filippo mi prese tra le braccia, aiutandomi a restare in piedi, poi restò qualche secondo a guardami negli occhi e mi baciò. Io avevo quattordici anni e lui diciotto. Nonostante non mi fosse mai capitato di pensare a lui in modo romantico, il suo bacio mi piacque. Filippo era un ragazzo solare, con gli sci era bravissimo e aveva i riccioli biondi di un angelo. Non feci altro che pensare a lui per un anno intero, fantasticando su come sarebbe stato rivederlo. Quando quel giorno arrivò, mi preparai per lui con il cuore in gola e indossai il mio vestito più bello. Mi salutò come si saluta una sorella e per tutta la settimana mi riservò un trattamento gentile ma distante, evitando sempre di trovarsi da solo con me. Non ebbi il coraggio di affrontarlo, di chiedergli il perché di quel suo gesto, ma una mattina entrai nella sua camera mentre dormiva e lo baciai. Lui aprì gli occhi e mi accarezzò il viso.

"Victoria, tu sei molto dolce, ma non mi piaci in quel modo" mi disse.

Scappai via per la vergogna. Nei giorni successivi fu talmente freddo che mi chiesi se quel primo bacio in montagna fosse stato soltanto frutto della mia immaginazione.

Non mi è mai più capitato di sentirmi così stupida fino a oggi, così frustrata dalla mancanza di attenzioni di un uomo.

Mi rigiro nel letto. È già mattina, la pioggia batte forte sulle finestre, la sveglia indica le sei e ventidue.

Avrò dormito tre ore al massimo.

Sul comodino, in una cornice la foto di Danny che tiene in braccio una donna. Si guardano negli occhi e sorridono. Lui indossa un completo blu elegante, lei un lungo abito bianco di pizzo. Non immaginavo che fosse sposato. Mi rendo conto di non sapere niente di lui, non pensavo nemmeno che fosse così amico di Sebastian.

In fondo non conosco Sebastian così bene. Forse non lo conosco affatto.

Improvvisamente lo sento muoversi accanto a me e mi volto. Dorme ancora: un braccio abbronzato teso sopra la testa, il corpo atletico avvolto nel lenzuolo sgualcito. Sono felice che i suoi occhi siano chiusi, perché adesso non sarei in grado di reggere il suo sguardo e nascondere l'inquietudine che provoca dentro di me.

Basta! Non posso restare qui a torturarmi!

Decido di alzarmi. Appena metto le gambe fuori dal letto, la sua mano afferra il mio polso. Il suo tocco è un brivido.
"Dove vai così presto, *elskling*?" mi chiede, la voce rauca per via del sonno.
"A preparare il caffè", rispondo senza voltarmi.
"Aspetta, mettiti qui accanto a me."
"Meglio di no."
Scuoto la testa.
"Dai sciocchina, dobbiamo parlare", insiste.

Prendo coraggio e mi volto: è messo su un fianco, la testa spettinata, il viso assonnato. Mi sdraio accanto a lui. Le nostre gambe si sfiorano. Restiamo un attimo in silenzio a guardarci negli occhi. È come se fossi seduta sulle montagne russe, in quell'istante prima della discesa più ripida.

Sarei dovuta scappare via. Ora non potrò più nascondere nessuna emozione, tanto vale spiattellargli in faccia tutta questa frustrazione.

"Come sei bella", sospira.
"Se sono così bella, perché mi stai facendo questo? Se non ti piaccio più, non sei obbligato a stare con me."
Accenna un sorriso.
"É davvero questo che pensi? Che io non ti desideri?"
Annuisco, cercando di trattenere le lacrime.
"Come fai a dire una cosa del genere? Non senti che effetto mi fa averti vicina?"

Tende un braccio intorno alla mia vita tirandomi verso di sé. Il suo corpo eccitato preme sul mio.
“A che gioco stai giocando, Sebastian? Così non fai altro che torturarmi.”
La salivazione si azzera, le mie mani sono gelate.
“Non sto giocando”, risponde serio. “Ho solo paura di farti male, Vic. Guardati: sei coperta di lividi e hai subito un trauma. Anche io vorrei...” si interrompe.
“Cosa vorresti?”
Mi metto a sedere. Indosso solo un paio di slip ma non provo vergogna, anzi, voglio provocarlo. Voglio che mi dica che il desiderio lo sta consumando, proprio come sta logorando me, invece Sebastian sospira, il solito sguardo enigmatico, e dice soltanto: “Aspettiamo qualche giorno.”
“No. Non voglio aspettare!”
Sbuffa, girandosi supino, lo sguardo verso il soffitto.
“Se è per i lividi che ti preoccupi, basta fare piano.”
Nell’istante in cui la mia mano raggiunge la sua gamba, mi fulmina con lo sguardo.

L'ha sentita anche lui, quell'elettricità.

"Lo sai com'è tra di noi, *elskling*. Andarci piano non è certo il nostro forte."

"Lo so. Ma sto bene, ti giuro. Ho solo bisogno di tornare alla normalità, ho bisogno di... te."

Arrossisco. Mi mordo il labbro inferiore e sussurro.

"Io...ti voglio adesso."

Un lampo nei suoi occhi lo tradisce. Lo libero dal lenzuolo e mi metto a cavalcioni su di lui. Gli sfugge un sorriso.

"Dormi nudo al mio fianco, cosa pretendi?"

Chiudo gli occhi e inizio a muovermi lentamente sopra di lui.

"Vic..."

Il suo respiro cambia, non mi serve guardarlo per sapere che ha smesso di sorridere. Mi prende per i fianchi e inizia ad accompagnare le mie spinte.

"Cazzo, Vic..."

Soltanto allora apro gli occhi per perdermi nei suoi, illuminati da quella smania che ho bramato tanto. Ma è il suo respiro a eccitarmi fino a farmi perdere il controllo. Gli prendo una mano, me la porto alla

bocca e inizio a succhiargli le dita, poi mi sposto gli slip da un lato e lo faccio scivolare dentro di me. Mi sfugge un mugolio. Con le mani sul suo petto, spingo sempre più a fondo.
"Fai l'amore con me, Sebastian", ansimo.
Si tira su, di scatto. Dalle mie labbra socchiuse sfugge un lamento. Stringo le gambe intorno alla sua schiena nuda. Con la lingua stuzzica il mio seno, poi sale per affondarla nella mia bocca. Ora è lui ad aver preso il controllo, spingendo così forte da farmi tremare di piacere. Lancio un gemito e lui rallenta quasi fino a fermarsi. Quando apro gli occhi, trovo i suoi.
"Ti basta così?"
Resto in silenzio, il cuore martella nel mio petto.
"Rispondi Victoria, devo smettere?"
"No... ti prego... ancora. Voglio venire insieme a te."
Le mie parole spazzano via anche la sua ultima briciola di incertezza. Mi stringe in un saldo abbraccio e affonda sempre più energicamente dentro di me fino a farci impazzire entrambi di piacere.

Ci vuole qualche istante prima che il torpore mi abbandoni, incatenata in quell'abbraccio. Sebastian si allontana solo per prendermi il viso tra le mani e baciarmi.

Arrossisco.

"*Jeg elsker deg, elslking*", dice passandomi una mano tra i capelli arruffati.

Lo guardo con aria interrogativa.

"Cosa significa?"

"Significa che ti amo."

Sorride.

"Anche io ti amo."

Mi copro gli occhi con le mani.

"Non vergognarti, mi piace quando sei disinibita."

"Non sono mai stata così con nessuno."

"Proprio per questo mi piace così tanto."

Ci sdraiamo sotto le lenzuola.

"Non avevo idea che si potesse provare quello che io provo per te. Non avevo idea che l'amore fosse questo."

"Lo so. Quello che abbiamo è molto raro, Vic per questo voglio proteggerlo."

Annuisco e con le guance ancora bollenti, mi avvicino per baciarlo di nuovo.

"Come ti senti?" mi chiede.

"Adesso sto benissimo. Tra le tue braccia passa tutto", sospiro. "Non lasciarmi più sola, Sebastian."

"Non lo farò, te lo prometto. Aspetta."

Esce dalle lenzuola e sparisce nel corridoio. Torna poco dopo con in mano la mia collana col ciondolo di giada. Mi porto una mano alla bocca.

"Cacchio, mi dispiace."

Lo avevo lasciato nel suo appartamento insieme ai frammenti di polaroid e al suo quaderno rosso.

"Ero così arrabbiata. Io... non ho scuse."

"Non ti preoccupare. Eri arrabbiata, non hai fatto nulla di male. Però mi piace vedertela addosso."

Mi fa girare per allacciarmi la catenina dietro al collo.

"Lo so, quando la indosso è come se ti portassi sempre con me. A proposito posso chiederti che fine ha fatto il bracciale che ti ho regalato? L'hai tolto quando abbiamo discusso?"

"No sciocchina, non l'avrei mai tolto. Te ne volevo parlare ma poi con tutto quello che è successo mi è sfuggito di mente. L'ho dovuto togliere per alcune riprese del video

e quando sono tornato in camerino era sparito. L'ho cercato ovunque. Mi dispiace così tanto averlo perso. Ti giuro che non so come sia potuto succedere. Mi perdoni?"
"Ma certo, non è stata colpa tua. Magari qualcuno l'ha preso per sbaglio. Non preoccuparti era una stupidaggine."
"No, per me era importante."
"Allora vorrà dire che la prossima volta che andrò da Jenny te ne comprerò un altro."
Mi accoccolo sul letto. Lui dietro di me. Mentre mi addormento con il suo corpo stretto al mio, penso a quanto vorrei che questa fosse la nostra casa e che ci fossimo noi due ritratti in quella fotografia sul comodino.

35. Una proposta

Nei giorni che seguono usciamo di casa solo per fare un po' di spesa e lunghe passeggiate nel parco. In quelle occasioni Sebastian indossa sempre una felpa con il cappuccio; lo tiene calato sugli occhi, puntualmente nascosti da occhiali scuri. Mi piace passeggiare indisturbati. Mi riporta all'inizio della nostra storia, quando Sebastian era speciale soltanto per me.

Ogni volta che varchiamo la soglia di casa, è come entrare in una bolla: una dimensione sospesa in cui ogni minuto trascorso insieme, senza intrusioni, acquisisce un valore inestimabile. In quei giorni gli parlo molto di me, e quando lo faccio sono come un fiume in piena. Non ho paura di mostrarmi per quella che sono, perché so che non mi giudicherà.

Infatti, Sebastian non solo si dimostra un buon ascoltatore, ma anche un interlocutore attento e curioso, mai invadente.

Un giorno, mentre gli parlo dei miei fratelli, come per magia, comincia anche lui ad aprirsi con me. Mi racconta del rapporto con suo padre, di come sia stato difficile comunicare durante l'adolescenza, di quando ha iniziato a ribellarsi all'educazione rigida con cui è stato cresciuto, di come ha imparato col tempo a capire il valore dei sacrifici fatti dai suoi genitori.

"Se penso a mio padre, non ricordo di averlo mai visto riposare o godersi una serata da solo con gli amici", mi ha detto con gli occhi lucidi. "Ha sempre lavorato, risparmiando ogni centesimo per i suoi figli. Non credo che lui fosse felice. Eravamo noi la sua vita, il suo successo."

Poi mi racconta di sua madre, di come sia una donna forte e indipendente. Della scuola, di come si sia sentito stretto in un paese così provinciale e lontano da tutto.

Più ci conosciamo, più mi sembra incredibile che dietro la sua apparenza da ragazzo presuntuoso e sicuro di sé si nasconda una persona così sensibile e profonda.

Entriamo così in sintonia che perfino i silenzi diventano momenti da custodire gelosamente. A volte restiamo zitti per ore, mentre lui suona il piano o scrive sul suo quaderno e io disegno o lavoro sui miei progetti fotografici.

Prima di incontrare Sebastian non mi era mai capitato di essere così a mio agio nel condividere il silenzio con qualcuno. Con lui è diverso. In certe occasioni siamo entrambi immersi nei nostri mondi, poi basta uno sguardo per ritrovarci, per ispirarci a vicenda.

Oggi è il suo compleanno. Mi sono svegliata prima di lui e gli ho portato la colazione a letto e un regalo impacchettato con la carta di giornale e un fiocco di raso rosso che ho trovato in un cassetto.

"Buongiorno, amore", gli ho sussurrato nella penombra, deponendo il vassoio sul comodino, poi ho aperto le tende e mi sono sdraiata al suo fianco.

"Buon compleanno."

Lui ha fatto un mugolio e ha allungato le braccia per avvicinarmi a sé.

"Come hai fatto a ricordarti? Ne abbiamo parlato soltanto una volta", ha detto aprendo faticosamente gli occhi.

"Io ti amo, come posso dimenticarmi del tuo compleanno?"

Si è messo a sedere. Solo allora ha notato il vassoio.
“Mi hai portato la colazione? E questo cos’è?” mi chiede, indicando il pacchetto.
“Un pensierino.”
“Come hai fatto? Siamo stati sempre insieme...”
“Ho avuto dei complici molto abili.”
Sorrido.
“Aprilo, dai.”
Non se lo fa ripetere due volte e strappa la carta con la foga di un bambino. Quando vede il regalo, sorride e si china su di me per baciarmi.
“È favolosa”, dice prendendo tra le mani la macchina fotografica. “Mi hai regalato la tua polaroid!”
“Già.”
“Non avresti dovuto. Lo sai che ora ti farò centinaia di foto e tu mi odierai.”
“Non dire sciocchezze... sapevo che ti piaceva tanto, e poi se non fosse stato per questa...” abbasso gli occhi e sento le guance arroventarsi.
“Sono certo che ci saremmo innamorati comunque.”

Mi solleva il mento con un dito e sfiora le mie labbra con le sue.
"Continua a scartare", gli dico. "Non è ancora finita."
Lui scarta il secondo pacchetto che stava sotto la Polaroid e vi trova un quaderno dalla copertina di cuoio, chiuso da un laccio. Lo prende, lo annusa, passa le mani sulla copertina, comincia a srotolarlo, lo sfoglia, in silenzio.
"Vi hai perfino fatto incidere sopra le mie iniziali. Mi conosci meglio di chiunque altro."
I suoi occhi brillano. Mi abbraccia e affonda il viso fra i miei capelli.

...

Dopo aver pranzato, nel primo pomeriggio mi siedo sul divano mentre lui, seduto al pianoforte, canticchia una melodia con una matita tra le labbra, sfiorando i tasti con le dita. Mi alzo lentamente cercando di non far rumore e con la Canon stretta tra le mani mi inginocchio vicino a lui. La luce che filtra dalle tende fa risplendere i suoi capelli color nocciola, illumina le braccia

lunghe dalla pelle liscia e abbronzata. Mentre scatto, penso solo a quanto vorrei che questi momenti non finissero mai.
Lui si accorge di me, si sfila la matita dalle labbra e mi sorride.
“Mi dispiace, non volevo distrarti.”
“Non fa nulla.”
Si china in avanti e mi bacia la fronte.
“Devo fare una telefonata.”
Annuisco, mentre lui si avvia verso le scale. Negli ultimi giorni capita spesso che si chiuda in studio per telefonare.

Sembra molto misterioso a riguardo, ma preferisco non essere invadente.

Mi viene in mente Sadie.

Forse dovrei chiamarla. Cacchio, è lunedì e starà lavorando.

Poi mi ricordo che stasera abbiamo invitato a cena la compagnia per festeggiare.

Mi manca parlare con lei.

Nonostante Sebastian si sia già accordato con Sam per prendere la pizza, abbiamo deciso insieme di preparare un dolce. Scende in sala entusiasta con la ricetta dell'*eplekake*: una torta di mele molto popolare in Norvegia.

"Mia madre mi ha appena dettato tutti gli ingredienti per telefono. Ah, ti saluta."

Mi passa un foglietto scritto con la sua calligrafia spigolosa e mi porta con sé in cucina.

"Cacchio, come sei meticoloso!" gli dico dopo essere stata ripresa per aver versato troppa farina nella ciotola. "Si tratta di un paio di grammi in più, che differenza vuoi che faccia?"

"Le cose ben fatte non riservano mai brutte sorprese, *elskling*."

Mi strizza l'occhio.

"Non sono mica approssimativo come te."

"Ah, sì? Sarò anche approssimativa, ma quando cucino sei tu a divorare in un attimo quello che hai nel piatto..."

Sfilo le mani dall'impasto della torta e le avvicino alle labbra ancora infarinate, pronta a soffiargli in faccia guardandolo con aria di sfida.

"Non pensarci neanche! Sappi che se lo farai la mia vendetta sarà spietata."
"Che fai, mi insulti e poi mi sfidi?"
Gonfio le guance di aria, poi gli soffio una manciata di farina sulla faccia.
Tossisce e si scuote, passandosi una mano tra i capelli.
"Adesso ti faccio vedere io. L'hai voluto tu!" dice, e inizia a rincorrermi intorno al tavolo. Mi agguanta quasi subito e comincia a farmi il solletico. Io urlo e mi dimeno. La lotta finisce in un abbraccio, un bacio leggero, poi il suo sorriso si spegne. Per un attimo resta a studiarmi in silenzio.
"Non mi abituerò mai al modo in cui mi guardi", sussurro, lo stomaco pieno di farfalle. Lui sospira, mi accarezza i capelli scompigliati, spostandomeli dietro l'orecchio.

Pagherei per sapere cosa sta pensando.

"Volevo aspettare stasera, ma non ce la faccio... c'è una novità."
Sul suo volto, la solita espressione indecifrabile.

"Che genere di novità?" chiedo con la voce tremante.

Siamo così vicini che sono certa possa sentire il mio cuore battere all'impazzata.

"Immagino che in questi giorni tu abbia notato che ho fatto un sacco di telefonate."

"Lavoro?"

"Sì, quasi tutte di lavoro."

"Quasi tutte?"

"Ho parlato anche con i tuoi genitori e con Floyd Miller della scuola di fotografia di New York."

"I miei genitori? Ma se ci ho parlato prima e non mi hanno detto nulla."

"Non ti hanno detto nulla perché ho chiesto loro di aiutarmi a farti una sorpresa."

"Quale sorpresa? E la scuola cosa c'entra? Bastian, sto morendo di curiosità. Puoi spiegarmi per favore?"

"È tutto già predisposto, ma ho bisogno che tu mi dica di sì."

Mi prende le mani. I palmi sono umidi per l'agitazione e ancora sporchi di farina. Cerco di sfilare le mani dalle sue, in preda all'imbarazzo.

"Ti prego, Sebastian, arriva al punto mi stai facendo impazzire."
"Lo vedo e mi piace."
"Sadico!"
Sorrido. Scuote la testa.
"E va bene. Sai che ti avevo promesso che saremmo rimasti sempre insieme?"
"Certo che mi ricordo."
"Dato che in questi giorni siamo stati così bene, ci ho pensato molto e alla fine ho trovato una soluzione. Ti ricordi quando mi hai presentato Minnie?"

Ripensare a quel momento mi fa venire i brividi.

"Come potrei dimenticarlo?"
"Quel giorno le promisi che avrei fatto qualunque cosa perché il tuo sogno di diventare una fotografa si realizzasse, e che la nostra storia non sarebbe mai stata un ostacolo per la tua carriera. Così mi sono inventato una soluzione: se vorrai, potrai iniziare la scuola a New York dal secondo quadrimestre e trascorrere i primi quattro mesi in tournée con me, lavorando."

Lo guardo interrogativa mentre fa una pausa e aggiunge: "A nome del gruppo, vorrei proporti ufficialmente di diventare uno dei fotoreporter del tour."
"Cosa? Mi stai offrendo un lavoro?"
"Proprio così, ed è anche un lavoro importante. Se accetterai la mia proposta, sarai l'assistente di Tristan Dubois. È un fotografo molto famoso in questo campo."
"Cosa? Stai scherzando? Perché se è uno scherzo, è davvero crudele, Bastian. Dubois è famosissimo! Al liceo abbiamo fatto un laboratorio sulle sue immagini. La sua capacità evocativa e maestria nell'attribuire dinamismo a ogni scatto sono leggendarie."
"Perfetto. Quindi sai anche che genere di occasione potrebbe rappresentare per la tua carriera? Oltre ad assicurarti uno stipendio talmente generoso da poter frequentare la scuola di fotografia anche senza borsa di studio."
Mi porto una mano alla bocca, muovendo nervosamente le gambe.
"Cacchio, non ci posso credere!"
"Voglio che ci pensi bene, Vic. Se dirai di sì trascorreremo insieme i prossimi quattro mesi. Senza famiglia e amici.

Inoltre, dovremo rendere pubblica la nostra relazione. Questo cambierà la tua vita. Lo so che ti sto chiedendo tanto e se non ti senti pronta, capirò."
"Cosa intendi per pubblica?"
"Che voglio venire allo scoperto, far finire tutti i pettegolezzi. Voglio che tutti sappiano che stiamo insieme."
La mia mano ora è sul petto.
"Il mio cuore è sul punto di scoppiare, Bastian. Noi due? Insieme? Per quattro mesi?"
La mia bocca si allarga in un sorriso.
"Sì, Vic."
"E i miei hanno detto di sì?"
Annuisce.
"Ci ho messo un po' a convincerli, ma alla fine hanno ceduto."
"E la scuola ha accettato comunque di offrirmi la borsa di studio? Anche se inizio a metà anno?"
"Esatto. Allora, che ne dici? Ci penserai? Adesso sei tu che mi stai tenendo sulle spine."
Gli butto le braccia al collo.
"Sì, cacchio, sì! Non ho bisogno di pensarci! Ma come hai fatto?"

"Eh..."
"Non posso credere che staremo insieme tutto quel tempo e sarò l'assistente di Tristan Dubois. Che emozione! Grazie, Sebastian, sei meraviglioso!"
Mi bacia, sollevandomi da terra e mentre con le gambe circondo i suoi fianchi, sento i suoi baci farsi sempre più profondi.
"Andiamo in camera" ansimo. Non mi risponde, ma inizia a camminare verso la sala. Improvvisamente mi rendo conto che non posso più aspettare, gli mordo il labbro inferiore e faccio scivolare una mano fino alla cerniera dei suoi jeans.
Si ferma, nel suo sguardo quella smania che mi fa bruciare. Nemmeno lui può aspettare.

...

Dopo cena faccio fare a Sadie un giro della casa. Ci ritroviamo in giardino. La serata è mite, il cielo stellato. Ci sediamo sul dondolo a chiacchierare, mangiando una fettina di torta.
"Accidenti, questa villa è pazzesca. Come ve la state passando, piccioncini?"

Le lancio un'occhiata radiosa.
"E pensare che solo pochi giorni fa credevo che fosse finita. Guardaci adesso: tra poco più di una settimana partiremo per il Giappone. Pazzesco, no?" sospiro. "Non so come ho potuto mettere in dubbio la sua sincerità. È un ragazzo davvero speciale. Mi sembra impossibile immaginare la mia vita senza di lui."
Lei resta a guardarmi con l'aria sognante.
"Tesoro, quando vi vedo insieme, mi sembri un'altra. Anche prima, a tavola, quando abbiamo brindato e hai annunciato a tutti la novità, mi sei sembrata così rilassata e sicura di te. Stai diventando una donna."
Sorrido.
"Cacchio, è vero. Ma lo sai che certe volte mi sembri mia madre?"
Scoppio a ridere.
"Che stronza che sei. Io ti dico una cosa carina e tu mi maltratti."
Sorride, mettendosi in bocca una forchettata di dolce alle mele.
"A parte gli scherzi, siamo stati molto bene in questi giorni. Mi è sembrato quasi come se..."

“Come se foste sposati?”
“Sì, esatto. Proprio come se fossimo in luna di miele.”
“Accidenti, luna di miele? Quindi ci avete dato dentro un bel po’?”
Mi strizza l’occhio.
“Possibile che tu pensi solo al sesso?”
“Sì, ma perché non ne faccio abbastanza. Tu piuttosto, rispondi alla mia domanda.”
Abbasso lo sguardo.
“Come sarebbe a dire che non ne fai abbastanza? Va tutto bene con Matthew?”
“Certo, tesoro, solo che ultimamente sono così presa con il lavoro che non lo vedo quanto vorrei.”
“Cacchio sadie, mi dispiace.”
Fa spallucce.
“Questo, comunque, non è il momento di parlare di me e Matthew. Avanti, sputa il rospo, racconta di questa luna di miele.”
Scoppio a ridere.
“E va bene Sadie, facciamo tanto sesso. Sei contenta adesso?”
“No, voglio i particolari.”
Sbuffo.
“All’inizio è stato strano. sai, per quello che mi è successo...”

"Capisco."
Si fa seria per un attimo poi torna a sorridere.
"Non provare a sviare di nuovo la conversazione... dai, racconta. Non farti pregare."
"Va bene, ok. Hai visto quanto è grande questa casa?"
"Sì, fottutamente grande, ma che cosa c'entra?"
"C'entra perché non mi viene in mente una stanza di questa casa in cui non l'abbiamo fatto."
Arrossisco.
"Ma dici davvero?"
"Temo di sì."
"Dove?"
"Dunque, vediamo, fammi pensare: in cucina, sulle scale, in lavanderia, sulla scrivania dello studio, sotto la scrivania dello studio, sul divano... ah, anche sul dondolo dove sei seduta tu."
Lei smette di leccare i rimasugli di torta dalla forchettina.
"Ti basta o devo continuare?"
Scoppiamo a ridere.

"Porca miseria, chissà quante ne combinerete in tour!"
Mi strizza l'occhio.
"Sai, sono proprio contenta di questa opportunità di passare più tempo con lui e poi sarò l'assistente di Dubois. Ti rendi conto? Perfino i miei sono elettrizzati."
"Lo so, è favoloso. Che invidia, tu girerai il mondo, mentre io starò qui a fare le solite vecchie cose."
"Ti manderò un sacco di cartoline, promesso."
Le faccio l'occhiolino. Lei guarda il seggiolino del dondolo un po' preoccupata.
"Ma dopo avete pulito qui, vero?"

36. Prime volte

Inizia il viaggio verso Tokyo. Stento ancora a credere che sia tutto vero. Sono talmente eccitata da non riuscire a stare ferma sul sedile. Non mi sono mai allontanata da casa così tanto e così a lungo.

Due giorni dopo il compleanno di Sebastian siamo tornati a vivere con gli altri, in un lussuoso attico procuratoci da Mark, il manager degli Shine Away. Visto il tour imminente, ha pensato di farci stare tutti nello stesso stabile nel quale si trova la nuova sala di registrazione. L'appartamento è abbastanza grande da garantire a tutti noi ogni comodità e privacy.

Dopo una settimana da soli a casa di Danny, la vita in cui io e Sebastian siamo stati catapultati mi è sembrata surreale. L'edificio era costantemente circondato da paparazzi e ragazzine sbraitanti. Sebastian è stato assorbito da ore e ore di prove, impegni e interviste, mentre io ho conosciuto Tristan, il loro fotografo, e abbiamo iniziato a lavorare insieme.

Sebastian ha chiesto a Tristan di farci qualche foto. La segretaria del gruppo ha mandato quegli scatti alla redazione di un famoso giornale di musica, e poi ha organizzato un'intervista, nella quale Sebastian ha confermato la nostra storia. Qualche giorno dopo, quelle immagini di noi due abbracciati e sorridenti, sono apparse sulla famosa rivista internazionale Music Flash. Da quel momento, come previsto, anche la mia vita è cambiata radicalmente, a tal punto che nemmeno io sono stata più in grado di lasciare l'edificio senza essere scortata da una guardia del corpo.
Guardo fuori: l'aereo passa sopra la Manica mentre Sebastian mi tiene la mano stretta nella sua. Mi ritrovo a pensare all'ultima chiacchierata con Jenny: alla sua reazione quando le ho detto della proposta di lavoro e della mia imminente partenza.
"Se è quello che desideri davvero, *kiddo,*" mi ha detto, "non posso che essere emozionata per te. Imparare sul campo è la cosa migliore, poi da un fotografo bravo come Tristan Dubois... Anche io ho avuto un'opportunità simile quando ero più

giovane e guarda che fotografa favolosa sono adesso!" ha ridacchiato in quel suo modo buffo, poi i suoi occhi sono diventati tristi di colpo.
"Mi mancheranno i nostri pomeriggi insieme", ha detto, accarezzandomi il viso.
"Anche a me, Jenny. Ti chiamerò spesso. Lo sai che ormai sei la mia nonna acquisita."
"Mascalzona che non sei altro! Nonna io? Ma se sono una ragazzina."

Non so come farò senza la sua risata contagiosa.

Aver chiuso un capitolo della mia vita mi fa venire un nodo in gola.
"Sei triste, amore?" mi dice Sebastian, notando la lacrima che solca la mia guancia.
"Pensavo a tutte le cose che sono successe in queste ultime settimane e mi chiedevo se riuscirò a trascorrere i prossimi mesi lontano dai miei genitori, da Sadie e anche da Jenny. Sai, lei è riuscita ad alleviare quel vuoto enorme lasciato da Minnie. E se dovessi perderla?"

"Non la perderai, *elskling*. Saremo di ritorno tra qualche mese e potrai andare a trovarla prima di partire per New York."

"Hai ragione. Lo so che dovrei essere al settimo cielo, e credimi: lo sono. Sono solo un po' malinconica", sospiro.

"Capita anche a me, ma poi ti guardo e mi passa tutto."

Sorride, illuminandomi dentro come solo lui sa fare.

"Stare con te è la cosa che desidero di più al mondo", gli confesso.

"Lo so", mi asciuga la lacrima con un dito e sfiora le mie labbra con le sue.

Dopo lo scalo ad Amsterdam e un'ora di attesa, finalmente saliamo sull'aeroplano che ci porterà a Tokyo. Sebastian si mette a discutere di lavoro con Nataniel e Patrick seduti nella fila accanto alla nostra. Tristan, che fa avanti e indietro dall'area fumatori, mi raggiunge, sedendosi nel posto vuoto alla mia sinistra. Mi parla delle sue idee e mi mostra alcuni pezzi dell'attrezzatura.

È un uomo sulla quarantina, alto e brizzolato. Ha la barba incolta e intensi occhi grigi, nascosti dietro un paio di occhiali a goccia che sembrano incollati al

naso aquilino. Nonostante l'espressione costantemente accigliata, con me si dimostra sempre disponibile e gentile. Ha un forte accento francese e di solito tiene una sigaretta accesa tra le dita. Lo conosco da pochi giorni ma non riesco a ricordare di averlo visto senza macchina fotografica al collo. Immagino che lui pensi la stessa cosa di me ed è per questo che credo di piacergli. Anche Sebastian si è accorto che è di poche parole con tutti tranne che con me.
Dopo poco più di un'ora, Tristan torna al suo posto e mi appisolo sulla spalla di Sebastian.

...

Mi bastano pochi giorni per innamorarmi del Giappone. Tokyo è favolosa e nonostante la band sia popolare anche qui, le fan si dimostrano da subito meno invadenti e più rispettose: si avvicinano chiedendo educatamente una fotografia o un autografo, e aspettano il loro turno in file ordinate senza accalcarsi. Nei due giorni precedenti al concerto, tra interviste e partecipazioni a programmi televisivi,

riusciamo anche a visitare la città. Sebastian compra la sua prima Canon e si diverte a fare qualche scatto insieme a me e Tristan, mentre noi cerchiamo di immortalare quanto più possibile di quei momenti magici.
In men che non si dica arriva la sera del concerto. Poco dopo il sound check, che è già un'emozione incredibile, il Nakano Sun Plaza comincia a riempirsi di gente.
Con il pass al collo e le istruzioni di Tristan ben chiare in mente, faccio la spola tra il backstage e il palco. Cammino per il palazzetto con il cuore in gola mentre i ragazzi, chiusi in camerino, cominciano a scaldarsi.

Chissà come sarà agitato.

Dopo un po', mi raggiunge Mark.
"Bastian vuole vederti."
"Certo, vado subito. Grazie."
Mark sembra tranquillo, quindi immagino che tutto vada come previsto.
Busso alla porta del camerino di Sebastian ed entro.

"Ciao, *elskling*", mi sorride appena varco la soglia.
È seduto davanti allo specchio mentre una ragazza gli sistema i capelli tirandoli indietro ai lati e lasciando che il solito ciuffo morbido gli cada sulla fronte.
"*Handsome*[38]?" mi chiede lei in un inglese stentato, arrossendo. "Somiglia a James Dean."

È vero, è così che l'avevo descritto a Minnie in ospedale.

"Sì."
Le sorrido. Fa un inchino e ci lascia soli. Sebastian viene ad abbracciarmi.
"Mi sei mancata."
"Anche tu."
Mi alzo in punta di piedi e mi bacia.
"Com'è là fuori?"
"Pieno, Bastian, fa un effetto..."
"Pensi che il look vada bene?" mi chiede facendo qualche passo indietro.
"Fatti un po' vedere."

---

[38] Bello?

Gli giro intorno. Indossa un paio di jeans aderenti, le sue Converse rosse preferite e un gilet di pelle nero aperto sul petto nudo.

"Cacchio! Sei stupendo. Devo confessarti che sono un po' gelosa."

Abbasso gli occhi.

"Di cosa, *elskling*?"

Mi tira a sé.

"Questa è tutta scena e lo sai. Qualsiasi cosa tu veda o senta quando saremo là fuori, tu devi ignorarlo. Quello che conta davvero siamo noi due. Me lo prometti?"

"Va bene."

Mi accarezza il viso. Ha le mani gelate.

"Sei nervoso?"

"Un po'", mi dice, guardandomi negli occhi e prendendomi per mano.

"Anche tu."

Il palmo sudato mi tradisce.

"Già. Spero tanto di essere all'altezza delle vostre aspettative."

Ride.

"Allora siamo in due."

Bussano alla porta.

"Dieci minuti!" Grida una voce dal corridoio. Lo abbraccio accoccolandomi

sul suo petto e sento il suo cuore martellare.
"Ti amo", gli dico in italiano e poi in inglese. "Sono certa che sarai favoloso!"
"*Jeg elsker deg*, Vic."
Apriamo la porta e usciamo nel grande corridoio dove Nataniel e Patrick ci stanno già aspettando.
Mentre ci avviciniamo al palco, le grida aumentano di intensità. Quando arriviamo, Sebastian lascia la mia mano e mi bacia. Ho la pelle d'oca mentre mi inginocchio a immortalare i tre ragazzi ai piedi della scala che li porterà sul palco. Le luci si abbassano, Nataniel e Patrick salgono e iniziano a disporsi sul palco. Dopo un minuto, Sebastian li segue, si ferma sulla sommità della scala, si gira verso di me e mi fa l'occhiolino. Gli soffio un bacio e scatto una foto. Anche senza vederne il risultato so già che amerò quello scatto. Non l'ho mai visto così felice.

37. Conflitto

Dicembre 1985

"Ci credi che tra soli tre giorni torneremo a casa?" mi dice Sebastian mentre usciamo dalla doccia.
"Pazzesco, il tempo è trascorso in un lampo."
Gli passo l'accappatoio e infilo il mio.
"Sì, il lampo più stancante della storia."
Scoppiamo in una risata. Dopo sedici date in Giappone e quindici in Australia, abbiamo passato le ultime settimane girando per tutta Europa per poi giungere a Edimburgo dove si terranno gli ultimi spettacoli del tour prima della pausa per le festività. In queste ultime quarantott'ore, in cui finalmente abbiamo avuto un po' di tempo per noi, Sebastian non ha perso occasione per coccolarmi: mi ha portata a cena fuori, mi ha regalato dei fiori, mi ha cantato perfino la ninnananna per farmi addormentare. Dopo tanti giorni frenetici, è stato bellissimo avere la possibilità di trascorrere un po' di tempo da soli: visitare la città innevata mano nella mano,

fare l'amore senza fretta, senza dover combattere con la stanchezza, ma soprattutto parlare, per ore, come non facevamo da settimane.
Nonostante questi quattro mesi siano stati i migliori della mia vita, in alcune occasioni mi sono trovata ad affrontare momenti veramente difficili. Non è stato sempre facile accettare di condividerlo con i media, la band, ma soprattutto di doverlo immortalare ogni giorno fra le braccia di ragazzine sconosciute in preda a crisi isteriche, per non parlare poi del fatto che gli impegni lavorativi e gli spostamenti sono diventati così serrati da lasciarci solo qualche briciola d'intimità.
"Sono stati mesi bellissimi. Ho imparato tanto e devo ringraziare te per questa opportunità."
"Sciocchina. Sono io che devo ringraziare te per aver posticipato la scuola pur di seguirmi."
Mi dà un bacio sulla fronte.
"Ne è valsa la pena. Certo che, se penso a tutte le scenate di gelosia e alle litigate nel mezzo della notte, mi sembra incredibile che stiamo ancora insieme."
Sorrido.

"Credo sia normale, Vic. Quando si è così stanchi, basta una parola fuori posto o un momento di insofferenza per far scattare la scintilla e finire a discutere. Però, tutto sommato siamo stati bravi. Siamo arrivati fino a qui insieme, ed è questo quello che conta."

Raccolgo nell'asciugamano i capelli bagnati, che mi sono cresciuti fin sotto le spalle, e mi avvicino alla finestra: il cielo grigio fa da sfondo al castello innevato sulla collina, il parco ai suoi piedi è immacolato.

"Pensa che bello se potessimo vivere qui insieme", sospiro avvolta nel mio accappatoio.

Ripenso alle ultime settimane. In certe situazioni mi sono sentita sola come non mi era mai successo. In qualche occasione ho perfino avuto la tentazione di mollare tutto e tornare a casa, ma non sono mai arrivata al punto di farlo davvero. Ora mi rendo conto che le fasi più difficili di questi quattro mesi insieme sono proprio quelle che ci hanno resi più forti e, se tornassi indietro, non cambierei nulla. Non sono più la ragazzina che qualche mese fa ha lasciato Milano per una breve vacanza.Al solo pensiero che tra pochi giorni sarò a casa con la mia famiglia per trascorrere il Natale senza Sebastian mi sento soffocare.

Non posso nemmeno immaginare quanto mi sentirò sola a New York.

Cerco di scacciare l'idea, ma la mia mente torna sempre lì e mi trovo inevitabilmente a un bivio.

Devo rinunciare a tutto per amore o perseguire il mio sogno e lasciare che questa volta sia lui a modificare la sua vita per me?

Nonostante io abbia assistito a decine di concerti, quando lo vedo su quel palco, mi emoziono sempre. Non voglio rinunciare a Sebastian e nemmeno a questo stile di vita: a ogni nostro momento, alle sue carezze, alle sue attenzioni, all'elettricità che si genera nell'aria poco prima che le luci si accendano sul palco, al brivido che mi attraversa quando ci baciamo prima che inizi lo spettacolo e a quel momento

magico in cui comincia la musica e lui inizia a cantare; per non parlare di quegli istanti in cui, tra centinaia di persone, i suoi occhi trovano i miei e sul suo volto appare quell'espressione che amo tanto.
D'altro canto, so anche che l'unico modo per farmi conoscere come fotografa e condividere con il mondo ciò che ho imparato in questi mesi, è frequentare l'accademia di New York. Vorrei che il tempo si fermasse, che ci fosse un'altra soluzione, un'eventualità in cui io non sia costretta a scegliere tra Sebastian e il mio sogno.

Mi sembra di diventare matta.

Lo sento avvicinarsi dietro di me. Mi mette le mani sui fianchi.
"Sei triste, *elskling*?"
Mi conosce così bene ormai che è come se sapesse leggermi nel pensiero.
"Mi è venuto in mente che tra pochi giorni torneremo dalle nostre famiglie per Natale. Sarà strano non vederti."
"Già, ma staremo lontani soltanto per una settimana. Vedrai, il tempo volerà e in un

attimo ci incontreremo a Londra per festeggiare il tuo compleanno con gli altri, poi partiremo insieme per New York."
"Eh sì, allora arriverà la parte più dura: il vero distacco."
Mi giro verso di lui e metto il broncio. Lui mi alza il mento con un dito. Il cielo grigio si riflette nei suoi occhi tristi rendendoli più scuri. Mi ci perdo dentro.
"Questo musetto mi mancherà."
Mi dà un bacio.
"Anche tu mi mancherai tanto."

Non piangere Vic, starai bene.

A un tratto, le sue labbra si piegano in un sorriso.
"Anche se ogni tanto sei una gran rompiscatole."
Prima che possa rendermene conto, mi dà una pacca sul sedere.
"Senti chi parla!"
Corro in camera strofinandomi la natica dolorante.
"Ma se sono un angelo", mi dice dal bagno mentre lo sento lavarsi i denti.
"Non è vero."

Pochi istanti più tardi mi raggiunge e si ferma sulla soglia della stanza. Accenno un sorriso malizioso mentre infilo un paio dei miei slip a fiorellini lasciando poi cadere l'accappatoio sul letto.
Mi aspetto che la mia provocazione abbia effetto, invece Sebastian resta fermo dov'è con un'espressione dolce sul volto.
"Sei meravigliosa, *sexy pants.*"
Arrossisco.

Come fai a sorprendermi sempre?

Mi si avvicina, mi bacia, poi rimane ancora un attimo a guardarmi e sospira.

Cosa sta architettando?

"Quando sarai a New York potrai raggiungermi nei fine settimana, se non sarò troppo distante; comunque ho deciso che verrò a stare con te, quando il tour sarà finito."

Se non lo conoscessi bene, direi che anche lui è preoccupato all'idea di vedermi partire.

"Non vedo l'ora che arrivi quel momento."
Lo stringo forte.

Non voglio andare via.

"Altrimenti, Vic, potresti venire con me", dice, come se leggesse i miei pensieri. "Quando il tour sarà finito, la tua scuola la pagherò io. Lo so che ci tieni a essere indipendente, ma c'è una soluzione, se decidi di restare con me."
Per un attimo mi sembra un'idea perfetta, ma ci ripenso subito.
"Mi conosci ormai, sai che non mi va di dipendere da nessuno", gli rispondo, scivolando via dalle sue braccia. Prendo una maglietta dalla valigia e me la metto.
"Ma io non sono uno qualunque..." risponde, infilando un paio di jeans.
"Lo so, ma non è giusto e poi non si sa mai..."
"Non si sa mai cosa, Vic?" chiede, avvicinandosi. "Non vorrai mica trovarti un altro?"
Mi stringe in un abbraccio.

“Dai, Bastian, lasciami vestire. Avevi detto di voler andare presto in teatro. Se fai così arriveremo tardi...”
“Non ti lascio andare, finché non rispondi alla mia domanda. Non vorrai mica metterti con un bell’americano?”
“Non dire cavolate. Sono talmente innamorata di te che non mi accorgerei di un altro uomo nemmeno se...”
Soffoca la mia frase con un bacio. La sua lingua carezza la mia e in un attimo ho bisogno di sentirmi completamente sua. Faccio scorrere le mani sulle sue spalle nude e lo stringo più forte a me. Lui mi spinge sul letto. È subito su di me. Mi sfila la maglia, poi toglie l’asciugamano dai miei capelli e lo butta per terra. Interrompe i baci solo quando i suoi occhi trovano subito i miei. C’è qualcosa nel suo sguardo di così intenso da farmi sentire a disagio come non succedeva da molto tempo. Ho le mani gelate e il cuore inizia a battermi forte nel petto.

Vic, si può sapere che ti prende? Datti una calmata.

"Solo a pensarti tra le braccia di un altro divento matto."
"Ti ricordo che sei tu quello circondato dalle donne", dico, sperando di smorzare l'intensità di quel momento. Lui però non molla. Resta fermo sopra di me tenendomi i polsi fermi sopra la testa.
"In questi mesi ci ho pensato tanto e ho capito che sei tu la donna della mia vita. Voglio solo te."
In un istante sono sospesa nell'aria, così in alto, dove solo Sebastian sa portarmi.
"Cosa… cosa vuoi dire?" balbetto.
"Vedi, Vic, quando si tratta di te, i miei piani vanno sempre in fumo. Con te niente va mai come mi aspetto. Ma come fai?"
"Di cosa stai parlando?"
Lui mi sorride con dolcezza, come se sapesse leggermi dentro, poi avvicina le labbra al mio orecchio e sussurra.
"Sposami, Vic."
Il mio cuore salta un battito.
"Non posso più immaginare di stare senza di te nemmeno per un giorno. Diventa mia moglie, resta con me."
"Sebastian, io…"

Prima che possa finire la frase, bussano alla porta. Sebastian sbuffa.
"Un momento!" dice ad alta voce, poi salta in piedi, prende una maglietta, la indossa svelto e si gira verso di me.
"Non muoverti", dice, "adesso li mando al diavolo e torno subito da te."
Si precipita verso la porta. Io, le gambe ancora tremanti, raccolgo la maglietta da terra, prendo un paio di pantaloni dalla valigia e corro in bagno a vestirmi.

Non riesco a credere a quello che è appena successo.

Un istante più tardi esco dal bagno. Mi aspetto di trovarlo già solo, invece è ancora fermo sulla porta, la testa oltre la soglia, non riesco a vedere chi c'è dall'altra parte. Sembra che stia per chiuderla, quando sento una voce femminile dal tono supplice.
"Lo so che non sarei dovuta venire, che c'è lei qui con te, ma dovevo vederti. Non ce la faccio più; ti devo parlare. Io..."
"Non ho niente da dirti", la interrompe. La sua voce ferma è poco più che un

bisbiglio, come se cercasse di non farsi sentire. "Te ne devi andare, subito. Chiaro? Non voglio vederti mai più."

Chiude senza aspettare permettere alla donna di replicare. Corro verso di lui, che non appena si accorge della mia presenza, si frappone tra me e la porta.

"Chi era?" chiedo con il cuore in gola e la vece tremante.

"Servizio in camera", risponde lui ancora rosso in viso per la rabbia.

"Non dire cazzate, Bastian!"

Lo prendo per il braccio con le mani gelate e provo a spingerlo via, ma lui è inamovibile.

"Lasciami andare, Sebastian, non farmi incazzare!"

Sospira. Solo allora si arrende e si mette da parte. Apro e mi precipito fuori. A pochi metri da me, in attesa dell'ascensore, c'è Crystal, avvolta in un cappotto nero di lana.

Le porte si aprono, lei si volta, mi riconosce, mi lancia un'occhiata ostile, poi entra senza dire una parola.

Cos'è successo? Non riesco a capire.

Rimango immobile. A un tratto, una mano mi afferra il polso.
“Andiamo dentro”, dice Sebastian.
Mi porta fino al letto, mi fa sedere, poi si inginocchia davanti a me.
“Vic, non è come pensi tu.”
Resto in silenzio guardando il pavimento.
“Vic, guardami cazzo!”
Alzo lentamente lo sguardo verso di lui.
“Perché mi fai questo, Sebastian?”
“Non è...”
“Non è cosa, Sebastian? A cosa sto pensando? Dimmelo tu, perché io non lo so a cosa sto pensando.”
“Tra me e Crystal non c’è nulla. Non la sento da mesi, non so nemmeno perché sia venuta qui.”
“Non mi prendere per il culo! Non ti credo. Voglio sapere cosa vuole da te, da noi.”
Lui si alza, prende un bicchiere, lo riempie d’acqua e viene a sedersi vicino a me.
“Va bene. Io ti dico tutto, ma tu devi promettermi di calmarti e non fare cazzate. Ok?”
Annuisco.
“Bevi.”

"Non ho sete. Voglio solo sapere che cazzo succede."
Mi viene da piangere ma cerco di tenere duro. Sebastian fa un lungo sospiro.
"Da qualche settimana, Crystal si è messa in contatto con Mark. Ha fatto di tutto per parlarmi, ma io non mi sono mai fatto trovare. Sai, l'ultima volta che ci siamo parlati abbiamo avuto una discussione di lavoro e da allora ho chiuso i ponti con lei. Poi, qualche giorno fa, quando eravamo a Berlino, ha chiamato proprio mentre ero in camera con lui e alla fine me l'ha passata. Ha detto che era l'unico modo per farla smettere e gli ho dato ascolto, come uno stupido. Invece lei ha iniziato a farneticare, a dire che mi ama e che non ce la fa più a stare senza di me. Insomma, in poche parole, mi ha chiesto di tornare insieme a lei."
"Cosa? Non sapevo nemmeno che foste stati insieme. Tu mi hai detto che era successo qualcosa un tempo, ma non mi hai mai detto che eravate una coppia."
La voce mi trema dal nervoso.
"Infatti, è così. Per me non lo siamo mai stati. C'è stato un periodo, però, in cui ho

frequentato soltanto lei e credo che sia per questo che...”
“Basta!” strillo. “Perché cazzo non mi hai detto niente, Sebastian? Anche adesso, con questa storia del servizio in camera? Voglio che tu smetta di dirmi cazzate! Io devo sapere queste cose, voglio saperle. Altrimenti come faccio a fidarmi di te?”
“Non c’era bisogno che tu sapessi di lei, Vic, per me lei non conta nulla. Fa solo parte del mio passato. Non volevo mentirti. Lo sai che non l’ho mai fatto. È capitato che omettessi alcuni fatti poco importanti per proteggerti, tutto qui.”
Cerca di abbracciarmi ma io lo mando via.
“Non devi mentirmi mai più. D’ora in avanti, mi devi dire tutto.”
“Ci proverò, Vic. Ma non posso promettertelo.”
“Cazzate. Niente più bugie o me ne vado. Hai capito?”
Scoppio a piangere. Lui scatta in piedi e tira un pugno a un’anta dell’armadio, facendomi sobbalzare.
“Fanculo!” urla.
Mi alzo dal letto, corro in bagno e mi chiudo dentro.

"Cazzo!"
Sento il rumore di vetro che si rompe, poi torna il silenzio. Dopo qualche istante avverto il cigolio del pavimento sotto i suoi passi, seguito da un suono sordo, come se si fosse addossato alla porta del bagno.
"Cazzo Victoria, lo capisci che è proprio questo quello che vuole? Vuole allontanarti da me."
La sua voce sembra più calma adesso.
"Ti prego, *elskling*, non fare così. Ti prometto che ti dirò sempre tutto. Niente più segreti d'ora in poi, però ti prego, esci adesso. Non volevo spaventarti."
Lentamente giro la chiave e apro la porta. Me lo trovo di fronte, gli occhi lucidi, i capelli spettinati, la mano sanguinante.
"Ti sei ferito."
"È solo un graffio. Non preoccuparti."
"Non essere stupido."
Lo prendo per il polso e lo accompagno fino al rubinetto. Lascio che l'acqua cominci a scorrere sulla ferita.
"Il taglio non è profondo, ma lascia che te lo medichi."
Lo faccio sedere sul letto, prendo dalla valigia il kit di pronto soccorso e comincio

a disinfettare la sua mano. Applico un grosso cerotto sul taglio e butto l'asciugamano sporco nella doccia. Lui resta seduto sul letto a guardarmi. Mi siedo accanto a lui.

"Durante quell'unica telefonata", dice, calmo, "le ho detto che ti amo e che voglio sposarti. Mi sembrava che avesse capito, ma evidentemente non sono stato abbastanza chiaro. Questa volta però è davvero l'ultima..."

Resto in silenzio per un attimo, pensando alle sue parole.

"Forse non è con te che deve parlare. Forse è da me che deve sentirselo dire. Adesso vado giù e la sistemo io quella stronza."

Mi alzo in piedi ma lui mi afferra per il braccio.

"Vic, ascoltami bene" mi dice con tono severo. "Non voglio che le parli, non voglio nemmeno che vi incontriate per sbaglio. Crystal non sta bene e tu devi restare fuori da questa storia. Mi sono spiegato?"

Mi libero con uno strattone. "No. Deve starti lontana e se non basti tu, dovrò dirglielo io."

Mi viene di nuovo da piangere.

“Perché non può solo sparire e lasciarci in pace?”
Sebastian si alza e mi abbraccia.
“Amore, ti prometto che non la lascerò mai più avvicinarsi a noi. Fidati di me, ti prego.”
“Ogni volta che mi ritrovo a mettere in dubbio la mia fiducia nei tuoi confronti, c’è sempre di mezzo lei. Perché le hai detto che mi avresti chiesto di sposarti? Non voglio che sappia nulla di noi. Ti prego, giurami che d’ora in poi quella non esisterà più nella nostra vita.”
“Te lo prometto, Vic, ma per fare in modo che sia così, devo parlare subito con Mark”, dice, mentre comincia a mettersi le scarpe.
“Ma devi andare adesso?”
“Sì, Vic. Adesso.”
“Va bene, ma aspetta. Prima di andare devi rispondere a una domanda.”
Questa volta sono io a posare il braccio sul suo.
“Qualsiasi cosa, *elskling*. Chiedimi quello che vuoi.”
Si alza e prende un maglione dalla valigia.

"Fermati un attimo, guardami in faccia: è importante."

"Va bene."

Si volta verso di me e mi guarda negli occhi.

"Te lo chiederò soltanto una volta, ma mi aspetto che tu sia sincero con me, Sebastian."

Annuisce.

"C'è mai stato qualcosa tra te e Crystal da quando ci siamo messi insieme?"

"Nulla, Vic, davvero. Da quando nella mia vita sei entrata tu, non c'è mai più stato posto per nessun'altra, compresa Crystal."

Allunga una mano e mi tira verso di sé per baciarmi.

"Quello che ti ho detto prima è vero. Tu sei tutto ciò che voglio. Capisco che questo non sia il momento giusto per riprendere il discorso, ma pensaci, per favore. Sei giovane, lo so, anche io lo sono, ma se davvero mi ami come dici..."

"Va bene, Bastian, vai a risolvere la situazione. Riprenderemo il discorso stasera. Adesso sono troppo agitata per affrontare tutto questo."

"Capisco, hai ragione. Vado da Mark, poi a fare il sound check. Ci vediamo più tardi in camerino, ok? Se per caso dovesse venire lei, non aprirle, ti prego. Chiamami subito o contatta la sicurezza."

"Va bene. Adesso metto a posto questo casino" dico, indicando i pezzi del bicchiere rotto sul pavimento. "Faccio un paio di telefonate, mi riposo un po', poi ti raggiungo."

"Grazie."

Mi stringe tra le braccia, affonda il viso nei miei capelli e mi bacia con dolcezza, si infila il cappotto di lana e apre la porta.

"Ti amo tanto, Vic. Mi dispiace per prima" dice, prima di chiudersi la porta alle spalle.

38. Karma

La parte più triste di una storia che finisce, è quell'ultimo istante di intimità prima che la speranza si spenga, quando ci si ama ancora, prima di rendersi conto che è finita. Quel momento in cui si pensa di avere ancora un futuro insieme, totalmente ignari del distacco che avverrà. Il fatto è che, quando si dà quell'ultimo bacio o si fa l'amore per l'ultima volta con quella persona, non ci si immagina che non ce ne saranno altri.

Lo trovo così ingiusto.

Sdraiata sul letto, guardo il soffitto e penso a Crystal.

Forse per lei è stato così. Forse non è cattiva, ma ha soltanto avuto la sfortuna di innamorarsi senza essere corrisposta. Forse ha sperato che un giorno i suoi sentimenti per Sebastian venissero ricambiati e in quell'attesa ha continuato a stare con lui, fino a quando sono arrivata io a scombinare i suoi piani. Forse non è riuscita a rassegnarsi al ricordo di quel loro ultimo momento insieme.

Mi viene la pelle d'oca solo a immaginare la sua pena. Il solo pensiero di un futuro senza di lui mi sembra insopportabile.
"Smettila di pensare a lei, Vic", penso ad alta voce. "Sebastian ti ha chiesto di sposarlo."
Scuoto la testa e mi giro sul fianco. La sveglia sul comodino indica le sedici e quarantotto. Lui è uscito da un'ora abbondante, immagino che sia già a fare il sound check. Nel frattempo, ho raccontato a Sadie della proposta di matrimonio. Non mi è sembrata poi così sorpresa. Mi chiedo se ci abbia messo lo zampino quel pettegolo di Sam. Mi scappa da ridere.

Cacchio, la storia tra me e Sam sembra far parte di un'altra vita.

"So che lo ami, ma non hai neanche diciannove anni. Avete ancora un sacco di tempo davanti a voi. Pensaci bene, tesoro", mi ha detto lei. Non le ho raccontato di

Crystal, non volevo preoccuparla, in fondo non è così importante.
Se riuscissi a riposare un po', sono certa che affronterei la serata con Sebastian con più tranquillità, che saprei cosa dirgli. La mia testa è un tale casino adesso che mi sembra impossibile poter prendere sonno.

Chissà cosa direbbe Minnie se fosse qui adesso?

Chiudo gli occhi. Mi sembra di sentire la sua voce.
"Fai uno dei tuoi elenchi, scoiattolina."
Seguo il suo consiglio.

Il maglione verde, la gonna nera, le scarpe da ginnastica rosse...

A un tratto mi ritrovo a percorrere la navata di una chiesa, con mio padre che mi tiene sottobraccio, circondata da centinaia di margherite bianche. All'altare mi aspetta un uomo. È di spalle e parla con qualcuno seduto poco distante da lui. Non riesco a vederli bene, sono troppo lontani. Non sono agitata, anzi mi sento

pervasa da un senso di pace. Quando arrivo alla fine della navata, scorgo nonna Minnie che mi sorride. È seduta di fianco alla mamma e tiene per mano il nonno Malcom, che si è già commosso. Li saluto con un gesto della mano e abbasso gli occhi. Solo allora mi accorgo di indossare un abito di raso bianco, ampio come quello di una principessa.
Mio padre, gli occhi pieni di lacrime, mi bacia sulla guancia e lascia il mio braccio. Salgo sull'altare. Alla mia sinistra c'è Sadie. Non l'ho mai vista così emozionata. Finalmente mi giro e i miei occhi trovano quelli di Sebastian...
Lo squillo del telefono mi sveglia di soprassalto. Mi metto seduta e prendo subito la cornetta.
"*Hello*?" rispondo, con un velo di affanno nella voce.
"Vic?"
Riconosco subito il velluto della sua voce.
"Ciao, Bastian. Va tutto bene?"

È strano che mi chiami prima del concerto.

"Sì, *elskling*, ma sono le otto. Non ti ho vista arrivare e mi sono preoccupato."

"Le otto? Oh, cacchio, mi sono addormentata! Arrivo subito."

"Ok, ti aspetto. Lo spettacolo inizia tra un'ora. Non correre, hai un sacco di tempo. Mando una macchina a prenderti. Tristan ha tutto sotto controllo."

"Grazie, amore, non so come ho fatto a crollare così."

"Sei stanca."

Lo sento sorridere.

"Già."

"Non vedo l'ora di vedere il tuo musetto."

"Aspettami, non iniziare senza di me."

"Promesso."

Metto giù e corro a prepararmi. Quando entro in bagno, noto l'asciugamano sporco del sangue di Sebastian nella doccia, i suoi vestiti piegati sopra la sedia. Penso alle sue parole, al suo profumo, a quanto mi sento amata quando sto con lui.

Mi sono bastate poche ore senza vederlo per capire.

A un tratto non posso più aspettare.

Devo dirgli che lo amo e che voglio sposarlo e devo farlo adesso.

Raccolgo l'attrezzatura ed esco di corsa.
La macchina che mi porterà in teatro è già lì. Sulla strada c'è molto traffico, ma riesco ad arrivare pochi minuti prima che inizino a suonare. Mentre corro verso il camerino incontro Mike.
"Stanno già salendo sul palco", mi dice. "Se fai in fretta, riesci a vederlo prima che inizi."
Arrivo sotto il palco con il fiatone, mentre dalla platea arrivano già le urla.
"Bastian", lo chiamo.
Lui è in piedi in cima alla scalinata, appena sente la mia voce si gira e sorride.
"Ti amo", dico in italiano e gli soffio un bacio.
"*Jeg elsker deg*", mi strizza l'occhio poi si gira e si allontana.
Le luci sul palco si accendono, accompagnate da un boato. Scatto qualche foto, poi chiedo a Tristan se può continuare da solo, in fondo è la mia ultima sera, immagino non sia un

problema. Mi è venuta un'idea e devo assolutamente metterla in atto prima che Sebastian finisca.
Torno nel suo camerino, apro la borsa con l'attrezzatura e inizio a tirare fuori tutto.

Cacchio, so di averla messa qui!

Proprio quando sto per arrendermi, la trovo: si tratta di una stampa in bianco e nero, ritrae Sebastian a Tokyo. È in piedi sul palco. Sorride e mi fa l'occhiolino.

Adoro questa immagine.

Porta con sé tutta la forza del nostro amore e la passione per il suo lavoro. Mi fa venire in mente la prima volta che ci siamo trovati da soli. Quella sera in sala prove quando ci siamo baciati per la prima volta e mi ha detto che avrebbe voluto vedersi attraverso i miei occhi.
Cerco una penna e gli scrivo una dedica, poi lascio la foto ben in vista appoggiata allo specchio. In quel momento bussano alla porta del camerino.
"Avanti", dico senza fare domande.

Un uomo alto e muscoloso si affaccia nel camerino.
"Scusi il disturbo", dice "Sono Joel, faccio parte della sicurezza. Mi hanno dato questa per il Signor Hansen. Posso lasciarla qui?"
Mi porge una busta bianca con il nome di Sebastian scritto con una calligrafia ordinata.
"Sì grazie, la metto qui, così la trova quando ha finito."
La lascio sul tavolino vicino al divano.
"Perfetto. Buona serata," mi dice prima di chiudere la porta.
Ricomincio a mettere a posto la borsa con l'attrezzatura, poi il mio sguardo torna sulla busta.

Ho un presentimento.

Corro alla porta, esco.
"Scusi?" dico cercando di richiamare l'attenzione di Joel che è ancora nel corridoio. Si volta verso di me con fare interrogativo.
"Mi saprebbe descrivere la persona che le ha dato la busta?"

"Certo: era una donna bionda, vestita di scuro con i capelli lunghi e lisci."
Le mie gambe si fanno pietra.
"Grazie mille."
"Se vuole posso andare a cercarla, però mi sembra di aver capito che avesse fretta di andare via."
"No, grazie, lasci stare."
Entro in camerino e mi siedo sul divano. Prendo la busta, la rigiro tra le dita, poi comincio ad aprirla. Le mani mi tremano e qualcosa scivola fuori cadendo sul pavimento. Mi chino per guardare sotto la sedia, ma non vedo nulla. Non so nemmeno cosa sto facendo. Riprendo la busta e guardo dentro. C'è una lettera. Così come sono, inginocchiata sul freddo pavimento del camerino, inizio a leggerla.

Caro Sebastian,
Dato che non vuoi parlarmi, mi trovo costretta a scriverti questa lettera.
Troppe cose sono cambiate dalla nostra ultima notte insieme.
Perdonami se continuo a cercarti, ma non riesco a credere che quello che abbiamo condiviso non abbia alcuna importanza per

te. Ricordo ancora quella notte a New York, eri così spaventato all'idea che Victoria aspettasse tuo figlio che sei venuto da me cercando un riparo, una fuga e io ci sono stata, come sempre.
Forse per te fare sesso con me è stata solo un'evasione, del resto avevi bevuto tanto, però sembravi sincero quando mi hai detto che io e te siamo uguali, e che solo chi si somiglia è in grado di comprendersi.
Quella notte per me è stata bellissima, ma non ti avrei accolto nel mio letto se avessi immaginato che il tuo amore per lei potesse essere così forte.
Immagino che per lei sia lo stesso, dato che come mi hai detto tu, ti ha perdonato la nostra 'scappatella.'
Comunque, non è questo il motivo della mia lettera.
Io credo che nella vita si debba imparare a prendersi le responsabilità delle proprie azioni e questa volta mi dispiace di dover essere io a metterti di fronte alle tue, ma non ho scelta.
Sebastian... adesso sono io che aspetto un figlio, ed è tuo.

Tranquillo, non sono qui per chiederti nulla.
Terrò questo bambino e lo crescerò da sola.
Però mi sembrava giusto fartelo sapere.
Capirò se non vorrai più vedermi, se vorrai continuare la vita con la tua Victoria, ma almeno adesso sei al corrente del motivo che mi ha spinto a cercarti.
Ho messo nella busta il tuo braccialetto con il suo nome. L'avevi lasciato in camera mia.
Credo sia giusto che torni a stare sul tuo polso, ora che la sposerai.
Vi auguro una vita felice insieme.
Con amore,
Crystal

La lettera scivola dalle mie mani gelate e finisce sul pavimento. Solo allora vedo il bracciale con il mio nome. Non so come mai mi fosse sfuggito poco fa, dato che è sempre stato lì sotto i miei occhi. Le lacrime mi solcano le guance, vorrei urlare, spaccare tutto, ma resto immobile. La mia vita ha appena preso una nuova direzione e io non ho nemmeno la forza di alzarmi da terra. Il dolore che provo è così forte da rendermi quasi anestetizzata. Mi viene in mente l'istante in cui ho perso Minnie. Adesso, come allora, qualcosa dentro di me si è spezzato. Questa volta però non c'è Sebastian al mio fianco, anzi è proprio lui la causa di quel dolore. Mi alzo, le gambe che tremano, finisco di rimettere a posto la borsa con l'attrezzatura, poi la chiudo e la lascio sul divano.

Non mi appartiene più nulla di quello che c'è dentro.

Infilo il cappotto, cercando di ignorare tutte le sue cose. Mi guardo un'ultima volta allo specchio. Nonostante mi sia riposata, la mia faccia è irriconoscibile: sono pallida, il trucco sfatto, due linee nere mi rigano le guance. Abbasso gli occhi. La sua foto, quella che avevo messo sullo specchio soltanto pochi minuti fa, sembra guardarmi.

Com'è possibile che in un attimo sia cambiato tutto?

La prendo e faccio per stracciarla, ma mi fermo. Prendo la penna dalla scrivania e aggiungo due righe. Rimetto la foto dov'era ed esco dal camerino. Proprio mentre sto attraversando l'ingresso del teatro, le urla si placano per un attimo lasciandomi sentire chiaramente la voce di Sebastian. Chiudo gli occhi e lo ascolto per un'ultima volta.

"Vorrei dedicare questa canzone a Vic. Non ti vedo ma so che sei qui da qualche parte. Spero che sia un sì."

Quando riconosco le prime note di 'Stay', le lacrime mi annebbiano la vista. Faccio un respiro profondo, poi apro la porta ed esco, lasciandomi quella vita per sempre alle spalle.

...

Poche ore più tardi sono già su un aereo per Milano. Sono riuscita a raccogliere le mie cose e scappare via prima che lui potesse raggiungermi.

Non avrei mai sopportato di vederlo.

Conosco il potere che Sebastian ha su di me e so che forse avrei ceduto, ma non è giusto, questa volta mi ha esagerato.

Mentre l'aereo decolla, infilo le cuffie del walkman e schiaccio '*play*', poi metto il passaporto in borsa e mi ritrovo tra le mani la prima fotografia che ho fatto a Bastian. Quella polaroid che ritrae soltanto parte del suo viso e una mano, mettendo in evidenza i suoi braccialetti di cuoio. La rimetto subito in borsa.

Guardarla adesso fa troppo male.

Proprio in quell'istante Phil Collins inizia a cantare 'Against all odds' e mi rendo conto di non poter più sfuggire ai ricordi. Chiudo gli occhi: per un attimo mi sembra di essere ancora con Sebastian in quella vasca da bagno, di sentire il profumo della sua pelle.
Prendo tra le dita la goccia di giada che mi ha regalato e che ora porto sempre al collo, come se potesse riportarmi a lui. Solo allora, violento come una secchiata di acqua gelida, arriva il vero dolore e capisco di essermi sbagliata: la parte più triste di una storia è quando ci si rende conto che non si avrà più modo di sentire il sapore dei suoi baci o il calore della sua voce.

Le lacrime solcano le mie guance. Rivedo il suo sorriso e rivivo la sensazione di quel bacio che ci siamo dati sulla porta prima che uscisse dalla camera d'albergo.

Come sarebbe stato se avessi saputo che era l'ultimo?

Epilogo

L'adrenalina gli pompa ancora nelle vene quando Sebastian entra in camerino. Apre la porta sicuro di trovare Vic ad aspettarlo, non vede l'ora di tenerla stretta tra le braccia ma lei non c'è. In effetti, non l'ha vista per tutto il concerto.

Chissà dov'è finita? La borsa con le macchine fotografiche è sul divano ma la sua giacca non è appesa accanto alla mia. Forse sarà uscita a prendere una boccata d'aria. Qui dentro c'è un gran caldo.

Si guarda allo specchio: una goccia di sudore gli scivola sulla fronte. Abbassa gli occhi e si accorge della fotografia sullo specchio. La prende in mano.

È la foto più bella che mi abbia mai scattato.

Sorride, Sebastian.

Non dimenticherò mai quel momento.

Dietro la fotografia c'è scritto qualcosa. Riconosce subito la calligrafia di Victoria.

Ricordi quella sera in sala prove, quando mi hai chiesto di raccontarti?
Ecco, questo scatto sei tu, Sebastian, attraverso i miei occhi.
Quella luce speciale che hai dentro, la tua passione per la musica, il tuo amore per me... tutto in un solo scatto. Ti amo tanto e non vedo l'ora di rispondere alla tua domanda.
Vic

Sorride ancora, Sebastian.

Devo vederla subito.

Prima di fare un passo verso la porta, però, si accorge che in fondo alla fotografia c'è un altro messaggio, nella stessa calligrafia di Vic, ma più incerta, come se lo avesse scritto di fretta.

Se fossi stato l'uomo che credevo, ti avrei detto di sì. Ma non lo sei. Se mi hai amata davvero, anche solo per un attimo, ti prego di farmi un regalo: non seguirmi e non cercarmi mai più. È stato bello come un sogno, finché è durato.

"Cazzo!"
Sebastian dà un pugno sulla scrivania. Il taglio alla mano gli brucia ancora.
"Che cazzo è successo?"
Poi fa scorrere di nuovo gli occhi sulla dedica dietro la foto: '*se mi hai amata davvero, non seguirmi.*'

Sai anche tu che non posso.

Solo allora lo vede: sul divano, sopra una busta, c'è il bracciale di pelle che Vic gli aveva regalato. Gli ci vuole solo un secondo per realizzare.
"Oh no, Crystal... merda!"
Lo afferra e fa per precipitarsi verso la porta, ma il suo sguardo torna alla busta. Sopra c'è scritto "Sebastian", in una calligrafia familiare.

Abbassa il capo. Torna a sedersi sul divano. Apre la busta, ne tira fuori la lettera, fa un respiro profondo e inizia a leggerla.

La storia di Vic e Bastian continua nel prossimo libro: Stay One More Day.

Printed in Great Britain
by Amazon

61877407R00345